SLY "BULLHORN" BRODSKY, LIGNE D'ATTAQUE

(First & Ten Series, Livre 5)

Jean C. Joachim

Romance Sensuelle

Moonlight Books

Un Roman de Moonlight Books
Romance Sensuelle
Sly "Bullhorn" Brodsky, Ligne d'attaque
Copyright © 2015 Jean C. Joachim
E-book ISBN: 978-1-62622-820-7
Première publication de livre électronique : Novembre 2015
Couverture de Dawné Dominique
Traduit par Tony Alexandre
Edité par Tabitha Bower
Relu par Renee Waring
Toute la couverture et le logo copyright © 2015 de Moonlight Books

ÉDITEUR
Moonlight Books

Dédicace

À TOUS LES JOUEURS de football qui risquent leur santé et leur bien-être pour que nous puissions regarder le sport de près et les encourager. Vous êtes tous des héros. Nous vous saluons.

Remerciements

MERCI LARRY JOACHIM, Steve Joachim, Tabitha Bower, V.L. Locey, Marilyn Lee, Sherri

Bien, Renee Waring, ainsi qu'à mes lecteurs et amis, pour votre soutien et vos encouragements.

D'autres livres de Jean C. Joachim

<u>FIRST & TEN SERIES</u>
GRIFF MONTGOMERY, QUARTERBACK
BUDDY CARRUTHERS, WIDE RECEIVER
PETE SEBASTIAN, COACH
DEVON DRAKE, CORNERBACK
<u>THE MANHATTAN DINNER CLUB</u>
RESCUE MY HEART
SEDUCING HIS HEART
SHINE YOUR LOVE ON ME
TO LOVE OR NOT TO LOVE
<u>HOLLYWOOD HEARTS SERIES</u>
IF I LOVED YOU
RED CARPET ROMANCE
MEMORIES OF LOVE
MOVIE LOVERS
LOVE'S LAST CHANCE
LOVERS & LIARS
<u>NOW AND FOREVER SERIES</u>
NOW AND FOREVER 1, A LOVE STORY
NOW AND FOREVER 1, THE BOOK OF DANNY
NOW AND FOREVER 3, BLIND LOVE
NOW AND FOREVER 4, THE RENOVATED HEART
NOW AND FOREVER 5, LOVE'S JOURNEY
NOW AND FOREVER, CALLIE'S STORY (series starter)
<u>MOONLIGHT SERIES</u>

SUNNY DAYS, MOONLIT NIGHTS
APRIL'S KISS IN THE MOONLIGHT
UNDER THE MIDNIGHT MOON
MOONLIGHT & ROSES (prequel)
<u>LOST & FOUND SERIES</u>
With Ben Tanner
LOVE, LOST AND FOUND
DANGEROUS LOVE, LOST AND FOUND
<u>ROMANS NEW YORK NIGHTS</u>
THE MARRIAGE LIST
THE LOVE LIST
THE DATING LIST
<u>NOUVELLES</u>
SWEET LOVE REMEMBERED

TUFFER'S CHRISTMAS WISH
THE FINAL SLAPSHOT
SANTA'S SURPRISE

<u>ECHOES OF THE HEART</u>
HEATHER & MIKE: THE ONE THAT GOT AWAY
SANDY & RAFE: SECOND PLACE HEART
LIZ & NICK: NO REGRETS
PAIGE & BILL: ONE FINE DAY

SLY "BULLHORN" BRODSKY, LIGNE D'ATTAQUE

First & Ten Series, Livre 5

Jean C. Joachim

Chapitre Premier

ALORS QU'IL ESCALADAIT les marches avec un carton plein de livres posé sur son épaule, Bullhorn Brodsky se ressaisit afin d'enlever de son esprit l'image de Samantha Drake sexy, même aguichante, nue. La pression de son sang retomba lorsqu'il déposa son fardeau sur le sol de la chambre. La jolie brune demoiselle qui portait un jean très slim et un léger T-shirt s'assit sur le lit. Quand leurs regards se croisèrent, sa libido fit monter brusquement la température de son corps.

« Et maintenant, quoi d'autre ? » Il essuya la sueur perlant sur son front avec son polo. En le rabaissant il se rendit compte qu'elle matait ses abdos. Un léger rougissement apparu sur les joues de la demoiselle. Il sourit, fier que toutes ces heures passées à la gym aient payées.

« Je suis en sueur, j'ai besoin d'une douche » dit-elle, se levant et se regardant dans la glace.

La prochaine image qui apparut dans l'esprit du jeune homme fût-une hypothétique intrusion dans la douche derrière Samantha. Il cligna plusieurs fois des yeux, en espérant que ses fantasmes ne lui déclenchent pas d'érection.

« Tout va bien ? Les cartons n'étaient pas trop lourds ? » Ses yeux foncés, presque chocolat, montraient une inquiétude sincère.

Il rit. « Tu déconnes ? C'est que dalle ! Je plaque des mecs dix fois plus lourds à chaque match. Nan mais, tu crois que je suis une pédale ou bien ? »

Le visage de Samantha montrait un mélange de choc et de légère déception.

« Pardon. Il faut que je parle mieux. » Il était rouge tomate. Il n'avait jamais eu une petite amie comme Samantha Drake. Elle était intelligente, belle et gentille. Elle était bénévole à l'Abri pour femmes et enfants battus de New York. Mais elle n'était pas sa petite amie. Juste une amie. Sans bénéfices. Il soupira.

« Mon frère Devon parle aussi comme ça. Ça donne un peu l'impression que les joueurs de football ne vont jamais à la fac. » Elle lui tendit une bouteille d'eau.

Il la vida d'un trait. « Et maintenant ? »

Elle fit le tour de la pièce et, en se pinçant la lèvre inférieure, dit : « Le lit, d'autres livres, des vêtements, et une chaise à bascule. Hmm. Combien de cartons restent-ils dans la voiture ? »

« Deux. »

« Super, bah c'est tout. Ça a l'air assez vide. » Elle s'assit en tailleur sur le matelas.

« Tu l'auras remplie avant même de t'en rendre compte. Allez, je vais monter les derniers cartons et t'emmener diner quelque part. »

« Merci. J'arrive tout de suite. » Le sourire éclaboussant de la demoiselle faisait bouillir Bull de l'intérieur.

Il s'assit dans la chaise à bascule pendant que Samantha nettoyait son corps sublime. Du mois, qu'il imaginait sublime. Sylvester « Bullhorn » Brodsky, connu par ses coéquipiers sous le surnom de « Bull », s'était amouraché de Samantha Drake, et cela l'empêchait de dormir la nuit. Et alors qu'il attendait qu'elle l'aime en retour, son imagination miroitait les dizaines de choses qu'il aurait aimé lui faire sous le jet apaisant de la douche. Elle était petite, fragile presque, quand lui était gigantesque. Avec 1 mètre 90 et 110 kilos de muscles, le joueur de ligne pourrait la soulever d'une seule main.

Samantha le rejoignit dans le salon. Elle portait une légère robe d'été d'un rouge vif et des sandales en cuir noir.

« Wow, t'as l'air magnifique. »

« Merci. »

Ils se dirigèrent vers les escaliers.

« Ma propre clé. Pour moi toute seule ! » soupira-t-elle, faisant pendouiller le trousseau de clés sur son index.

« Ouais. Indépendante. »

« Où allons-nous ? »

« Un restaurant qui vient d'ouvrir en ville, le Verdoyant. C'est végétarien. De la salade et des autres merdes comme ça. Ça te va ? »

« Des autres merdes ? Je ne suis pas sûre de vouloir manger ça. Mais la salade me va. »

« Pardon, pardon. »

Elle rit. « Je suis fière de toi, on va quelque part où il n'y a pas de frites. »

« J'ai pas dit ça. Leurs frites sont organiques. Avec des patates douces. » Il la gratifia d'un sourire malicieux en lui ouvrant la porte.

« Es-tu sûr que nous ne croiserons pas Devon là-bas ? » demanda-t-elle ?

« J'en doute. »

« Je plaisante. Dev n'irait jamais là-bas. C'est un carnivore confirmé. »

Il se glissa au volant de sa BMW argentée. Samantha se recula confortablement sur le siège en cuir sombre. Bull mit sa ceinture, alluma le moteur et roula.

Le restaurant était à un pâté de maisons en dehors de Monroe. Bull s'efforça à ouvrir les portes à la fois de la voiture et puis du restaurant. Sa mère avait réussi à faire entrer une once de galanterie dans son crâne. « *Ce n'est pas parce que tu es grand que tu devrais être rustre, Sylvester.* » Il se considérait lui-même comme plutôt gentil pour un footballeur d'attaque.

Le serveur les assit à une table dans un coin. Les meubles étaient en bambous avec des nappes à motifs blancs et verts sensés représenter des fleurs quelquonque. Il y avait des palmiers assez hauts et d'autres plantes décoratrices. Bull aimait bien l'atmosphère. On aurait dit la jungle tropicale.

Ils commandèrent un thé glacé à la framboise et des cœurs de palmiers et des olives comme apéritifs.

Samantha prit l'assiette en face d'elle. « Je n'ai pas d'assiettes. Ç'est tellement de choses à acheter, j'avais oublié à quel point c'était cher de meubler un appartement » soupira-t-elle.

« Laisse-moi t'aider. Je peux te donner tout ce dont tu as besoin. »

Elle prit sa main. « Je ne peux pas faire ça Sly. Tout l'intérêt de ne plus vivre avec mon frère était de devenir indépendante. »

« Super, bah appelles ça un prêt. Tu peux me rembourser euh... jamais. Ça te va ? »

Elle lui sourit. « C'est vraiment gentil, mais je ne peux pas. La directrice de l'Abri va se faire opérer. Elle m'a demandé de faire mon shift la nuit pendant qu'elle récupère. C'est seulement à mi-temps, mais ce bonus, en plus de mon boulot au Kings devrait me permettre de m'en sortir. »

« Mais tu vas travailler tout le temps ! Quand est-ce que je pourrais te voire ? » Il porta la main de la demoiselle à ses lèvres.

« J'aurais quand même du temps à te consacrer. »

Il la fixa des yeux et y observa quelque chose de vif, chaud. *Est-ce du désir ?* Son cœur se mit à battre plus fort. « C'est ma première fois dans un endroit comme ici. T'y connais quoi que ce soit à la nourriture ? » demanda-t-il lisant le menu et haussant un sourcil.

« Un peu. Je vois les frites de patate douces ! » dit-elle en étudiant les autres possibilités.

« Je vais les prendre. Quoi d'autre ? »

« Un burger végétarien ? »

« Avec suffisamment de Ketchup, on peut manger n'importe quoi » s'esclaffa-t-il, même si sa voix laisser sonner un léger manque de confiance en lui.

Sam rit.

Ils commandèrent au serveur deux burgers et comme accompagnements les fameuses frites de patate douces.

Pendant qu'ils attendaient leur repas, Sam sirotait sa boisson.

Bull prit sa petite main entre les siennes. « Que faisais-tu avant de travailler au Kings ? »

« Je travaillais dans une petite boutique de fashion. »

« J'imagine facilement, ouais. »

« Qu'est-ce que ça veut dire ? » demanda-t-elle enlevant un sourcil.

« Je veux dire que tu t'habilles très bien. Superbement. Pas étonnant que tu ais travaillé dans la mode. »

« Oh, merci. » Elle jeta un coup d'œil à leurs doigts emmêlés.

Il caressa le dos de sa main avec son pouce. « Tu t'attendais pas à ce que je dise quelque chose de sale j'espère, si ? »

« Je me pose toujours la question de pourquoi mon frère ne t'aime pas. »

Sly sentit son visage rougir. « C'est juste un truc de mecs. Genre, on dit des choses. Sur les filles. Ça veut rien dire. Mais, je ne dirais jamais rien du genre sur toi. »

« As-tu déjà dit des bêtises sur tes ex ? »

Il secoua la tête. « La plupart des mecs inventent des trucs. »

« Donc tu me dis que tu es un menteur ? »

Le serveur arriva avec leurs repas, interrompant la conversation. Bull changea de pose de manière à passer à une autre conversation.

Quand le serveur partit, elle reposa la question « Alors ? »

« C'est pas des mensonges. Les mecs exagèrent, c'est tout » dit-il en mettant du Ketchup sur son burger.

« Mais Devon ne fait jamais ça, si ? »

Sly rigola. « Ah bon ? S'il le fait pas, eh bien il à été en couple avec deux gymnastes. »

Les joues de Samantha rougirent alors qu'elle déporta son attention sur la nourriture. Ils mangèrent en silence pendant un moment. Il termina ses frites avant de commencer son burger.

Change de sujet, tas de muscles. « Soirée Cinéma ? »

« Shopping. Le supermarché est ouvert jusqu'à tard. Il me faut une fourchette, une cuillère, une assiette, et un mug. Ah, et une machine à café ! »

Après le diner, Sly la conduisit jusqu'au supermarché. Samantha mit tout dans un caddie qui en débordait presque. Elle déposa le reste dans un panier. *Elle regarde le prix de tout. Elle fait attention à son portefeuille.* Tiffany, son ex, n'avait jamais fait attention aux prix de ce qu'elle achetait quand elle était avec lui. Elle avait toujours été dépensière et ça l'avait choqué.

« Peut-on mettre tout ça dans ton coffre ? » Sam se mordilla la lèvre.

Il pouffa. « Tu rigoles, pas vrai ? »

Lorsque vint le moment de payer, Sly sortit sa carte de crédit mais Samantha était catégorique sur le fait qu'elle payerait. Lorsque le total s'afficha et dépassa les quatre cents dollars, elle déglutit et pâlit un peu. Mais elle paya tout de même. Une fois sortis, il remplit le coffre avec les sacs.

« Si tu m'aides, je te ferai un café, » dit-elle en s'asseyant sur le siège en cuir du véhicule.

« Tu n'as pas besoin de me corrompre, je t'aiderai même sans café, » répondit-il pendant qu'il démarrait sa voiture.

Son appartement était au deuxième étage d'une maison Victorienne à un kilomètre du centre-ville. Une fois les sacs déposés sur le comptoir de la cuisine, ils les vidèrent. Pendant qu'ils nettoyaient, séchaient, et rangeaient les cuillères en bois, les couverts, la porcelaine et les autres outils, ils discutaient.

« As-tu des frères et sœurs ? » demanda-t-elle.

« Ouais, cinq. »

« Moi aussi. »

« Toi aussi ? »

« Quatre de mes frères et sœurs sont beaucoup plus âgés. Devon et moi sommes les enfants de la ménopause. » Elle rit.

« Il est trop protecteur. Il était toujours comme ça ou juste avec moi ? »

« Toujours. C'était bien quand j'avais huit ans. Aujourd'hui c'est gênant. »

« Il a déjà eu raison à propos d'un mec avec qui tu sortais ? »

« Une fois. La dernière fois. Ce bâtard m'a trompée. »

« C'est terrible. » Bull se renfrogna alors qu'il empilait les assiettes.

« Devon m'avait prévenu. Il m'avait dit qu'Harry avait le regard fuyant. Qu'il ne pouvait pas regarder Devon dans les yeux. Et que ça voulait dire que c'était un menteur et un infidèle. Malheureusement pour moi, mon frère avait raison. »

Sly posa sa main sur son épaule et lui caressa, puis l'enleva. « Je suis désolé Sam. Mais la stupidité de ce mec a fait ma chance. »

Elle gloussa. « J'imagine qu'on peut dire ça, oui. »

Quand ils eurent fini, Bull jeta un coup d'œil à sa montre. « Couvre-feu ce soir. Entrainement demain. Il faut que j'y aille. » Il se dirigea vers la porte.

« Déjà ? »

Il sourit en entendant la déception dans la voix de la jeune femme. *J'aurais aimé pouvoir rester et essayer ce nouveau lit, chérie.* « Tu viens voir le match ? » Il s'appuya sur le montant de la porte.

« Je ne le raterait pas. »

« Génial. Je te chercherai. »

« Je te ferai signe. »

« Tu penses quoi de sortir Samedi ? » Il s'arrêta et se tourna.

« Bien sûr, chez toi ? »

« Uh, pas chez moi. On brunch ? »

« Okay. »

« Je passe te chercher à 11 heures ? »

« Parfait, » répondit-elle.

Bull prit son courage à deux mains, le sang lui montait à la tête et ses mains étaient moites. « Le truc de l'amitié c'est génial. Mais je veux plus. Je veux que tu sois ma petite amie. »

« Peut-être. N'as-tu pas déjà une petite amie ? » Elle pencha sa tête en arrière pour que leurs regards se croisent.

« Non. J'ai eu que deux copines. »

« Ah bon ? Je suis surprise. Je pensais que les joueurs de foot croulaient sous les femmes. »

« Pas le genre de femmes que je cherche. J'en veux une vraie, pas un coup d'un soir. »

Elle plissa les yeux. « Et qu'est-ce qu'une vraie femme ? »

« Unique. Comme toi. »

« Oh ? » Elle sourit.

« Ouais. Le genre de femmes mignonnes, intelligentes, pas égoïstes. »

« Devon argumenterait contre. »

« Quelle partie ? »

« Pas égoïste. »

« Aucune femme qui aide les femmes et les enfants battus ne peut être égoïste. » Il se rapprocha. « T'es intéressée ? »

Elle regarda le sol avant de faire monter son regard jusqu'à croiser le sien. « C'est possible. »

Sly mit son bras autour de sa taille et l'approcha de lui. Leurs regards se bloquèrent alors qu'il baissa la tête. Ses yeux se refermèrent lorsque sa bouche rencontra la sienne. Utilisant toute la retenue qu'il avait, il l'embrassa gentiment. Lorsqu'elle posa son bras autour de son cou, il laissa aller sa passion et sa langue alla caresser celle de sa partenaire. Leurs langues dansaient ensemble alors que Bull pressa Sam encore plus contre lui.

Sentant qu'il perdait le contrôle de ses propres émotions, Sly recula. Le souffle rauque, son sang quittait sa tête pour se rendre vers son chibre. Il respira un grand coup. *Ne va pas trop vite, espèce de con.* Elle s'adossa sur le mur, les yeux brillants, la bouche rose et gonflée. Il voulait la ravir, mais rangea ses mains dans ses poches là où elles seraient plus une menace.

« Tu es belle, » murmura-t-il.

S'il avait été bon juge, il se serait rendu compte qu'elle était prête à passer à l'étape suivante. Mais était-il capable de comprendre les femmes ? Sans doute pas. Il serait patient avec celle-là, il ne l'avait pas été avec Tiffany. Il l'avait poussée beaucoup trop vite. Elle avait explosé, l'abandonnant devant l'autel, et était partie avec un autre homme, le laissant seul, honteux et en colère. Il avait compris que l'autre gars avait du prendre son temps, la laissant respirer, pas comme lui l'avait fait. Il avait été comme un taureau dans une boutique de porcelaine, et il se damnerait s'il répétait la même erreur.

Samantha Drake était haut de gamme. Pas une fille facile, une salope ou une fille avec qui on jouerait. Elle était du genre qu'on ramène à la maison. Il avait de la chance qu'elle lui accorde son attention. Combien de débiles comme lui avaient leurs chances auprès de femmes comme elle ? Aucun qu'il ne connaisse.

Peut-être que Bullhorn Brodsky, dont la voix résonante pouvait-être entendue jusque dans les vingt lieues à la ronde, et qui pouvait faire tomber un bonhomme de 130 kilos, avait une vraie chance avec cette femme exceptionnelle. *Ne gâche pas tout, Sly*, s'était-il dit des milliers de fois.

Si son frère avait été au courant de quoi que ce soit, il n'aurait pas eu le droit de l'approcher à moins de dix mètres. Devon ne connaissait pas bien le joueur de ligne. Mais trop de fanfaronnades dans les vestiaires l'avaient catégorisées comme un grand séducteur, un briseur de cœurs, a mec juste intéressé par tirer son coup et disparaitre. Mais tout cela était un mensonge. Certes, il avait connu quelques coups d'un soir, mais Samantha Drake n'était pas de cette catégorie-là. Elle l'avait fait tomber amoureux d'un simple 'bonjour'.

Il leva la main en signe d'aurevoir, et descendit les escaliers. Ses lèvres le picotaient, et son esprit gardait la sensation afin de faire durer le plaisir et ses rêves.

SAMANTHA FERMA LA PORTE principale et s'assit en se reposant contre. Son pouls battait la chamade, son visage était chaud et elle avait le souffle coupé. Elle ne s'attendait pas à ce qu'un homme aussi massif puisse l'embrasser de cette façon. Bien sûr, s'il avait été un coureur de jupons, c'eut été logique. Mais il lui donnait l'impression d'être vraiment gentil. Il l'avait aidé à déménager pendant toute la journée, l'avait emmenée diner -avec comme seule récompense un bref baiser.

Il ne rentre pas tellement dans le cliché du joueur important.

Il avait un gout de café au lait, et il sentait un mélange d'after-shave et d'une senteur unique. Quand ses doigts s'étaient enroulés autour de ses biceps, un frisson l'avait parcourue toute entière. Il était comme fait d'acier. Mais sa peau était chaude et douce. Elle s'était sentie comme réconfortée par son poitrail.

Elle avait voulu qu'il lui fasse l'amour. Un voyage au Nirvana avec un joueur de ligne offensif comme lui comme lui l'aurait emmené au paradis. Mais son esprit rationnel avait repris le contrôle et avait mis sa libido sur pause. En plus, il n'avait pas demandé. Il avait été le premier à arrêter et à la laisser en vouloir plus.

Ses sens n'étaient pas encore revenus complètement. Elle pouvait toujours le gouter, le sentir, et il manquait à ses doigts de le toucher encore. Être laissé frustrée n'était pas très agréable. Elle brancha la bouilloire en espérant qu'une tasse de thé calmerait ses désirs. Mais elle savait que seule une nuit avec Sly les comblerait. Ou peut-être simplement que cela allumerait un feu intense qui ne s'éteindrait jamais.

Il aurait pu tenter de la prendre de surprise. Selon sa mère, Bullhorn Brodsky était un homme à éviter, qui n'avait pas de respect pour les femmes -il prendrait son corps mais briserait son cœur en morceaux. Elle trembla devant cette image. Après Harry, cet égoïste avec qui elle était sortie pendant un an et qui l'avait abandonnée pour une fille facile avec une large poitrine, Samantha était devenue prudente.

Prudente à l'extrême, même. Complètement obnubilée par la volonté de protéger son cœur, elle préfèrerait rester seule plutôt que de souffrir encore. Et la voilà assise. Belle, jolie Samantha Drake, attendant Monsieur Parfait sensé venir la chercher et la marier. Est-ce que Bullhorn Brodsky pourrait remplir ses critères ? Sans doute pas. Personne ne pourrait.

Avant qu'elle ne puisse analyser son impasse plus en profondeur, son téléphone sonna. C'était Stormy Gregory.

« J'ai cuisiné pour Bull Brodsky, mais je ne le connais pas très bien. Où t'a-t-il amené diner ? Il embrasse bien ? T'as dormi avec lui ? »

« Le Verdoyant. Imagine toi -un restaurant végétarien ! Et oui, il embrasse bien, mais non, je n'ai pas dormi avec lui. »

« Un restau végétarien ? Je ne savais pas qu'on en avait un à Monroe. »

« C'est nouveau. » Samantha raconta sa journée avec le joueur de ligne à sa meilleure amie, qui était par ailleurs la copine de Devon.

« Il a l'air chaud. »

« Il l'est. Avec son T-shirt sans manches il est dingue. Mon dieu, il est tellement grand, mais quand même doux. Il ne m'a pas attrapé, ou écrasé, ou quoi que ce soit. »

« T'imagines ce qu'il donne au pieu ? »

« Que dirais Devon s'il savait que tu avais posé cette question ? »

« Hey, je suis peut-être en couple mais je ne suis pas morte. Je peux me poser la question, ça veut pas dire que je ferai quoi que ce soit. En plus, quand tu as du champagne à la maison, pourquoi voudrais-tu autre chose à la place ? »

« Uh, c'est trop là. On parle de mon frère, hein. Tu me dégoutes. »

« C'est toi qui as commencé. »

« Je sais. C'en est assez. » Sam leva la main, même si son amie ne pouvait pas le voir.

« Tu vas continuer de le voir ? »

« On a rendez-vous Samedi. Ne le dis pas à Devon. »

« Je ne le ferai pas. Je trouve ça mignon. »

« Je ne sais pas quoi penser, Stormy. »

« Suis ton cœur. »

Les femmes terminèrent leur conversation. Samantha retourna dans sa cuisine pour nettoyer les derniers objets qu'ils avaient négligé. *Suivre mon cœur ? Si seulement je savais ce qu'il y avait dedans. Est-ce que je lui fais confiance ? J'en ai aucune idée.*

Sam s'allongea sur son lit avec un livre, se préparant pour une nuit sans repos. Avant d'éteindre la lumière, elle se rêvassa encore d'avoir Sly à ses côtés pour la première utilisation de son matelas. Sa main parcourait les draps vides et froid de l'autre côté du lit, et elle imaginait qu'il les réchaufferait. Elle soupira, se rallongea et se laissa rêver. Se sentant nerveuse, elle s'agita pendant une heure. Dégoutée d'elle-même, elle enfila un peignoir et alla se préparer une camomille dans la cuisine.

C'était déjà minuit, trop tard pour l'appeler. Il serait en train de dormir de toutes façons, puisque Devon avait aussi entrainement. Il sourit en pensant à la relation entre son meilleur ami et son frère. Ils étaient faits l'un pour l'autre. Son cœur demandait la même relation avec un homme.

Ses pensées se redirigèrent vers le sujet qui la hantait -Sly 'Bullhorn' Brodsky. 1 mètre 90 de muscles. Cheveux châtain clair et yeux gris perçants. Était-il le séducteur cruel que son frère suggérait ou bien l'homme gentil et galant qui la considérait comme une reine ?

« Est-ce que le vrai Bullhorn Brodsky pourrait se lever s'il vous plait ? » se murmura-t-elle à soi-même.

L'appartement faisait face à une rue transversale de Monroe, dans le Connecticut, une petite ville d'environ vingt-mille habitants. Sam jeta un coup d'œil à la route, illuminée par un lampadaire et par la Lune. Les premiers signes du printemps apparaissaient dans les branches qui se métamorphosaient progressivement dans des tons plus rouges, et parfois quelques touches d'or sur d'autres arbres entre les maisons. La rue était parcourue par des maisons Victoriennes, la plupart habitées par une seule famille, certaines divisées en appartements spacieux.

Sam se baladait dans son appartement, se rendant soudainement compte à quel point c'était grand pour une seule personne. *Tout meubler va me couter une fortune. Que vais-je faire avec une chambre en plus ?*

Elle s'assit à la fenêtre de la baie vitrée à l'arrière de la maison. La cour était légèrement éclairée par le clair de lune. Les ombres dansaient dans l'air froid de Septembre.

Si elle avait été frileuse, l'obscurité morbide l'aurait peut-être effrayée. Elle se racla la gorge et redressa ses épaules. *Je ne suis pas une mauviette.* Son courage subsista jusqu'à ce qu'un chat pointât le bout de son nez de l'herbe sombre. Elle sursauta et alla fermer la porte à double tour. Après cela, elle retourna se coucher.

Si Sly était ici, je n'aurais peur de rien, jamais. Allongée sur le ventre, elle mit un coussin sous son abdomen et tourna la tête à gauche. L'image des bras forts du footballeur la fit frissonner. Ses doutes sur Sly disparaissaient alors que son image protectrice l'embrassant et lui permettant de dormir en sécurité se plantait au fond d'elle.

Le déni de leur attraction physique s'effondra au milieu de la nuit, quand la vérité ne peut pas être facilement contournée. C'était dans un couloir qu'elle l'avait vu pour la première fois. La deuxième, en cherchant son frère ; elle avait espionné Sly qui avait comme seul habit une serviette nouée autour de la taille. Elle s'était sentie comme embarrassée alors qu'elle s'était précipitée de sortir pour rejoindre son frère. Le footballeur avait simplement rit, ne montrant aucune modestie.

Sly Brodsky. Bull. Le voulait-elle ? Sam se sourit à elle-même. Bien sûr qu'elle le voulait. Mais elle n'était pas prête à le dire à qui que ce soit, et surtout pas à lui. Elle pouvait à peine se l'admettre à elle-même. Attendre ne semblait pas être un problème pour lui. Elle appréciait être en contrôle. Néanmoins, pour être honnête, elle ne le ferait pas attendre l'éternité. Juste jusqu'à ce qu'elle n'en puisse plus de s'en empêcher, même si elle n'aspirait qu'à se perdre dans ses bras et à le laisser l'emmener chez lui.

Il fallait qu'elle soit sûre qu'il soit sincère. Si les sentiments qu'il avait déclarés étaient faux, fAbriqués juste pour la séduire, alors elle le fuirait comme la peste. Mais s'il pensait vraiment ce qu'il avait dit, alors elle réchaufferait son lit avec excitation. Samantha ferma les yeux, se laissant imaginer le genre d'amant qu'il était. Elle s'endormi en quelques minutes à peine.

Samedi matin, elle se fit un café et remplit son bol de céréales. Alors qu'elle le remplissait de lait, elle vit une casquette sur le meuble près de la porte. Elle la ramassa. Elle était blanche avec une écriture bleu turquoise : « chez Kings ». Elle eut un rictus. *Elle appartient à Sly. Bien évidemment.* Samantha finit son petit-déjeuner, prit une rapide douche et enfila son jean favori avec un T-shirt d'un rose éclatant.

Une super excuse pour aller rendre visite à Sly ce matin. Un regard à l'horloge lui enseigna qu'il n'était pas encore huit heures. *Mais il est toujours au lit.* Un frisson la parcouru à l'idée d'aller le réveiller. *Dort-il nu ?* Elle ramassa un pull, trouva ses clés de voiture dans son sac à main et se dirigea vers la porte.

Chapitre Deux

SLY VIVAIT DANS UNE maison moderne avec trois chambres dans la proche banlieue. Il avait engagé un décorateur d'intérieur mais l'endroit, meublé avec des couleurs neutres, paraissait sombre, inhabité. C'est propre parce qu'il avait une femme de ménage, mais froid et stérile. Il ne l'aimait pas et souvent passait ses soirées mangeant et buvant à la Bête Sauvage plutôt que de rentrer chez lui.

Lorsqu'il était tombé amoureux de Tiffany, il avait placardé sa photo partout. Certaines avec seulement Tiffany, d'autres où ils étaient deux -un piquenique, à la plage, faisant tout et n'importe quoi sinon l'amour. Il n'avait pas besoin de souvenirs de ça. Il n'oublierait jamais les nuits érotiques, et se les rappelait souvent quand il était seul, avant de rencontrer Samantha.

Il n'était pas possible que Sam vienne avant qu'il n'ait enlevé toutes les photos. Bien sûr, ça faisait déjà un an, mais son cœur avait été brisé pendant six mois. Il n'avait décidé de recommencer à rencontrer des femmes que récemment. Maintenant, il était sélectif, très sélectif, et n'avait trouvé aucune femme qui remplierait ses critères. Il ne voulait pas avoir à raconter son histoire avec Tiffany. Avec du recul, il avait compris qu'elle n'était pas la femme pour lui, mais à l'époque c'était plus compliqué. Si Sam voyait les photos, il devrait tout lui expliquer.

Et lui expliqué qu'il s'était fait larguer. *N'importe quoi ?* Il était joueur de ligne offensif en NFL, comment pourrait-il admettre qu'il n'avait pas réussi à rebondir, qu'il n'avait pas pu oublier une fille superficielle qui s'était moqué de lui ? L'humiliation le tuerait.

En plus, Samantha perdrait tout le respect qu'elle avait pour lui, en imaginant qu'elle en avait tout court. Son cœur ne battait plus pour une flamme quelconque, il battait à mille à l'heure pour la jolie brunette qui réchauffait son sang et le faisait vouloir prendre soin d'elle.

Fatigué après l'entrainement intensif de la semaine et monter les cartons de Sam, Sly avait renoncé à retirer les photos la nuit dernière. Après tout, elle ne viendrait pas chez lui, alors pourquoi s'embêter à les retirer à dix heures ? Bullhorn s'était déshabillé et allongé dans son lit, s'endormant dans un sommeil profond.

Comme d'habitude, Sly se leva tôt et prit une douche. Il s'entoura d'une serviette et se déplaça jusqu'à la cuisine en passant prendre le courrier coincé dans sa porte au passage. Le café était prêt. Il remercia en silence Agatha, sa femme de ménage. Elle avait programmé la machine à café pour qu'elle s'allume à 7 heures du matin. Il en versa dans son mug, y ajoutant du sucre et du lait. La première gorgée était la meilleure. *Enfin, peut-être la deuxième. No, la troisième.* Il s'assit à la table en acier moderne mais sans artifices et ouvrit son journal.

La sonnette se fit entendre. *Merde mais qui ça peut être à cette heure ?* Il jeta un coup d'œil au travers du judas et sa mâchoire se décrocha. *Bordel, c'est Sam.*

« Je sais que tu es là, tête de nœud. Allez, debout, ouvre la porte. » Il la regarda essayer de se hisser pour regarder à l'intérieur.

Il sursauta en arrière, comme si elle l'avait vu.

« Sly ! Sly, je sais que tu es la, ta voiture est garée ici. Debout ! »

Il fixa les photos qu'il avait eu la flemme de décrocher. *Putain !*

Samantha commença à frapper. « Sly, tout va bien ? » L'inquiétude dans sa voix était très claire.

Il entrouvrit la porte. « Je ne suis pas habillé, poupée. T'es en avance. »

« Surpris ? »

« On peut dire ça. »

« Tu as laissé ta casquette chez moi. » Elle agita la casquette avec le logo Kings sous ses yeux.

« Ah ouais, merci. » *Pense ! Pense !*

Le sourire de Samantha disparu et ses sourcils se levèrent. « T'es fâché ? »

« Bien sûr que non. Non, non, je suis pas en colère, c'est juste que... bah... Je m'attendais pas à te voir la et... »

« Est-ce qu'il y a une fille à l'intérieur ? » Son ton changea, et elle poussa la porte.

Sa fierté déjà endommagée en prit un coup, et il ouvrit grand la porte. « Tu te fous de moi ? Bien sûr que non ! »

Samantha le regarda de bas en haut. Il agrippa la serviette pour l'empêcher de tomber.

« Je vais m'habiller. J'arrive tout de suite. »

« Ne t'habille pas pour moi. » Elle pouffa, le regardant presque nu avec un intérêt certain.

Bull courut vers sa chambre et claqua la porte. Il jeta la serviette en l'air, enfila un boxer, un jean et puis attrapa un T-shirt sur un cintre avant de se précipiter dans les escaliers. *Il faut que je me dépêche avant qu'elle ne voie les photos. Elle ne comprendra jamais, et elle partira pour de bon.*

Pour un homme de sa taille il se déplaçait rapidement, surtout en sautant une marche sur deux. Il la trouva faisant des tours dans son salon. *Je dois à tout prix l'empêcher de-*

Ses pieds nus glissèrent sur le sol poli. Sam se retourna juste à temps pour le voir rentrer dans le mur.

« Qui est-ce ? » demanda-t-elle, pointant une photographie de Tiffany.

« Qui ? »

« La blonde. Cette femme-là ? Juste en face de toi ? » Elle secouait une photo sous son nez.

« Elle ? »

« Ug, oui, elle. Qui est-ce ? » Samantha s'appuya sur son autre jambe, lui donnant un air plus menaçant.

« Tiffany. Une ex. »

« Une ex ? C'est tout ? Sa photo est placardée sur tous les murs ! »

« Uh, bah… » murmura-t-il, les mains dans les poches.

Samantha se déplaça vers la cheminée. Il y avait deux plus petites photos où Tiffany et Bull faisaient des grimaces. Le rouge lui monta aux joues. « Et celles-là ? Tiffany ? »

Il acquiesça, récupérant les photos à mesure qu'elle les prenait.

« Et ça ? » Elle ramassa un cadre sur une étagère.

« Uh huh. » Il essayait de garder l'équilibre avec le tas de photos grandissant qu'il portait. Le rouge de ses joues grandissait encore plus.

Alors qu'elle s'apprêtait à en prendre une sur la table, il se libéra une main et attrapa le poignet de Sam. « Attends. Sam, attends, qu'est-ce que tu fais ? »

« Tu me dis que tu es fou de moi, mais moi j'ai plutôt l'impression que c'est elle dont tu es amoureux. »

« Pas vrai, c'était il y a longtemps. »

« Longtemps, c'est-à-dire ? »

« Il y a un an. »

« Alors pourquoi tu as encore toutes ces photos ? » Les yeux de Samantha se remplissaient, mais en clignant des yeux elle effaça toute trace de larme.

Il déposa les cadres sur la table, prit sa main et l'emmena dans la cuisine.

« Café ou thé ? » Il alluma la machine à café.

« Une explication. »

« Ça j'ai. J'ai besoin d'un peu de café, et toi ? »

Elle dit non de la tête. Elle n'allait pas tomber dans ses techniques prévisibles.

Il acquiesça. *C'est l'heure de la vérité.* Il remplit son mug, mit un sucre et du lait avant de s'assoir près d'elle. Entremêlant ses doigts avec les siens, il gardait sa main prisonnière. Elle résista une seconde et puis le laissa faire.

« Tiffany et moi avons été en couple pendant un an. Ouais, j'ai été le séducteur que Devon pense que je suis. J'étais. Jusqu'à ce que je la rencontre. Elle m'a révolutionné. Ou du moins, je croyais. Je l'ai demandé en mariage. Elle a accepté. » Surpris par la douleur resurgissant, il marqua un temps de pause.

« Pourquoi n'es-tu pas marié ? »

« J'y arrive. »

Elle tapa du pied, fixant un placard, puis l'évier, puis le sol.

Il ressentit l'humiliation une fois de plus. Il baissa la tête, fixant sa main. *Dis-lui, ou perds-la.*

Samantha retira ses doigts et éloigna sa chaise.

Bull l'arrêta en plaçant sa main sur l'arrière du siège. « Elle m'a quitté devant l'autel » laissa-t-il s'échapper.

Sam se figea et puis se calma. « Elle a quoi ? »

« Tu m'as très bien entendu. »

« Vraiment ? »

« Debout, portant ce costume stupide. Devant une centaine de gens. Des coéquipiers, mon coach, ma famille. » Son chagrin oublié se réveilla, le poignardant profondément. La chaleur de la colère et du chagrin lui montait un peu à la tête.

« Oh mon dieu. Je suis tellement désolée. » Elle posa sa main sur son bras musclé.

« Elle a épousé un mec avec qui elle bossait. Enfin, j'imagine qu'ils faisaient plus que juste bosser. » Il offrit un sourire sardonique à Sam.

« Elle à épousé quelqu'un d'autre ? »

« Le même jour. Il l'attendait à l'autre bout de la rue. Elle a couru vers lui dans sa robe de mariée. Elle est montée dans sa bagnole, et je l'ai jamais revue. »

« C'est immonde, je suis sincèrement désolée pour toi. » Elle se pencha pour l'embrasser sur la joue.

Sly se leva et ouvrit la porte d'un placard. « Chapitre terminé. On peut en profiter pour se débarrasser des preuves. » Il souleva la poubelle d'une main et s'en alla dans le salon. Il jeta les photos une par une.

Sam l'interpella. « Es-tu sûr de vouloir faire ça ? »

Il répondit : « Pas d'intérêt de les garder. Elles gaspillent de l'espace et elles t'énervent. »

« Ne t'inquiète pas pour moi. Elles font partie de ton passé. »

« Et c'est à ça qu'elles appartiennent. Mon passé. Oublié. » Il saisit la casquette que Samantha avait rapportée et la mit sur son crâne, avant de se diriger vers la porte arrière. « J'arrive tout de suite. Et puis je t'emmène petit-déjeuner. »

SAMANTHA S'ASSIT DANS le sofa et croisa les jambes. Bull avait retiré toutes les photos. Voulait-ce dire que ça ne lui importait plus ou bien qu'il ne voulût simplement pas qu'elle ne pose de questions ? Sam avait commencé à développer des sentiments pour lui. Il donnait l'impression d'être le plus gentil des hommes, tout attentionné sans toutefois ne vouloir la pousser vers sa chambre à coucher. Et pourtant, Devon l'avait décrit comme un Don Juan. Elle se secoua la tête, ce conflit interne lui faisait mal au crâne.

Quand il se tourna, elle se leva. « J'ai mal à la tête, je pense que je vais rentrer. »

Il mit sa main sur son bras. « S'il te plait, ne pars pas. Si j'avais su que tu viendrais, je m'en serais débarrassé. »

« Tu me l'aurais cachée ? » La colère monta en elle.

« Bien sûr que non. Ça fait longtemps que je voulais faire ça. C'est juste la flemme. »

« Ou alors tu aimes bien la regarder ? »

Il fixa le sol. « Tu ne sais pas ce que c'est. »

« Je sais très bien. Tu n'es pas le seul qui a eu le cœur brisé, Sly. »

Il la prit dans ses bras. « Il doit être complètement con. Aucun homme sensé ne te quitterait. »

« C'est ce que tu penses, » dit-elle, la voix étouffée par son T-shirt.

« S'il te plait, ma belle, laisse-moi t'offrir un petit-déjeuner, » chuchota-t-il, son souffle doux réchauffant son oreille.

Bull sentait bon. Une odeur propre, d'aftershave, et d'un T-shirt fraichement repassé. Elle l'entoura de ses bras et posa sa tête contre son torse. Avec lui, elle se sentait en sécurité, malgré les avertissements de son frère. Et elle voulait ne jamais vieillir. *Juste une minute de plus. Bon, peut-être cinq minutes de plus.*

« As-tu faim ? »

Faim de toi. « Je ne meurs pas de faim, non. » Elle ferma les yeux.

Bull rigola. « Je comprends. » Il resserra son emprise.

Sam fondit un peu plus sur lui et soupira. *Cela fait tellement longtemps.* Des larmes montèrent mais elle les arrêta d'un clignement d'yeux.

Il baissa la tête afin de l'embrasser dans le cou. La sensation de ses lèvres lui fit l'effet d'un coup de feu. « Tu sens bon. »

« Toi aussi. » Elle se sépara de lui et recula.

« Prête ? »

Elle acquiesça. Bull ouvrit la porte et la laissa sortir la première.

« Le meilleur petit-déjeuner est au Dutton Hill Diner, » dit-il, démarrant son SUV.

« Je n'y suis jamais allé. »

« Tant mieux, je suis ton premier. »

« De beaucoup de façons, Sly. Vraiment. » Son sourire était malicieux.

« J'espère que tu ne veux pas dire. Uh. Enfin, j'espère pas... Au lit, pas vrai ? » La sueur perlait sur son front.

Elle explosa d'un rire cristallin. « Oh, dieu, non ! »

Il respira longuement. « Ouf, merci. Tu m'as fait peur pendant une minute. »

« Tu n'aimes pas les vierges ? » Elle leva un sourcil et lui lança un regard de travers.

« C'est pas que je ne les aime pas, c'est que je préfère mes femmes avec de l'expérience. »

« Tes femmes ? Je croyais que tu n'étais pas un coureur de jupons ? »

« Je n'en suis pas un. J'évite les vierges. Trop de regrets. Trop de filles qui pensent que ça implique une demande en mariage. Trop compliqué. » Il se secoua lentement la tête en tournant sur Pine Road.

« Je suis heureuse que l'on en ait terminé avec cette discussion. »

« Moi aussi. » Il rigola, en lui offrant un regard aguicheur.

« C'est du sarcasme, Sly. Combien d'autres y a-t-il ? »

« De quoi tu parles ? »

« De critères disqualifiant les femmes qui veulent sortir avec toi. »

« Aucun. J'en ai pas. »

« C'est pas vrai ! Tu viens de dire que tu ne voulais pas de vierges. Alors, disons, les brunes ? Je veux dire, ta fiancée était blonde... »

Bull arrêta la voiture sur le côté. « T'es sérieuse Sam ? T'es jalouse de Tiffany ? Elle m'a largué. C'est fini depuis des lustres. Elle est avec un autre mec. »

« C'est juste ce que tu as dit sur les vierges. »

« J'ai dit que j'étais sélectif. Je ne dors pas avec n'importe qui. Je ne veux pas passer mon temps libre avec une femme juste pour coucher. Il faut que ce soit quelqu'un avec qui je veux parler, sortir, emmener aux matches. T'as raison, j'ai une liste. La voilà. Pas de vierges, de filles complètement stupides, pas d'alcooliques, pas de droguées, pas de fumeuses, pas de fille qui déteste les animaux, ou les enfants, pas de fille qui passe sa vie à se maquiller, ou de fille qui passe sa vie à faire du shopping, pas de fille chiante ou méchante, et pas de fille qui déteste le foot. Voilà. Voilà la liste. T'es contente ? »

Son regard se perdit dans le vague, ses lèvres se pincèrent dans un froncement. La colère le surmontait. Samantha retint sa respiration pendant un moment. Elle essaya de croiser son regard, mais il semblait être si loin du sien. Sam se mordit un ongle, sa bouche s'asséchait et ses yeux s'humidifiaient.

« On a pas besoin de faire ça. Je peux te ramener à la maison si tu ne veux pas être avec moi. Je comprends. Devon m'a joué un tour avec toi. Je comprends. Sans rancune. »

Il enclencha le clignotant et recula, se préparant à faire demi-tour, quand elle mit sa main sur son bras.

« Je suis désolée, je ne voulais pas dire ça. »

« Est-ce que tu veux être avec moi ou pas ? » Il avait l'air sévère. « Parce que j'en ai marre de perdre mon temps avec ces conneries. »

« Est-ce que *tu* veux être avec *moi* ? » Une respiration profonde n'empêcha pas sa voix de trembler.

« Bien sûr. Je croyais que c'était assez clair. De combien de façons différentes faut que je le dise, que je le montre ? » Il arrêta la voiture.

« Je suis désolée, tellement désolée, Sly. Je ne voulais pas. C'est-à-dire, je ne veux pas que tu penses. » Elle ne trouvait pas les mots. Elle se pencha, prit sa tête entre ses mains et l'embrassa. Bull se pencha aussi. Elle appuyait ses lèvres contre les siennes, le tenant contre elle. Elle mit la langue. Dès qu'elles se touchèrent, il revint à la vie, l'approcha. Il prit le dessus, imposant son torse contre le sien.

Le désire parcourait ses veines. Le corps de Sam se réchauffait alors que les doigts de Sly parcouraient ses cheveux. Elle enlaça ses bras autour du cou de Bull aussi bien qu'elle pouvait, alors que le levier de vitesse la gênait. Sa paume à lui remonta de sa côte jusqu'à son sein. La respiration de Samantha accéléra, et elle raffermi son emprise. Le besoin montait en elle, effaçant toute pensée, ne laissant que les sensations, le gout et l'odeur de Sly Brodsky. Il se recula and enleva sa main.

« J'imagine que tu veux, » croassa-t-il, d'une voix rauque.

Ses joues s'embrasèrent. Perdre contrôle avec un homme dans le devant d'une voiture n'était pas du tout son style.

« Désolé, je ne voulais pas abuser, mais je devais savoir, » dit-il.

« Savoir ? »

« A quel point tu voulais être avec moi, ou si c'était juste un plan cul. »

« Et maintenant tu sais quoi exactement ? »

« Notre connexion physique est mutuelle. »

Si elles pouvaient seulement rougir encore plus, ses joues l'auraient fait. Après avoir essayé difficilement de cacher ses sentiments, de rester en sécurité, de peur de se faire mal, son corps l'avait trahi. Mais le regard de Sly la faisait bouillir de l'intérieur. Il serra sa main.

« J'aime bien les femmes qui savent s'amuser, » dit-il avant de garer la BMW et d'éteindre le moteur. « Petit-déjeuner ? »

Elle acquiesça, ne faisant pas confiance à sa voix.

Il ouvrit la porte. Holly, la serveuse, les accueillit et les assit dans un coin près d'une fenêtre. Il prit les doigts de Samantha entre les siens. Embrassant sa paume, faisant parcourir un frisson dans la moelle épinière de la demoiselle. Il ne servait à rien de nier qu'elle le voulait lui autant qu'il la voulut. Son corps refusait de mentir, envoyant des signaux chaque fois qu'il la touchait.

« Qu'allez-vous prendre ? » demanda Holly, en pressant le bouton de son stylo.

Ils commandèrent des œufs brouillés, du bacon, des jus et des cafés.

« Contre qui jouez-vous cette semaine ? » demanda Sam, goutant la boisson chaude.

« Les Bobcats de Columbus. »

« Ils sont forts ? »

« Putain, ouais. Ils ont Horse Jackson. Le fils de pute essaye toujours d'exploser notre quarterback. Oops, pardon. »

« Devon parle tout le temps comme ça. Parfois je m'y prends à le faire. »

« Tu dis des gros mots ? »

« Bordel, ouais. Parfois. » Elle pouffa.

Ils discutèrent en mangeant. Samantha montra sa connaissance du jeu. Mais elle connaissait plutôt les aspects défensifs, son frère étant cornerback, joueur plutôt défensif, donc, et le plus rapide.

« T'en sais beaucoup, pour une fille. »

Elle écarquilla les yeux. « Comment ça, 'pour une fille' ? »

Il rougit. « Nan, rien, rien, Sam. C'est juste que la plupart des filles avec qui j'ai été n'y connaissaient rien au football. Mais toi si. »

« Devon est mon frère. Je ne peux pas vraiment ignorer le foot. C'est un peu sexiste ce que tu viens de dire. »

« Je parlais juste de mon expérience. Je ne voulais pas te blesser. En vrai je suis impressionné. »

Elle recommença à manger. La conversation n'irait pas plus loin. *Notre alchimie n'est-elle que physique ?* Après avoir terminé leur repas, Samantha se trouva une raison pour rentrer chez elle. Au quand bien même Sly était désolé, il n'essaya pas de la convaincre de l'emmener jusqu'à sa voiture, qui était garée chez lui. Les aurevoirs furent un peu gênants, mais il l'embrassa rapidement.

Une fois rentrée chez elle, elle fondit en larmes. Qu'était-il arrivé à son rêve ? Sly Brodsky avait l'air d'être tout ce qu'elle recherchait. Même malgré les réprimandes de Devon, elle ne s'était pas désintéressée. Mais aujourd'hui, c'était comme si leur relation naissante avait été détruite. *J'espère que t'es content, Devon.* Les commentaires de Bull, ainsi que sa réponse sur les femmes et le foot avaient pourri l'atmosphère, comme une espèce d'expérience de chimie complètement foirée.

Samantha éteignit son téléphone, mit *While You Were Sleeping* dans son lecteur DVD et attrapa un pot de glace au caramel et une cuillère. Elle se blottit dans son canapé en pleurant devant le film. Qu'est ce qui causait les larmes, le film ou sa propre vie ? Sam n'en avait aucune idée, et elle s'en foutait. Elle était tombée amoureuse, et maintenant ses rêves d'un futur avec cet homme merveilleux s'envolaient à cause de quelques mots mal choisis. Rien n'aurait su être plus triste.

A minuit, elle éteignit la télévision, se déshabilla, et s'enfonça sous ses draps. Mais elle ne pouvait pas trouver le sommeil. Elle gigotait beaucoup, alla ouvrir la fenêtre, la referma, et, finalement, enfila son peignoir et s'en alla dans la cuisine afin de se faire une tasse de thé.

Vers deux heures du matin, elle entendit qu'on toquait à la porte. Effrayée au premier abord, elle se persuada de rester calme, en espérant que l'intrus s'en irait de lui-même. Mais la voix qui l'appelait lui semblait familière. Elle jeta un coup d'œil dans le judas et se rendit compte qu'il s'agissait de Sly Brodsky.

« Ouvre-moi, Sam. Ouvre moi ! »

Elle glissa le verrou sur le côté et entrouvrit la porte.

« Dieu merci, tu vas bien. »

« Quoi ? »

« Je peux rentrer ? »

Elle ouvrit grand la porte. Il la prit dans ses bras si fort qu'il lui coupa la respiration.

« J'ai eu tellement peur. Je t'ai appelé vingt fois pour m'excuser. Juste ta boite vocale. Tu ne m'as jamais rappelé. Je me suis dit que peu importe à quel point tu étais énervée, au moins tu m'appellerais pour me dire que tu allais bien. Et te voilà, dans ton nouveau chez toi, seule. J'ai cru que tu avais glissé dans ta baignoire, ou je sais pas. »

« Tu t'inquiétais ? »

« Inquiet ? Non, affolé ! Je ne sais pas ce qu'il s'est passé entre nous. Quand je suis arrivé à la maison, la seule chose à laquelle je pouvais penser c'est toutes les conneries que je t'ai dites. »

« Moi aussi. Pas tes bêtises mais plutôt les miennes. »

Il relâcha son emprise suffisamment pour pouvoir l'embrasser. « Et puis, comme je ne pouvais pas te contacter, j'ai eu peur. »

Les yeux de Sam s'humidifièrent. « J'étais en colère. J'ai éteint mon téléphone et j'ai regardé un film. »

« Et pleuré, » dit-il, effaçant des traces de larmes sur ses joues avec son pouce. « J'ai cru que tu avais eu un accident. S'il te plait, ne me refais jamais ça. »

« Tu n'es pas en colère ? »

« Je suis content que tu ailles bien. S'il te plait, est-ce qu'on peut juste revenir à hier ? »

« Un rembobinage instantané ? » Elle sourit. « Super idée ! »

« Je suis fou de toi. Tu es la personne la plus intelligente, la plus fantastique, la plus belle femme de tous les temps. »

« Et tu es le plus doux et le plus gentil des hommes. »

Il l'embrassa et changea l'angle de son corps afin que le baiser soit plus passionné encore. Elle fondit dans ses bras. Son cœur battait la chamade. *Ce n'est pas fini.* La délivrance courrait dans ses veines.

Ils s'embrassèrent encore. Puis, il jeta un œil à sa montre. « Merde, faut que j'y aille. Je peux te voir en rentrant ? »

« Evidemment. »

« Oh ma chérie, tu me rends heureux. »

S'en allant sur ses mots, il ferma la porte derrière lui, et elle la verrouilla à double tours. Elle s'effondra sur son lit et s'endormit en une minute.

Chapitre Trois

SLY S'INSTALLA SUR son siège dans le jet privé affrété par Lyle Barker, le propriétaire de l'équipe. Trunk Mahoney, son meilleur ami, s'assit à côté de lui. La saison avait bien débuté. Les Kings avaient battu les Sidewinders de Saint Louis, contre qui ils avaient perdu le Super Bowl en Février. Bientôt ils joueraient contre leurs rivaux, les Bobcats de Columbus. Bull et Trunk avaient hâte de prendre leurs revanches contre Horse Jackson, le fameux défenseur des Bobcats qui les avait blessés tous les deux.

Jackson était un monstre. A la fois géant et méchant, il blessait intentionnellement n'importe quel joueur qui se trouvait en face de lui. Mais ses cibles préférées étaient les quarterback -du moins c'est ce que les Kings pensaient. Forcer la sortie d'un quarterback était un peu comme son geste signataire. Il ne réussissait pas souvent, mais quand il le faisait c'était dévastateur. Toute l'équipe des Kings le détestait.

Bullhorn avait longuement essayé, sans succès, de payer la monnaie de sa pièce au joueur des Bobcats.

« Oublies ça, Bull. Reste juste hors de son chemin. Et protège le gamin aussi. »

« Breaker ? Je pense pas que le coach le fasse jouer, ce serait du suicide. »

« Il s'est beaucoup musclé et entrainé. Il a l'air mieux, » dit Trunk, faisant un geste vers une hôtesse de l'air.

« C'est un putain de gosse, Horse va le bouffer tout cru. »

« Il va bien falloir que le gamin l'affronte un jour. Qu'il te permette de te reposer. »

« Je peux m'en occuper. » Bull frappa son poing fermé dans la paume ouverte de son autre main.

« Mais s'il te sort, tout le reste de la saison est affecté. »

Bull eut un rictus.

L'hôtesse de l'air, une rousse enjouée, s'arrêta à leur niveau et leur sourit. « Que puis-je faire pour vous messieurs ? »

Trunk gloussa, caché derrière sa main mais Bull n'y prêta aucune attention.

« Vous avez quoi comme jus ? » demanda Brodsky.

Les deux hommes commandèrent des burgers, des jus et de la salade de fruits. Trunk matait le postérieur de la demoiselle alors qu'elle s'en allait.

« Fais gaffe, Trunk. Tu vas la mettre mal a l'aise. En plus, t'es déjà marié. »

« Dis-ça à ma femme. »

« Dis-lui toi-même. J'espère que tu sors pas ce soir. »

« Ouais, ouais. Mary m'a dit qu'elle m'appellerait. »

« Faut que je passe vérifier ou bien ? »

« Nan, t'inquiètes. Et toi ? Gros, t'es célib. Y'a un super strip club à Columbus. »

« Pas pour moi. J'ai pas besoin, merci. »

« Niquer la sœur de Devon ? Pas mal. »

« Parles pas comme ça. C'est irrespectueux. Je la 'nique' pas du tout. »

« Toi ? Sensible ? »

« A propos d'elle ouais. Elle est différente. En plus, on dort même pas ensemble. » *Du moins, pas encore.*

« Ça c'est nouveau. A part Tiffany, je croyais qu'une chatte c'était juste une chatte, avec toi. C'est pas toi qui m'a dit 'dans le noir, on s'en fout de savoir à quoi elle ressemble ? »

Bull sentit le rouge lui monter aux joues. C'est exactement ce qu'il avait dit à Trunk une nuit dans un strip club, avant que Tiffany n'entre dans sa vie. Après qu'elle lui ait brisé le cœur, il n'avait pas eu envie de retomber dans ses anciens travers. Il avait connu l'amour et rien de moins intense ne lui aurait été acceptable. Comment pourrait-il faire comprendre ça à Trunk ? « C'était avant. J'ai changé. »

« Ça veut dire quoi cette merde ? » Trunk abaissa le plateau de table alors que l'hôtesse approchait.

« C'est plus moi ce genre de choses. C'est du passé. »

« Je vois ce que tu veux dire. »

« T'arrêtes aussi ? » Bull leva un sourcil en regardant son ami.

Ils mirent une pause à leur conversation pendant que l'hôtesse déposait leurs plateaux repas devant eux. Bull prit son burger en mains.

« J'ai joué au con avec Mary. Faut que j'arrête. En plus, ça ne marche plus tellement pour moi. »

« Je comprends, ouais. Maintenant, quand je regarde ces filles, j'ai de la peine. »

« Ouais. Certaines ont des gosses. Elles supportent leurs familles. C'est... C'est sordide. Je fini par leur filer cent balles et je me casse. » Trunk entama son burger.

Les joueurs prirent le bus à l'aéroport et une chambre dans le meilleur hôtel de la ville. Le ciel était sans nuages, la chambre grande et confortable. Tout était parfais, sinon qu'il manquait Samantha. Il s'affala sur son lit et décrocha son téléphone.

« Salut Sam. »

« J'imagine que tu es bien arrivé. »

« Ouais. Tu me manques. La chambre est super, mais il manque un truc. Toi. »

« T'es mignon. » Elle pouffa.

Un frappement à la porte les interrompit. « Entrainement, tête de gland. »

Bull reconnu la voix de Trunk. Et arrêta sa discussion. « J'arrive, connard. »

Les hommes s'échauffèrent sur le terrain et s'entrainèrent à plusieurs tactiques de matches. Bull essayait d'éviter Devon Drake, du moins jusqu'à ce que sa relation avec Samantha soit clarifiée. Mais ce n'était plus possible aujourd'hui. Il ne pensait qu'à Sam, et Devon devrait s'y faire.

« Hey, Drake. J'ai entendu dire qu'ils avaient un nouveau receveur cette année. »

« Ouais, Tom Gallagher. »

« Faut que tu t'en occupes. »

« Sean Murphy était le quarterback de Gallagher à la fac. »

« Et ils refont équipe ? Je suis sûr que tu vas bien t'en charger. »

« Fais gaffe à Horse. Ce fils de pute à une dent contre toi. »

« Je vais m'en occuper. »

« J'espère bien. On a besoin de toi. »

Bull sourit. Devon le gratifia d'une tape dans le dos. Ils se rendirent au vestiaire. Lawson 'Gamin' Breaker les suivait.

Trunk le regarda se dessaper. « Regarde le gamin, Il s'est musclé ! En manque de chatte ? »

Le visage du gamin prit une couleur tomate. « C'est pour l'équipe. »

« T'essaye de nous impressionner ? ça marche pas comme ça, gamin. »

« C'est pas ce que je voulais dire, c'est... c'est, enfin... vous êtes tous tout le temps à la muscu, et moi, je suis un peu gros, alors, »

« Laisse pas ce con se foutre de ta gueule, gamin. On te comprend. Nouvelle saison, nouvelles habitudes » dit Griff Montgomery, le quarterback des Kings.

« C'est ça : nouvelle saison. »

« Mais t'as pas chopé, Breaker ? » insista Trunk.

« J'ai une copine, » murmura le jeune joueur.

« Elle est bonne ? » demanda Bull, l'air amusé.

« Plutôt. »

« Plutôt ? » Buddy Carruthers s'esclaffa en enlevant sa serviette. « gamin, prends une douche froide. »

« Tu la baise, gamin ? » demanda Trunk en se mettant sous le jet d'eau chaude.

« C'est pas tes affaires, » répondit le joueur de ligne. Il attrapa le savon.

« Il a surtout besoin de muscler une autre partie de son corps, » lâcha Bull.

Les hommes rirent alors qu'on avait jamais vu Breaker avec des joues plus rouges.

En montant dans le bus, Bull aperçu Griff s'approcher du jeune joueur. Le quarterback lui fit une tape dans le dos.

« T'inquiètes pas gamin, ils te font ça parce qu'ils t'aiment bien. »

« Merde, je m'imagine pas ce que ça serait s'ils m'aimaient pas alors. »

Griff pouffa. « Tu fais partie de l'équipe. On est tous derrière toi. »

Lawson sourit au quarterback et monta dans le bus.

Bull repensa à sa première saison. Chaque opportunité lui avait été rendue difficile. Il rit en son for intérieur, se souvenant à quel point il avait été timide et bizarre en dehors du terrain. Les moqueries s'étaient arrêtées à sa première blessure. Tous étaient venus lui rendre visite pendant qu'il se faisait recoudre l'avant-bras.

En accélérant pour se rapprocher de Mahoney, Bull s'arrêta au niveau du siège de Breaker. Il tapa l'épaule du jeune homme. « T'inquiètes pas, petit. Tout va bien se passer. »

AVANT D'ENTRER SUR le terrain, le coach Bass rassembla l'équipe. « Ecoutez, on a défoncé les Sidewinders. Alors on peut battre les Bobcats sans même faire d'efforts ! »

« Et Horse Jackson ? » demanda un joueur.

« Ce putain de monstre ? On va faire jeu à deux contre lui. On va l'arrêter pour de bon. J'ai Brodsky, Maguire et Breaker. Je vais vous faire tourner jusqu'à ce qu'on l'épuise. »

Un léger murmure de satisfaction se fit entendre. Bull pria silencieusement. *Mets Breaker avec moi, coach. Pas Maguire.*

« Trunk, tu vas diriger la ligne en t'occupant de Sean Murphy. Il est bon, le laisse pas tirer. Drake, tu t'occupes de Gallagher. Lui et Murphy sont difficiles à battre. »

« Ok coach, » répondit Devon.

« Vous pouvez le faire. Il faut les explose si vous voulez allez au Super Bowl. Avec cette équipe, rien d'autre ne suffira. Vous pouvez le faire. Vous êtes des stars. Tous. Alors, allez-y et battez-moi cette putain d'équipe. »

Les joueurs se rapprochèrent pour faire leur cri d'équipe et trottinèrent vers le terrain. Puisqu'ils étaient à l'extérieur, il n'y avait pas beaucoup de fans des Kings, mais ils se faisaient tout de même entendre.

Griff Montgomery perdit le toss. Le coach commença à mâcher un chewing-gum. Les Kings commençaient avec le ballon. Bullhorn prit position. Horse Jackson reniflait comme un taureau prêt à foncer et tout détruire.

« Je vais te défoncer, Brodsky. »

« Va te faire foutre, tête de gland » répondit Bull.

Buddy Carruthers récupéra la balle sur la ligne des quinze yards et commença sa course. Trunk Mahoney courrait à peine devant lui, repoussant les Bobcats. Le receveur se fit tacler sur la ligne des vingt-sept yards.

Pour la première tentative, Mahoney quitta le terrain, puisqu'il jouait en défense malgré sa participation à la réception sur le coup d'envoi. Nate Maguire et Bullhorn étaient chargés de s'occuper de Jackson. Une fois la balle engagée, Bull garda les yeux rivés sur Horse. Le géant était en train de dépasser Maguire quand Bull abandonna son propre adversaire direct pour aller tacler Jackson. Brodsky le bloqua, tombant tous les deux. Aucune pénalité ne fut sifflée. Griff envoya un long ballon sur Buddy pour un premier down sur trente-neuf yards.

Jackson cracha vers Brodsky. Bull vit rouge et chargea le défenseur. Maguire l'attrapa alors que Montgomery et Carruthers arrivèrent, retenant leur coéquipier.

« Il en vaut pas la peine, » dit Griff.

Jackson provoquait Bull d'un rictus menaçant, afin de le faire sortir de la ligne et de provoquer une faute.

« On va te défoncer, connard, » dit Bull en serrant les dents.

Il sourit quand le rictus disparu du visage de Jackson. L'insulter comme cela revenait à enflammer une flaque d'essence. L'insulte avait rendu Horse fou. Bull pouvait jurer que de la vapeur s'échappait du nez de son adversaire.

Ils se remirent en ligne. Marquel Johnson était de retour de blessure après une jambe cassée. Coach Bass l'avait repositionné en running back. Griff glissa le ballon à Marquel, dont la rapidité permit de gagner de précieux yards.

Les Kings marquèrent un touchdown, ce qui frustra Jackson au point qu'il retira son casque et le balança, pourchassant Bull. L'arbitre donna une faute d'équipe aux Bobcats et accorda une pénalité aux Kings pour le manque de fair-play de Horse. Coach Bass désigna Robbie Anthony pour tirer la pénalité, élevant le score à sept-zéro en faveur des Kings.

La première mi-temps continua dans ce ton. Horse joua plus intelligemment, forçant Griff à décrocher ou à se faire plaquer par un défenseur. A la pause, le score était de quatorze à dix, toujours pour les Bobcats.

Dans les vestiaires, le coach félicita Brodsky et Maguire. « Personne ne l'arrêtera complètement. Mais vous y étiez presque, bien joué les gars. »

Devon Drake avait intercepté soixante-quinze pourcents des passes de Sean Murphy vers Tom Gallagher. Le coach lui tapa dans le dos. « Bon travail, Drake. Continue comme ça. »

Ils burent un jus et eurent droit à un peu de repos.

« Je fais rentrer Breaker. Bull, repose-toi. Jackson se fatigue, mais toi aussi. C'est l'heure pour le gamin de faire sa première fois ! »

L'équipe cria fort pour le féliciter, alors que Lawson Breaker rougissait une fois de plus.

Bull se renfrogna en remettant son casque, et rejoignit Trunk dans le couloir vers la pelouse. « J'espère que le coach sait ce qu'il fait. Je suis pas sûr que Breaker soit près pour Jackson. »

« C'est l'heure pour lui d'affronter les grands, Bull. Ça va aller. Maguire va faire attention à lui. »

Robbie Anthony tira l'engagement. Trunk tacla le receveur sur la ligne des dix-huit yards. C'était bon signe. Grâce à un fumble, les Kings récupérèrent le ballon.

Alors qu'il sortait du terrain, Trunk fit un geste obscène à Breaker qui rentrait. Le rookie rit et rejoignit Nate Maguire sur la ligne. Bull retint sa respiration. Maguire et Breaker couraient chacun d'un côté de Jackson, avant de l'immobiliser, comme s'ils avaient joué ensemble depuis des années. Brodsky exhala quand Caleb Turner intercepta une nouvelle passe de Griff.

L'air était un peu frisquet à mesure que l'automne arrivait. Mais Jackson donnait l'impression d'être en feu. Bull faisait les cent pas sur le côté du terrain alors que son équipe se repositionnait pour la prochaine tentative. Horse se déplaça trop tôt et un hors-jeu fut sifflé. La pénalité à cinq yards emmena les Kings en zone rouge.

Jackson courra pour retourner à son poste. Il paraissait nerveux, incapable de se tenir droit. Dès que la balle fut jouée, il se chargea. Il fonça sur Breaker. Pour un homme de sa taille, Horse était rapide. Tête baissée, il rentra dans l'abdomen du jeune homme, le faisant reculer. Maguire se précipita vers lui pour le pousser mais était en retard. Horse attrapa le bras du jeune homme et le tira fort. Breaker se retourna et tête heurta Maguire à la vitesse de l'éclair.

Le jeune joueur tomba au sol comme une poupée de chiffon. Le sifflet se fit entendre. Une pénalité pour tacle dangereux fut sifflée. Emmenant les Kings presque jusqu'à la ligne de but. Bull s'arrêta. Breaker était toujours allongé sur le sol, sans bouger.

Brodsky respira un grand coup et retint sa respiration alors que le docteur des Kings et Hank Montgomery, le père de Griff, un des coachs de l'équipe, se précipitèrent sur le terrain. La foule était silencieuse pendant que Hank retira le casque du gamin. Il ne bougeait toujours pas. Maguire, aussi au sol, s'assit. Il se secoua la tête. Griff lui tendit la main et le joueur de ligne se leva péniblement. Buddy l'aida à sortir du terrain. Mais Breaker ne bougeait toujours pas.

Bull fixa le coach qui était en train de mâcher son chewing-gum. Les docteurs s'occupaient du gamin mais lui ne bougeait pas d'un pouce. Hank se leva et appela la civière. Les supporters étaient encore plus silencieux. Bull eu soudainement la chair de poule, et ses yeux s'humidifièrent.

Hank et le docteur soulevèrent Lawson et le posèrent sur le brancard. Il fut déposé dans un chariot d'urgence. Les spectateurs se levèrent et applaudirent. L'équipe s'écarta pour les laisser passer jusqu'aux vestiaires. Bull fixa son jeune coéquipier, yeux fermés, respirant difficilement. La rage monta dans la poitrine du joueur de ligne. Dès que Breaker fut hors de vue, Brodsky concentra son attention sur Jackson.

Le géant était debout sur le côté, avec un rictus aux lèvres. Bull voulait le tuer à mains nues. Après le signal du coach, Brodsky courut sur le terrain et le jeu reprit. Quand le ballon fut joué, Bull baissa la tête en fonça droit sur le ventre de Horse Jackson. Il le heurta aussi fortement qu'il le pouvait, le mettant hors d'état de nuire. Après une feinte à gauche, et une à droite, Griff Montgomery garda la balle pour lui et courut inscrire un touchdown.

Avec Jackson hors du jeu, la technique du quarterback fonctionna parfaitement. Il scora. Jackson se contorsionnait, cherchant de l'air. Brodsky observait son travail. *Faut marquer pour le gamin.*

Un coéquipier releva Horse. Il jeta un regard glacial à Bull, qui lui fit un doigt d'honneur.

« Reste éloigné de Breaker, fils de pute, ou je t'encule encore plus fort, » siffla Bull contre le géant en s'approchant.

« Va te faire foutre, connard. » Jackson se repositionna, respirant à peine normalement.

Quelqu'un accrocha le bras du joueur de ligne. Bull se retourna et vit Nate Maguire qui était rentré.

« Laisse cet enfoiré tout seul, Bull. On a besoin de toi. On les défonce en plus. Putain de losers, » dit Maguire.

Bull ricana devant Jackson. « Loser. » Il cracha devant son adversaire.

Les yeux de Jackson s'écarquillèrent. « Ça va être tes derniers mots, Brodsky ! »

« Ramène-toi, fils de pute. »

L'arbitre s'interposa entre les deux joueurs avant que leurs coéquipiers ne les ramènent vers eux. L'échange avait anéanti la concentration de Horse. Il reçut un avertissement pour violence et une pénalité légère. Mais sans son focus, il ne put empêcher les Kings de marquer un autre touchdown et un autre field goal.

La défense des Kings, menée par Trunk Mahoney et Devon Drake, éteint complètement Murphy et Gallagher. Incapables de scorer plus que trois field goals, les Bobcats s'inclinèrent vingt-quatre à neuf. Les Kings n'avaient pas battu les Bobcats avec une telle marge depuis très longtemps.

Après le coup de sifflet final, Bull fut le premier au vestiaire. Il abandonna son casque et de dépêcha d'aller dans la salle des premiers soins. Lawson Breaker était assis, sirotant un jus de pomme à la paille.

« Tu vas bien ? » demanda Bull, s'asseyant sur le lit d'à côté.

« Ouais, juste une commotion et une épaule disloquée. »

« Merde ! Ils te l'ont remise ? »

« Ouais. » Le gamin acquiesça.

« Ça fait un mal de chien. »

« Putain ouais. J'ai cru que j'allais mourir. »

Bull rit. « T'as perdu ta virginité de commotion aussi, aujourd'hui petit. »

« Ça veut dire quoi ? »

« Tu peux rien faire, même coucher, pendant au moins trois semaines. »

« Tu déconnes ? »

« J'déconnes pas. »

« Merde. Angela va pas aimer ça. »

« C'est ta copine ? »

« Ouais. » Breaker acquiesça et fit une grimace de douleur.

« Tout doux, tout doux. Tu ne peux rien faire. Pas de sexe, pas de lecture, pas de dance, pas de marche, pas de muscu, pas de foot. Rien. Pendant au moins trois semaines, peut-être plus. »

Le gamin s'allongea et ferma les yeux.

« Tout le monde va devoir t'attendre. »

« Ça a pas l'air si terrible. »

« Comment va ton épaule ? » Bull la toucha gentiment.

« Douloureuse. »

« J'imagine. T'étais un vrai animal là-bas. »

« C'est vrai ? » Le gamin se redressa et ouvrit les yeux.

« On a eu Jackson. »

« C'est vrai ? Vous lui avez fait mal ? »

« Ah ça. On les a explosé. Vingt-quatre à neuf. » Bull rit. « Jackson l'oubliera jamais. Il t'a sorti et ils se sont quand même faits poutrer. »

Le gamin sourit.

« Okay Brodksy, laissez le patient se reposer, » dit le docteur.

Bullhorn se leva et tapa sur l'épaule saine de Lawson. En partant, il vit la ligne des joueurs derrière lui. Tous faisaient la queue pour vérifier son état. Bull sourit. Faire partie de cette équipe lui réchauffait le cœur. Le réconfort de savoir le gamin en état et le bonheur d'avoir battu les Bobcats le faisait sourire comme rarement.

Dans le bus avec Trunk, les deux hommes comparèrent leurs notes.

« J'arrive pas à croire que t'ais éteint Jackson, » dit Trunk en ouvrant une bouteille d'eau.

« Moi non plus. C'est un putain de gorille. »

« Un putain de gorille vicieux. »

« Personne fait ça au gamin. »

« Non. »

Ils roulèrent en silence. La victoire contre leurs rivaux était déléctable.

« T'étais là quand Mary a appelé la hier soir ? »

« Elle a pas appelé. C'est moi qui l'ai appelé. Ouais. J'étais là. Elle à dit un truc sur a quel point c'était calme. »

« Tu crois qu'elle apprécie que t'ais changé ? »

Trunk regarda ses mains. « Je sais pas. C'est peut-être trop tard. »

« J'espère pas, mon gars, » dit Bull, tapant l'épaule de son ami.

« Moi non plus. »

Le bus arriva à l'aéroport et les conduisit dans un hangar privé où les attendait l'avion du retour. Les hommes grimpèrent. Le gamin s'allongea sur un lit. Trunk et Bull s'assirent à côté de lui.

« Tu peux parler ? » demanda Trunk.

« Ouais, mais pas trop. »

« Mais tu peux écouter, nan ? »

Lawson acquiesça lentement.

« Je vais te raconter ma première commotion. »

« T'en as eu plus d'une ? »

« Deux. Rien de grave. La première était à Los Angeles. J'ai eu de la chance. »

« De la chance ? Pourquoi ? »

« Parce que l'hôtesse avec les plus gros seins que j'ai jamais vus m'accompagnait. Elle était quasiment dans mon lit. Elle me laissait poser ma tête sur ses meules. Putain, mec, j'ai presque lâché la purée à chaque fois qu'y avait des turbulences. »

Le gamin rit.

Le docteur, passant par la, les prévint : « Essayez de le garder calme, okay ? »

« Okay, okay, doc. Calme. » Trunk se rassit et bu une bouteille d'eau pleine.

« Ses seins étaient bien plus gros que ses mains. T'imagine ? » rajouta Bull.

Trunk montra sa main. Le gamin, jetant un coup d'œil, s'exclama : « Nan, tu déconnes ! »

« J'en avais jamais vu des comme ça ! Ils étaient glorieux. »

« Là, j'aurais bien aimé y être pour voir ça. »

« Moi j'aurais bien aimé être à sa place, » rajouta Bull.

Une hôtesse s'arrêta. « Puis-je faire quelque chose pour vous, Monsieur Breaker ? » dit-elle avec un grand sourire.

Le gamin dit non de la tête. Elle hocha la sienne et s'en alla.

Trunk lâcha un : « Désolé, gamin. Elles peuvent pas toutes faire du double D. »

Chapitre Quatre

BULL AIDA LES PARENTS du gamin à le ramener chez lui une fois arrivés à New York. Un des instructeurs leur expliqua quoi faire.

« Profite de ton repos. Tu rejoueras dans quelques semaines. Te fatigue pas, mon pote. »

Il tapa dans le dos de son ami et alla prendre un bus. Il arriva chez lui assez tard. Malgré la douleur et la saleté, il décida de prendre sa douche le lendemain matin. Il avait prévu d'aller voir Samantha et avait besoin de repos. La fatigue se fit sentir et il s'endormit rapidement.

Le matin suivant, Bull opta pour un bain chaud plutôt qu'une douche, afin de relaxer ses muscles endoloris. Allongé dans la baignoire, il s'examina, à la recherche de contusions et de bleus. Cette fois, il en avait plus que d'habitude. Dont un gros sur le bras, là où il avait eu un bon contact avec le casque d'un adversaire. Vingt minutes plus tard, il se sécha et enfila un pantalon noir, avec un T-shirt sans manches de la même couleur. Il se coiffa, rasa, et s'aspergea d'une eau de Cologne que Griff l'avait convaincu d'acheter. Il avait dû admettre que lui aussi en aimait la senteur.

Il avait fini de se préparer avant onze heures. Il avait appelé le Verdoyant, et ils devaient leurs livrer le petit déjeuner. Il avait commandé des œufs brouillés, de la brioche fraiche, une confiture à la mûre faite-maison et un melon de saison. Bull n'avait jamais gouté à la confiture de mûres, mais il avait décidé de choisir quelque chose de plus exotique que la fraise afin d'impressionner Samantha.

Homme aux gouts simples, Sylvester Brodsky avait toujours été quelqu'un de banal, jusqu'à ce qu'il découvre le football américain. Dès qu'il était devenu une star, il avait pris une place spéciale dans sa famille. Aujourd'hui, son succès était plus mesuré, ses frères et sœurs étant devenus avocats, charpentiers et musiciens.

Ses parents vivaient dans une maison de retraite dans le Nevada, et ses frères et sœurs s'étaient répartis aux quatre coins du monde. Noël n'était plus aussi convivial. Il était le seul membre de sa famille sans enfants, donc les vacances aussi avaient perdu de leur magie.

Sly s'était promis de changer cela. Il voulait des enfants. Peut-être pas six, mais au moins deux. Et il rêvait de les avoir avec Samantha. Allongé dans son bain, il s'imaginait à quel point leurs enfants seraient extraordinaires, beaux, et athlétiques. Puis il soupira, se rappelant qu'il restait beaucoup de chemin avant d'en arriver jusque-là.

Il commença à faire du café lorsque la sonnette retentit. C'était Sam. Elle portait des leggings noirs avec un gros pull rouge et noir qui lui tombait derrière les fesses. Ses cheveux étaient lâchés, tombant en légères courbes sur ses épaules et son dos. Son maquillage était léger, avec un rouge à lèvres peu visible.

« T'as l'air magnifique, » dit-il.

« Merci. Toi aussi. » Il se rendit compte qu'elle l'observait de la tête aux pieds.

Les meufs font attention à ce que tu portes. A quoi tu ressembles.

Elle marcha vers lui et porta ses doigts à sa joue. « Tu t'es rasé aussi ? Super. »

Il prit ses doigts entre les siens et les porta à ses lèvres. Elle le fixait des yeux avec un regard sexy. Sly posa sa main sur sa mâchoire et l'embrassa. Alors qu'il faisait monter la tension, la sonnette retentit une nouvelle fois. Mécontent, il interrompit le baiser. Tous les nerfs de son corps étaient excités, il la désirait terriblement.

« Un visiteur ? » demanda-t-elle.

« Petit-déj. »

Bull paya le livreur, lui donnant un pourboire, et apporta leur nourriture jusqu'à la table à manger. Agatha avait mis une nappe avec des formes de lavande et des serviettes appareillées. Il répartit la nourriture et tira un siège en arrière pour Sam.

« Est-ce toi qui a mis la table ? »

« Pour ne pas te mentir, non. Mais j'ai fait en sorte qu'elle mise ainsi. Ça compte ? »

« Vachement ouais, ça compte, » dit-elle, piochant dans les œufs.

« De la confiture de mûres, » dit-il, lui tendant le pot.

« Mûres ? Je n'en ai jamais gouté. C'est bon ? »

Il rougit légèrement, puisque lui non plus ne l'avait jamais gouté. « Je n'ai jamais essayé, mais j'imagine que c'est différent. Genre, ça change de la fraise. »

« Oh, très bien, je vois. » Elle acquiesça et en mit quelques cuillérées dans son assiette.

Premier essai : tenter de l'impressionner fut un échec complet. Il la gouta et décida que c'était définitivement meilleur que celle à la fraise.

« C'est délicieux. Bon choix, » l'en informa-t-il, après l'avoir essayé sur le la brioche.

Tentative réussie. Premier essai pour l'impressionner -et but.

Pendant qu'ils mangeaient, il lui raconta le match contre Columbus. Elle l'écoutait, lui posant des questions intelligentes et pertinentes. Elle exprima même sa compassion pour le gamin.

« Vas-tu essayer de prendre ta revanche contre ce gars-là, Horse ? »

« Nan. Ce genre de trucs peut se retourner contre moi après. Tu peux prendre des pénalités, ou même te faire virer du match. En plus, tu pourrais te blesser en essayant de lui faire mal. »

« Logique. Je suis contente de t'entendre dire ça. »

« Pourquoi ? » Il entama ses œufs.

« Parce que je ne voudrais pas qu'il t'arrive quoi que ce soit. » Elle parlait à voix basse.

Il s'arrêta de manger, sa bouche entrouverte, il ne trouvait pas les mots. Sly la fixa des yeux, l'observant rougir. Son cœur se mit à battre à un rythme d'enfer. *Elle m'aime vraiment ?*

Une fois finis, Sam l'aida à débarrasser la table. Il mit les assiettes dans le lave-vaisselle et le mit en marche.

Samantha était devant la fenêtre du jardin. « Les feuilles changent de couleurs. C'est beau. »

Il la rejoignit, oubliant sa main sur son épaule. « Ouais. L'ancien propriétaire avait une grande pelouse, mais moi je la laisse pousser. Je veux plus d'arbres, moins de pelouse. »

« C'est pratique, » dit-elle en se rapprochant de lui.

« Allons marcher. » Il glissa ses doigts le long de son bras jusqu'à trouver les siens.

Elle acquiesça. Ils s'habillèrent de vestes légères et sortirent. Bull commença à chanter lorsqu'ils entrèrent dans les bois. Le soleil brillant, le ciel bleu sans nuages et la femme de ses rêves à côté de lui, le faisait rayonner de joie. Il chantait: 'Oh, What a Beautiful Morning', du musical *Oklahoma!*

Samantha s'arrêta pour l'écouter. "Oh mon dieu, tu as une très belle voix ! »

« Je chantais, avant. Dans la chorale de la paroisse. »

Elle leva un sourcil et se tourna vers lui. « Chantais ? »

« Ouais. Je chantais au lycée, aussi. J'ai joué Curly dans *Oklahoma!* En Seconde, j'ai lancé un groupe de rock avec des amis. »

« Un groupe de rock ? Sérieux ? »

« On s'appelait les Hommes de Fer. Parce qu'on était tous grands et forts. On jouait au football américain ensemble. »

Elle rit, mettant sa main devant sa bouche. « Je ne t'avais jamais imaginé chanteur. »

« D'où crois-tu que le surnom Bullhorn vient ? »

« Je n'en ai aucune idée. »

« J'était le seul gamin de la chorale à pouvoir faire un solo sans micro. » Il sourit.

Sam rit encore plus fort. « Donc, t'as eu ce surnom au lycée ? »

« Et c'est resté à la fac. Je suis allé à la fac de Kensington State avec plusieurs mecs de l'équipe. Le nom est resté. Tu veux m'écouter ? »

Elle acquiesça.

« Bouche-toi les oreilles. »

Bull chanta de plus en plus fort jusqu'à ce que les feuilles en frémissent. Quand il s'arrêta, il lui attrapa les poignets et les baissa.

« Wow. »

« Ça vient de mon coffre, de ma poitrine. Tu veux la voir ? » ricana-t-il.

« Je l'ai déjà vue, et oui, je comprends. » Elle rougit.

Elle me mate.

Ils rentrèrent à la maison.

« De quel instrument joues-tu ? »

« La guitare et le piano. »

« Pourquoi n'en-ais-je pas vus ? »

« Ils sont dans ma salle de musique. Suis-moi. »

Sly l'amena au troisième étage. Il avait transformé le grenier en une grande pièce ouverte et insonorisée du sol au plafond. La moquette était beige. D'un côté de la salle se trouvaient plusieurs guitares, un piano droit, une batterie complète et un saxophone. Les pupitres étaient vides mais on pouvait voir des piles de compositions sur une table dans un coin.

« Tu ne te moquais pas de moi. »

« Je ne plaisante jamais avec les trucs sérieux. »

Elle fit parcourir un doigt le long du saxophone. « Tu n'es pas monté ici depuis longtemps, je me trompe ? »

« Le foot ne me laisse pas beaucoup de temps pour mes passions. De toutes façons, pas durant la saison. »

« Tu joues maintenant ? »

« Hors saison. Trunk Mahoney fait de la batterie. Deux potes du lycée jouent aussi. Ils ont pas réussi à passer pros. Ils vivent pas loin et font des boulots normaux. Electricien, plombier, ce genre de choses. On joue les weekends d'avril et de mai. »

« Jouez-vous dans des clubs ? »

« Parfois. On nous laisse sans doute parce qu'on fait partie des Kings. Mais si on est pas bons, on fait qu'une nuit. »

Elle s'approcha de lui, lui caressant le torse. « Et pourrais-je venir t'entendre jouer ? »

« J'aimerais beaucoup. »

Quand elle leva les yeux vers lui, Sly en profita pour l'embrasser. Il plaça ses mains le sur les hanches de la demoiselle et l'attira vers lui. Il n'avait jamais fait l'amour dans la salle de musique, mais comme on dit, il y a une première fois à tout.

Samantha se logea contre lui. Il fit monter la température, la gardant près de lui et ravageant sa bouche avec la sienne. Sa langue commença sa danse avec celle de sa partenaire, l'enflamment complètement. Une érection débuta lentement. Il perdit le contrôle et ses doigts se retrouvèrent sur la poitrine de sa partenaire.

« Je te veux, Sam. »

Elle entoura son cou avec ses bras, continuant le baiser.

« Chérie, nan. Si tu ne vas pas... » commença-t-il.

« Mais je vais, » répondit-elle.

Ils se voyaient depuis un mois. Il s'était dit qu'il était temps. Soit elle coucherait avec lui, soit ils rompraient. Un homme ne peut pas attendre pour toujours. Surtout quand cette femme est dans sa tête, son cœur et son entrejambe.

Il souleva le T-shirt de Samantha et ses doigts parcoururent son dos. C'était doux et agréable comme il en était sûr. Bull avait rêvé de ce moment. Tout d'abord, la déshabiller et admirer sa beauté au naturel. Ensuite, la toucher. Caresser, câliner, titiller sa peau souple -explorer chaque vallée avec ses doigts et sa langue. Enfin, être en elle. Le rêve ultime -la prendre, la réclamer comme son bien, la faire languir de désir, et la faire exploser de bonheur.

Il s'était chaque nuit imaginé quelque chose de différent, laissant son esprit parcourir tous les détails de son union charnelle avec Samantha. Et maintenant que ça avait commencé, il était si excité, si dur dès les premières minutes. Il pria d'être capable de se contrôler pendant les trois phases.

Samantha remonta le T-shirt de Sly. Bull le fit passer par-dessus sa tête et l'envoya balader. Sa paume était posée sur son torse impressionnant, montant et descendant, ses doigts parcourant des poils ici et là.

« Mon Dieu, ton corps, » murmura-t-elle.

« C'est toi qui dis ça... » Il dégrafa son soutien-gorge et passa sa main dessous pour sentir sa peau. Il titilla son téton déployé avec son pouce, la faisant gémir légèrement.

« Touche-moi, » lui susurra-t-elle.

En une seconde, Bull passa à l'action. Il la prit dans les bras et la porta sur son épaule, descendant les marches rapidement. Il la posa doucement sur le lit, et retira son jean. Ensuite, il lui retira son pantalon, alors qu'elle enlevait son soutien-gorge. Elle était là -la femme de ses rêves, de ses rêves cochons. Allongée, à moitié nue, le fixant avec un air pervers.

Jamais pudique, Sly retira son caleçon et laissa son érection parler pour lui. Le visage de Samantha montra son impression.

« C'est juste pour toi, bébé, » murmura-t-il. Il ne savait pas par où commencer. Il l'admira de haut en bas. Ses seins lui remplissaient les mains, son ventre était plat, ses lèvres écartées, l'invitant à venir les embrasser. Il se baissa jusqu'à ce qu'il puisse le faire.

Mais un baiser n'était pas suffisant. Sly se releva, ses mains descendant vers sa culotte rouge qu'il eut vite fait de lui enlever. Il déposa une main sur chaque genou et les sépara. Ses yeux se reposèrent sur son sexe, son regard plus excité encore.

Il se recula sur le lit en plongea entre ses jambes. Elle cria, alors il releva la tête.

« Tout va bien ? »

« Ouais. Je ne m'attendais pas, enfin... C'est notre première. Je ne sais pas. » Elle agita la main.

Il sourit. « Allonge toi, relax, chérie. Laisse-moi t'emmener sur la lune. »

Elle pouffa, acquiesçant et fermant les yeux. Il retourna à sa tâche. Elle avait le gout précis qu'il s'était imaginé. Sa langue travailla doucement, lentement. La pression montait entre ses jambes à lui. Elle attrapa ses épaules, le forçant à faire une pause pour vérifier son état. Elle semblait étatique, alors il accéléra, la faisant crier assez rapidement. Lorsqu'elle lui tapa sur l'épaule, il s'assit, souriant, et s'essuya la bouche avec l'avant-bras avant de l'embrasser.

« T'es protégée ? »

Elle secoua la tête.

Sly prit une capote dans la table de nuit. Il l'avait enfilé en quelques secondes à peine. Elle leva les jambes. Il tira ses hanches vers lui, se mettant à genoux et la soulevant du lit. Après quelques caresses sur sa peau luisante de désir, il la pénétra lentement, car il voulait faire durer l'expérience, et aussi parce qu'il était assez large et qu'il ne voulait pas lui faire mal. Elle siffla une fois qu'il fut au fond. Bull la soulevait comme si elle ne pesait rien. Il ressortit avant de rentrer une nouvelle fois.

La sensation, son odeur, son étroitesse, tout cela le transportait. Il fermait les yeux en essayant de tenir. *Putain ! Je vais pas finir en cinq secondes.* Il était en train de vivre son rêve, et le mélange d'amour et de passion le dépassait. Il allait et venait en elle aussi profondément qu'il pouvait. Un sanglot lui fit peur, et il ouvrit les yeux.

« Ça va ? Trop fort ? »

« Non, non, c'est... fantastique. Ne t'arrête pas. »

Les yeux de Samantha se refermèrent alors que la chaleur se faisait voir sur son visage, colorant ses joues d'un rouge éclatant. Elle mordillait sa lèvre inférieure, alors que ses hanches accompagnaient celles de Sly. Elle serra les jambes autour de sa taille, le rendant fou, et faisant escalader son excitation. Et alors qu'il ne pensait pas pouvoir tenir plus longtemps, elle l'appela par son nom. Ses hanches ondulaient maintenant autant que les siennes, ses tétons durs et son visage rongé par l'extasie démontraient son orgasme en cours.

Bull jouit. L'explosion la plus puissante qu'il n'avait jamais eu, l'emmenant dans un tout nouveau niveau de plaisir jusque-là inexploré. Tous ses nerfs étaient en vie. Son souffle était irrégulier, alors qu'il la prit dans ses bras.

Il se sentait faible, exténué, mais satisfait et heureux. Sam bloqua ses chevilles dans son dos, lui souriant.

« Putain de merde. Excuse-moi, mas putain, c'était le plus excitant, le meilleur... de tous les temps. » Il se secoua la tête lentement, souriant alors qu'il se retirait d'elle. En s'excusant, il se leva et se dirigea vers les toilettes.

SAMANTHA ÉTAIT ALLONGÉE sur le lit, récupérant son souffle. Bien qu'elle soit loin d'être vierge, elle n'avait jamais connu d'expérience comme celle qu'elle venait d'avoir avec Bull. Quand il l'avait serré dans ses bras et touché la poitrine, elle avait perdu le contrôle. Il avait envahi ses pensées nocturnes, créant un désir qu'elle ne pouvait nier.

Une pensée à ce que Devon pourrait lui dire l'ennuya ? *Ce n'est pas un ange non plus. Pas comme s'il parlait.* Elle pouffa à sa propre idée.

« Qu'est ce qui est si drôle ? » Sly s'arrêta devant son armoire, prit un T-shirt et lui lança. « Pas que j'ai envie que tu te rhabille, mais il fait un peu froid. »

Elle jeta un coup d'œil à ses tétons qui s'étaient endurcis une fois de plus. « Puisque tu ne les touches pas, j'imagine que c'est le froid. »

« Je peux régler ça. »

Elle leva la main. « Laisse-moi me reposer une minute. »

« Chérie, je pourrais passer ma journée à te toucher, » dit Sly en enfilant un peignoir marron.

Elle détestait de voir son fantastique corps disparaitre sous l'habit. Comme il était de dos, elle pouvait l'étudier en détail. Son regard se posa en premier sur ses épaules. Mais son postérieur était si mignon qu'elle ne pouvait s'empêcher de le regarder. *Juste un petit bisou dessus, oh oui.* Il le couvrit avant qu'elle ne puisse s'imaginer le toucher. Ses jambes étaient longues, musclées mais d'une forme parfaite. Il était un beau spécimen.

« Est-ce que tous les linebackers sont construits comme toi ? » Elle se releva pour passer le T-shirt autour de sa tête.

« La plupart. Il faut qu'on soit plus gros. Les mecs en face sont des poids lourds. » Il serra sa ceinture.

« Un peu comme des rhinos sauvages. »

« Un peu ouais. Peut-être des éléphants. Il faut être massif pour pouvoir protéger le quarterback. »

« On entend pas beaucoup parler des joueurs de ligne offensifs, si ? Je veux dire, les commentateurs, et les journalistes. »

« Nan. On est un peu cachés. Si on fait notre boulot bien on en entend pas parler. Si on le fait mal, c'est partout dans la presse. » Il s'assit sur le coin du lit.

Samantha termina d'enfiler le T-shirt. Bull posa sa main sur la cuisse de Sam, son pouce dangereusement près de son intimité.

« Tu recommences ? »

Il leva les sourcils. « Je sais pas. Ça serait pas bien ? »

Elle plaça ses paumes contre ses joues et l'embrassa. Après un doux baiser, elle se rassit. « Donne-moi une minute pour respirer. »

Il rigola. « J'ai tellement attendu pour faire l'amour. Pas envie d'arrêter. »

« Tellement ? Quatre semaines ? »

« Une vie entière. »

Elle rit. « Tu es juste excité. »

« Les athlètes. Tu sais, les hormones... »

« C'est donc ça ? Je croyais que c'était moi. » Elle feint de se renfrogner.

« Mon cœur, c'est toi. Bien sûr que c'est toi. Merde, t'imagine bien que c'est toi. »

« Je me moque. »

Il sourit, un soulagement évident sur le visage.

Il est si adorable. Un ours mais en mignon et gentil.

Bull s'allongea sous les draps, puis il lui proposa de le rejoindre. Samantha se logea contre lui. Il la rapprocha un peu, et sa tête se retrouva sur son torse. Il l'encercla de ses bras alors qu'elle écoutait le rythme de son cœur. Le rythme régulier l'apaisait. Il y avait quelque chose chez lui qui lui donnait un sentiment de sécurité. Elle adorait son odeur. Ses doigts parcoururent ses pectoraux. *Dur comme du béton.*

Ils restèrent allongés, sans piper mot. Les yeux de Samantha s'alourdirent. Elle l'écoutait respirer. Elle frissonnait encore à cause de leur union charnelle. Elle la sensation entre ses jambes en était la cause. Un sentiment de satisfaction mélangé à une paix intérieure la firent s'endormir.

Quand il se mouva sur le côté, mettant son bras autour de sa taille et sa peau contre la sienne, elle se réveilla. Elle sentit quelque chose de dur contre son ventre, et se rendit compte que Sly était levé de plus d'une seule façon.

« Hey, ma belle. Tu veux le refaire ? » lui murmura-t-il à l'oreille.

Avant même qu'elle ne puisse répondre, son pouce titilla son téton. Il lui embrassa le cou, descendant vers ses seins. Elle eut un frisson lorsqu'il mordilla son sein. Son autre main avait trouvé sa cuisse, remontant petit à petit. Il glissa son index le long de ses lèvres avant de l'enfoncer.

Elle haleta alors qu'il réveillait le feu qui brulait en elle. Il inséra un deuxième doigt et continua ses aller-retours jusqu'à ce qu'elle soit à sa limite.

« Sly, Bull, s'il te plait. Fais-le. Fais-le. S'il te plait. »

Rougissant d'embarras, Sam n'arrivait pas à croire ses propres mots. Elle n'avait jamais supplié pour du sexe et la voilà, implorant Brodsky, joueur de ligne offensif chez les Kings, de la prendre. Il oublia sa fierté et prit sa verge dans la main. Solide comme du béton.

« Je vais le faire, chérie. Profite juste, » murmura-t-il, prenant les devants.

Samantha remonta ses jambes, et Bull était en elle avant même qu'elle ne puisse ajouter un mot. Cette fois, il était rentré facilement et la pistonnait jusqu'au fond, la remplissant, la faisant haleter de plaisir.

Sa main sur sa fesse, se rapprochant pendant que ses hanches ondulaient, la rendant folle de désir. La tension qu'il avait créée s'accumulait, l'intensité accélérant jusqu'à ce qu'elle explose dans un orgasme foudroyant. Il accéléra encore pour faire durer le plaisir. Samantha hoqueta, enfouissant sa tête dans son cou, suçant sa peau.

Bull termina juste après.

« Merde, Sam. Tu m'excite tellement. »

« C'est mutuel. »

Il l'embrassa, et sa main glissa sur sa poitrine et jusqu'à sa cuisse. Son toucher la faisait réagir, et alors que son besoin avait été comblé, elle se surprenait à en vouloir plus.

Il s'assit et sortit ses jambes du lit. « Si je ne me lève pas, on va rester là toute la journée. »

Et c'est une mauvaise idée ? Samantha, espèce de salope. Elle se fraya un chemin jusqu'au bord du lit. En ramassant le T-shirt, elle fixa Sly.

« Si tu bouges comme ça, tu vas me faire repartir. »

« Encore ? » Ses sourcils firent comme un bond.

Il rigola. « C'est toi, poupée, c'est à cause de toi. »

Bien que Samantha eût connu beaucoup d'hommes qui avaient exprimé leurs clair désirs charnel, Sly était le premier à y attacher une véritable passion. Son pouls s'accélérait dès qu'il disait quelque chose de gentil, la faisant se sentir désirée. Il lui semblait que Bull-horn Brodsky n'était pas apeuré à l'idée de lui ouvrir son cœur. Savoir où elle en était la calma. Elle soupira, plongeant ses bras dans les manches gigantesques.

« C'est beaaaauuuucoup trop grand. »

« T'as l'air mignonne. » Il lui fit un bisou sur le front.

Ils descendirent les escaliers pour aller dans la cuisine. Samantha observa le contenu de ses tiroirs et de son réfrigérateur. « Tu as de quoi faire à diner. »

« Tu cuisines ? Super. C'est dingue. Y-a-t-il quelque chose que tu ne saches pas faire ? »

« Pleins. Mais oui, je cuisine. »

« Tu veux une bière ? » Il en sortit deux et lui en tendit une.

Alors qu'elle commença à cuisiner, il sortit une guitare et joua quelques airs connus, en chantant. Samantha appréciait la musique et la voix de son joueur de ligne. Était-il à elle ? Il lui semblait. Elle sourit en plongeant dans les boites de conserve.

Elle réchauffa de la viande hachée au micro-ondes et rajouta quelques ingrédients pour pâtes venant de boites de conserve. Piochant un peu de cheddar dans le frigo, préparant la garniture dans une casserole.

Elle prit des assiettes, alors que Bull s'arrêta de jouer pour mettre la table. L'odeur de la nourriture dans le four fit gargouiller son estomac.

« J'imagine que je suis pas le seul à avoir faim. » Il gloussa.

Elle se sentit un peu embarrassée. Elle mit ses mains sur son ventre. Bull trouva une bouteille de vin blanc et un tire-bouchon. Il servit deux verres et leva le sien pour porter un toast.

« A Samantha, la plus belle femme de toute la Nouvelle Angleterre ! »

Elle leva le sien. « Merci. »

Alors qu'ils s'asseyaient, la sonnette retentit.

« Aucune idée, » dit-il, se secouant la tête en se levant. Sam servit des portions généreuses en attendant son retour.

A son retour, il tenait une large enveloppe dans les mains. Il l'ouvrit et en commença la lecture.

Sam pencha sa tête sur le côté. « Qu'est-ce que c'est ? »

Il leva la main et continua de lire.

« Que t'as dit l'homme à la porte ? »

Bull la regarda, avec de un sentiment de colère dans les yeux « Il m'a dit : 'vous avez été livré'. »

« Qu'est-ce que ça veut dire ? »

« C'est une assignation à comparaitre. Putain. Merde. Ça veut dire que je dois témoigner au tribunal. »

Il claqua les papiers sur la table et sortit de la pièce.

Chapitre Cinq

SAMANTHA RÉCUPÉRA LE document que Bull avait balancé. Il convoquait Sly à témoigner à un procès contre Tiffany Belden. *Tiffany ?* Avant qu'elle ne puisse terminer, il était revenu, et lui arracha la lettre des mains.

« Je n'ai aucune idée de ce que c'est, cette merde, » dit-il d'une voix énervée.

« N'est-ce pas ton ex ? Fiancée ? »

« Ouais. » Il parcouru les pages, lisant, relisant, et relisant encore. « Visiblement elle est accusée d'un crime. » Il fronça les sourcils.

« Ça serait bien que tu vérifies. Pourquoi te choisir toi comme témoin ? Je croyais que vous ne vous étiez pas vus depuis un an ? » L'estomac de Sam se noua.

« C'est vrai. Crois-moi, Sam, je n'ai aucune idée de ce que c'est ce bordel. Ça te pose un problème que je l'appelle ? »

« Hey, fais ce que tu dois faire, » dit-elle, regardant sa montre. « Il se fait tard, je travaille demain. »

« Ce n'est pas tard. On a pas terminé de diner. »

« Je n'ai pas faim. » Elle évitait son regard.

« Tu ne me crois pas ? » La sueur apparut sur son front.

« Si, si, » dit-elle, apportant son assiette jusqu'à la machine. *Est-ce que Devon avait raison finalement ?*

Il lui attrapa le bras. « Je connais ce ton. Tu penses que je suis mêlé à cette histoire. »

« Tu ne l'es pas ? Pourquoi est-ce qu'elle t'appellerait en témoin sinon ? »

Sly secoua sa tête. La tristesse remplissait ses yeux. « Je peux pas croire que tu me fasses ça. »

« Fasse quoi ? Me demander ce que ton ex te veut, ou si vous n'êtes pas en contact ? »

« C'est pas elle, c'est son avocat. On n'a pas eu de contact. Tu crois que je mens ? »

Elle leva un sourcil, visage tourné vers lui, alors qu'elle jetait le reste de la nourriture de son assiette dans la poubelle.

« Alors c'est ici que ça s'arrête. Désolé, Samantha, mais je ne peux pas vivre avec ta méfiance. »

La panique la saisit. *Il abandonne ?*

« J'ai tout essayé pour te convaincre que je suis sérieux dans mes sentiments pour toi. Tu ne veux pas le croire. J'ai plus d'idées. J'arrête. Si je ne peux pas te convaincre, après ce qu'on a partagé, alors je ne pourrai jamais. »

« Tu me quittes ? » Sa gorge se resserra, et sa mouche s'assécha.

« Pas moi. Toi. Tu me quittes. J'ai tout essayé, alors même si ça me fait mal, je dois te laisser partir. » Il se tourna pour ne plus la voir.

« Quoi, c'est tout ? »

« Tout ? » Il fit volte-face, plein de colère. « Tout ? Putain, t'en as des couilles. A chaque fois que je fais quelque chose de bien pour toi, tu doutes de mes motivations. Tu crois que tout ce que je fais c'est pour t'attirer dans mon lit. Et ben, on l'a fait. Et je veux toujours être avec toi. Si je voulais juste te baiser, comment t'expliques ça ? »

Elle balbutia, mais les mots ne venaient pas. « Je – Je – Je suis désolée. Je- »

« Ouais ? J'imagine bien. Vraiment désolée. Vas-y, Samantha. Pars trouver quelqu'un à qui tu pourras faire confiance. Visiblement, c'est pas moi. » Il retourna jusqu'à la table pour s'assoir.

Elle se mit à pleurer et son souffle était coupé. Le monde entier s'effondrait autour d'elle, et elle ne savait pas comment l'arrêter.

« Je ne sais pas pour toi, mais quand quelqu'un que j'ai aimé avant a un procès, accusé d'un crime, et a besoin de moi, je ne leur tourne pas le dos. C'est pas comme ça que je fais. » Il ramassa sa fourchette et joua avec sa nourriture.

« Je n'ai jamais... »

« Tu veux que j'abandonne Tiffany ? Elle est dans la merde. Tu veux que je la laisse ? Je peux pas faire ça. »

Ayant soudainement froid, elle frissonna. Elle avait l'habitude de monter sur ses grands chevaux et de s'enfuir, seule. Mais elle ne pouvait pas, pouvait plus. Les souvenirs de leur amour partagé, de la chaleur de sa peau contre la sienne, de la sécurité sentie entre ses bras, la touchèrent en plein cœur. *Ne sois pas si stupide. Tu es en train de le perdre.* « Tu as raison. »

Il releva brusquement la tête.

« Je suis tellement désolée, Sly. Tu as complètement raison. Ce serait ignoble de l'abandonner. Si tu peux l'aider, tu devrais. »

« Et tu vas rester ? » Il posa sa fourchette.

Elle pleurait abondamment. « Si tu le veux, oui. »

« Oh, chérie ! » D'un mouvement gracieux, il était debout en face d'elle, la prenant dans ses bras. « Merci, Sam. Merci de me faire confiance, » lui murmura-t-il.

Elle pleurait sur son épaule alors qu'il lui embrassa le crâne.

Quand elle s'arrêta, il attrapa une boite de mouchoirs sur la table et dit : « Mangeons. Après, je l'appellerai, okay ? »

Elle acquiesça, les mots lui étant toujours coincés dans la gorge.

« Tu récupéré ton appétit ? »

« Je vais essayer. »

Il l'embrassa. « Bien, c'est bien. Il faut que tu prennes des forces. » Il sortit une assiette propre d'un tiroir et versa de la nourriture dedans, avant de la déposer devant Sam.

Elle prit sa fourchette.

« C'est vraiment délicieux. Où-as-tu apprit à cuisiner ? »

Elle lui sourit. Ses yeux gris clair la fixait chaleureusement. Elle lui prit la main.

« Merci. Tu m'es très important, Sly. Je ne veux pas te perdre. » Les battements de son cœur accélérèrent.

« Sam, tu ne me perdras jamais. »

Se maudissant mentalement pour avoir été égoïste, stupide et immature, et respira profondément. Sly Brodsky, cet ours d'homme, la désirait toujours. Elle fit en son for intérieur une prière de remerciements.

Lorsqu'ils eurent terminé de diner, Sly suggéra qu'ils sortent manger une glace. Mais d'abord, il voulait contacter Tiffany.

« Laisse-moi juste l'appeler. Je suis sûr qu'on peut en finir vite fait. Peut-être que j'ai même pas besoin d'aller au tribunal. C'est peut-être juste une incompréhension. »

Sam essaya de sourire. « Peut-être. »

Il composa son numéro alors que Sam nettoyait la cuisine.

« Allo ? Ouais, c'est Sly. J'ai reçu une assignation à comparaitre aujourd'hui. C'est quoi ce bordel ? »

Samantha écoutait silencieusement. Elle se dit que Tiffany devait-être au téléphone.

« T'as fait *quoi* ? »

Le cœur de Samantha se noya. Ses espoirs de simples résolutions s'étaient envolés.

DE L'AUTRE CÔTÉ DE la ville – La maison de coach Bass sur la plage.

Jo se retourna dans le grand lit de la chambre principale. Elle venait de faire une sieste de trois heures un samedi après-midi. Peu accoutumée des siestes, Jo se frotta les yeux deux fois en voyant l'heure.

Il était six heures. Il n'y avait aucune odeur de diner dans l'air. Elle s'assit sur le bord de son lit et enfila des chaussons.

L'automne était arrivé, et le vent remontait de la côte du Connecticut, rafraichissant la maison qu'elle partageait avec son mari, Pete Sebastian, coach des Connecticut Kings. *Café !* Se demandant comment elle pouvait encore être fatiguée, elle se mit debout.

Pete rentra dans la chambre. « T'en fais pas, chérie. Je m'occupe du diner. »

« C'est vrai ? »

« Ouais, t'étais mignonne à dormir, je ne voulais pas te déranger. Donc j'ai ramené Chinois. »

« Super. » Elle bâilla.

Pete prit une robe de chambre en chenille dans son armoire et lui tendit. Jo portait des leggings et un maillot des Kings, sans soutien-gorge.

Il l'entoura de ses bras pour lui faire un câlin. « Je t'aime ma puce. J'espère que tu t'es bien reposée. Il y a match demain, et j'aimerai bien le faire ce soir. »

« Je sais comment tu es avant un match. Je l'ai sur mon calendrier. »

Il recula, levant un sourcil, et la fixa. « Tu mets ta vie sexuelle sur un calendrier ? »

« Bien sûr que non. C'est une façon de parler. »

« Super. Je me demandais à quoi il ressemblerait. Mhhh, voyons… 'baise ce soir' ? Peut-être 'baiser Pete à la folie' ? Non, je sais. 'Niquer mon mari jusqu'à ce que les poules aient des dents'. »

Il pouffa.

Jo rit avec lui en descendant les escaliers. Pete avait bien mis la table et disposé la nourriture dans plusieurs plats. Il y avait du porc Mu Shu avec deux pancakes, des crevettes à la sauce de haricots noir, des dumplings frits, du riz blanc, du riz brun et de la sauce soja.

« Assieds-toi, je vais te servir. »

Il empila de la nourriture sur son assiette et la déposa devant Jo. Les arômes montèrent jusqu'à son nez. Une vague de nausée lui monta à la tête. Jo poussa son assiette sur le côté.

« Qu'est-ce qui ne va pas ? Pete s'assit et gouta la nourriture. « Ça va pour moi. »

« Je ne peux pas la manger. Ça me rend malade. » Elle se recula de la table. « Merci quand même. Je vais me faire un thé et un toast. »

Pete posa sa main sur son front. « Tu es malade ? »

« Je ne me sens pas super. Je suis fatiguée. Exténuée. »

« Après cette longue sieste ? » Le front de Pete se plissa un peu. « Retourne au lit, je vais m'occuper du thé et des toasts. Demain, appelles le docteur. »

Elle le gratifia d'un sourire et se dirigea vers la chambre. Alors qu'elle essayait de rester debout pour le thé, Jo s'endormit.

Dimanche matin, elle se réveilla à six heures, mourant de faim. Pendant que Pete dormait, Jo se fit trois œufs pochés et un thé, afin d'apaiser son estomac tendu. A sept heures, il était réveillé et sous la douche. Jo lui prépara un café.

Il entra dans la cuisine en peignoir et se frottant les cheveux avec une serviette.

« Je suis désolée d'avoir ruinée notre soirée hier. »

« Pas de souci. Tu t'étais endormie avant même que j'arrive avec le plateau. Tu vas bien ? Peut-être que tu devrais appeler le docteur. »

« Il ne travaille pas le dimanche. Si je me sens toujours mal demain, je l'appellerai. »

« Okay, mais ne prends pas de risques. »

Elle perdit son regard dans le vague. « Prêt pour aujourd'hui ? »

« On va défoncer les Rams. »

Le ton animé de sa voix la fit réagir. « Pardon ? »

« Tu m'as entendue. Ils croyaient qu'ils pouvaient te voler à moi ? Montana rentre à la maison, détruits, défaits. Et leur putain de proprio stupide aussi. » Pete se servit une tasse de café et l'offrit à Jo. Elle fit une grimace et refusa.

« Pas besoin de réagir comme ça. Tu as gagné. »

« Et ouais, j'ai gagné. Tu es là où tu devrais être. Avec moi. » Il se mit derrière elle et l'encercla de son bras libre. Il s'abaissa pour embrasser son cou. Jo pencha sa tête en arrière, exposant son cou sensible.

« On peut refaire la soirée maintenant, si tu veux, » dit-elle à voix basse.

Elle prit sa propre main en sandwich entre sa jambe et la sienne, et la remonta jusqu'à ce qu'elle lui attrape l'entrejambe.

« Whoa. Madame. Vraiment ? » Ses lèvres lui effleurèrent l'oreille.

« Avons-nous le temps ? »

Il posa sa tasse de café sur le comptoir et prit empoigna ses seins. « Chérie, il y a toujours assez de temps pour l'amour. »

Jo lui prit la main et l'amena dans la chambre.

ILS ARRIVÈRENT TÔT au stade. Pete commença sa routine d'avant-match pendant que Jo rejoignit certaines femmes de joueurs dans le lounge du propriétaire. Lyle Barker, le propriétaire, s'assurait toujours d'avoir une équipe de service pour satisfaire ses invités. Puisque le match était à quatre heures, des amuses gueules étaient disponibles : crudités, salades, des chips avec des sauces, des boissons gazeuses et de la bière. Un plateau de pâtisseries était posé à côté d'une urne diffusant un arôme de café. Jo prit un soda au gingembre et un morceau de céleri.

La pièce, spacieuse, était meublée de fauteuils de luxe et de sofas au fond. Un distributeur d'eau avait été disposé dans un coin. Il y avait des toilettes et une petite cuisine toute équipée. La salle était bien chauffée afin que les invités puissent regarder la partie dans un confort total. L'accès au box du propriétaire était un privilège auquel Jo avait accès de pars son travail dans la direction supérieure.

Lauren Montgomery, enceinte, entra. Elle chercha une place confortable. Jo se leva pour l'aider.

« Tu es magnifique, » dit Jo.

« Menteuse. Je ressemble à un hippopotame. Et je me sens pareil. »

« Mais tout va bien, pas vrai ? »

« Avec la grossesse ? Ouais. Dieu merci. Où-as-tu trouvé ça ? » Lauren pointa du doigt le soda au gingembre. « Ils en ont d'autres ? »

« Je vais aller regarder. » Jo chercha parmi les canettes de soda jusqu'à en trouver une sans caféine et retourna voir Lauren.

« Merci. Tu vas bien ? Tu as l'air un peu pâle, » dit Lauren en sirotant une gorgée.

« Je me sens malade. Depuis deux jours. » Jo lui décrivit ses symptômes.

« Après le match, allons à la pharmacie. Je connais quelque chose qui te soulagera. »

« Vraiment ? Ce serait un vrai soulagement. »

« Pas de problème. Mais il faudra que tu m'aides. Je peux m'assoir mais pas toujours me relever. »

Les femmes rirent.

Quand le score redevint nul, à dix partout, Lauren et Jo attaquèrent le buffer. Jo leur fit des assiettes de sandwichs, avec de la salade de pomme de terre et de choux. Elles mangèrent tranquillement pendant que leurs hommes s'affairaient à ramener la victoire à la maison. Dans leur quête pour une deuxième victoire au Super Bowl, tous les matchs avaient de l'importance. Ils ne pouvaient pas se permettre de perdre. La pression se faisait même sentir chez leurs compagnes.

« Pour quand est l'accouchement ? » demanda Jo, cherchant son mari des yeux sur le terrain.

« Durant les playoffs. Mais les docteurs ne connaissent pas exactement la date prévue. Ils ne sont souvent pas très précis. On croise les doigts pour que Griff soit là lorsque le bébé arrive. »

Jo tapota la main de son amie. « Je serai là aussi. Juste au cas où. »

« Lorsqu'il faudra y aller, il est possible que je veuille frapper quelqu'un. Je préfèrerais frapper Griff plutôt que toi. » Lauren sourit.

Pendant la mi-temps, Jo se sentit fatiguée. Elle aida Lauren à se relever et se rendirent à la pharmacie et puis chez Lauren puisque c'était plus près. Les deux femmes firent une sieste.

Lorsqu'elles se réveillèrent, Lauren alluma la télévision pour voir le match. Elles virent le dernier quart d'heure, durant lequel les Kings réussirent à remporter le match avec un field goal. Jo envoya un message à Pete pour le prévenir qu'elle était chez Lauren et lui demander de venir la chercher.

Les deux femmes partagèrent un bout de fromage et un fruit en attendant leurs maris. La clé dans la serrure réveilla Spike, le chien des Montgomery, qui se mit à aboyer. Le petit chien couru jusqu'à la porte pour saluer son maitre. Griff entra, suivit du coach. Comme d'habitude, ils débriefaient la partie, parlant de ce qui avait été bien fait ainsi que de leurs erreurs.

« Bull s'est bien occupé de ce trouduc de chez les Rams. On devrait lui donner le crédit de notre touchdown, » dit Griff, dézippant son manteau.

« Jo ! Tout va bien ? » Pete se précipita dans la chambre et embrassa sa femme.

« Ça va. »

« J'ai eu peur quand tu m'as dit que tu partais. J'ai cru que j'aurais eu besoin de venir te chercher à l'hôpital. »

Jo sourit, timide.

Lauren attrapa le bras de Griff et l'amena hors de la chambre. « Allons-y Griff. Donnons au jeunes mariés un peu de temps seuls. »

« Je meurs de faim, » marmonna-t-il pendant que sa femme le trainait vers la cuisine.

« J'ai préparé un ragout d'agneau pour toi. »

Une fois les Montgomery sortis, Jo s'assit sur le sofa et tapota la place à côté d'elle. Pete la rejoignit, un air intrigué sur le visage.

« Qu'est-ce que t'as ? Je vais le supporter. »

Jo le fixa des yeux. « Je suis enceinte. »

« Tu es quoi ? » Pete se secoua légèrement la tête.

« Tu m'as entendu, Pete Sebastian. Je suis enceinte. »

« Oh mon dieu. C'était donc ça ? »

« Lauren savait. J'ai décrit mes symptômes. Elle m'a dit : 'la fatigue plus la faim égalent la grossesse'. Donc, on est passé à la pharmacie et j'ai acheté des tests de grossesse. »

« Combien ? »

« Trois. Et ils ont tous donné le même résultat. Je suis enceinte. J'irai voir le docteur demain. »

« Oh, Jo, je suis si soulagé. » Ses yeux s'humidifièrent. Il prit son mouchoir et essuya ses larmes. »

« Et tu vas être père, encore. »

Son expression d'inquiétude se métamorphosa en un grand sourire. « Ouais. Un bébé ! C'est tellement génial ! Jo. Chérie. Tu vas bien ? »

Elle acquiesça.

« Je t'aime, chérie. Tu vas être une maman fantastique. »

« J'ai peur. Tu vas m'aider ? » murmura-t-elle.

« Bien sûr. Cette fois, je n'ai pas besoin de le faire seul. »

« Je serai là jusqu'à la fin. »

« Promis ? » Il leva les sourcils.

« Promis, coach. »

Il l'embrassa.

LES DIMANCHES, LE DIRECTEUR de l'Abri travaillait l'après-midi, et Sam le remplaçait de quatre heures jusqu'à huit heures. Ils fermaient assez tôt en ce moment, et il fallait une clé pour rentrer. Pendant la semaine, elle y était de cinq heures et demi jusqu'à dix heures du soir. Il fallait qu'elle quitte son travail chez les Kings en avance pour arriver à l'heure.

Pour rattraper ses heures, elle commençait à travailler chez les Kings à huit heures du matin. Jo avait remarqué qu'elle appréciait la présence de Sam une heure en avance, afin de préparer l'emploi du temps et que tout soit prêt lorsqu'elle arrive.

A vingt heures trente, le dimanche soir, Samantha était fatiguée. Elle n'avait pas voulu raconter son nouvel emploi du temps à Bull, persuadée qu'il se serait fâché qu'elle ne soit pas disponible pour le voir. Mais il avait été surprenamment compréhensif. Une fois finie, elle l'appela.

« Tu fais quelque chose d'important. On peut s'organiser autour de ça. »

« Tu m'étonnes. »

« Comment ça ? »

« Tu n'es pas aussi égoïste que les autres hommes. »

« C'est un compliment ou une insulte ? » demanda-t-elle.

Elle rit. « Un compliment, idiot. »

« Bien. Je respecte ce que tu fais, Sam. J'espère que tu le sais. Tu veux aller manger un burger dimanche, après le match ? »

« A quelle heure joues-tu ? »

« Quatre heures. On ne mangerait sans doute pas avant neuf heures, ou un peu plus tard. Ça te va ? »

« Ça me va. Avec mon nouveau travaille, je m'habitue à diner plus tard. »

« Je veux te raconter ce qui est en train de se passer avec Tiffany. »

Sam fit une grimace devant son téléphone. « S'il le faut. »

« J'aimerais mieux aller au front avec toi. C'est rien de méchant, pour moi en tous cas. »

« Okay. »

« On ira à la Bête. Si on gagne, les mecs aiment bien y aller pour célébrer. Tu viens au match ? »

« Je ne peux pas. Mais je le regarderai à la télé. La Bête ? »

« La Bête Sauvage. T'y es déjà allé, pas vrai ? »

« Ah, oui. Bien sûr. »

« Tu travailles samedi ? »

« Toute la journée à l'Abri, désolée. »

« Trop fatiguée pour quoi que ce soit après, non ? »

Les souvenirs de sa nuit passionnée avec Sly lui revinrent en tête. « Peut-être pas. » Elle sourit en entendant son rire.

« Bien. Je peux t'emmener diner ? »

« Super, j'aimerais beaucoup. »

« Allons au Doux Magnolia. »

« Jamais été. C'est plutôt cher, non ? »

« Pas pour moi. C'est samedi soir, allons-y habillés. »

« Et on peut rentrer pour le dessert. »

Il rit. « J'avais quelques idées pour le dessert, mais pas à base de nourriture. »

« Parfait. Tu lis dans mes pensées. »

Elle raccrocha. Fredonnant, elle ramassa ses draps et se dirigea vers le sous-sol pour y faire une machine. En y mettant ses draps et ses affaires, elle regarda dans son armoire. *C'est triste. Je n'ai rien de joli. Pas de belle robe. Je suis en couple avec un des meilleurs joueurs de ligne offensif de la NFL, et je porte des haillons. Je ne peux pas décemment aller dans un tel restaurant avec ça.*

Après avoir regardé l'état de ses comptes en banque, elle réalisa qu'un achat était bien au-delà de ses capacités. Attristée, elle s'assit sur le sofa et retravailla son budget afin de récupérer quelques centaines de dollars.

Pendant qu'elle faisait le calcul, son téléphone sonna. *Devon*.

« Salut, qu'est-ce que tu fais ? » demanda-t-il.

« Une machine à laver. Et après, du shopping. J'ai besoin d'une nouvelle tenue. Même avec ma paie de l'Abri, je n'ai pas de quoi m'offrir plus qu'une robe misérable. »

« Vraiment ? »

« Ouais, désolée. Je ne veux pas me plaindre devant toi de problèmes d'argent. Comment vas-tu ? »

« Où aurais-tu dû aller ? »

« Au Chalet. Mais c'est assez cher. J'irai autre part. »

« Tu y vas avec Bull ? »

« Samedi soir, et après le match dimanche. » Elle retint sa respiration, s'attendant à ce qu'il se mette en colère.

« Je ne peux pas laisser ma sœur habillée n'importe comment sortir avec un de mes coéquipiers. Dis leurs de m'appeler. Je leur donnerai mon numéro de carte bleue. Tu as un budget de mille-cinq-cents dollars, Sam. »

« Quoi ? Mais tu ne détestes plus Bull ? »

« Il n'y a rien que je puisse y faire, si ? »

« Non, tu as raison. »

« Je ne veux pas te perdre. Vas-y. Vas t'acheter quelque chose. Tu viens à la Bête après ? »

« Oui, j'y vais. Enfin, nous y allons. Devon, tu es le meilleur ! »

« C'est pas ce que tu disais il y a un mois. »

« Je sais. Tu n'étais pas facile il y a un mois. Mais maintenant... Merci beaucoup. Tu es le meilleur frère du monde. »

« Je t'aime, Sam. Je veux que tu sois heureuse. Stormy et moi serons là aussi. Il faut que je file. »

Sam applaudit. L'idée d'acheter de nouveaux vêtements avait été mise en pause indéfiniment avant que sa relation avec Sly ne devienne sérieuse. Était-elle, elle-même, sérieuse ? Elle y pensa pendant tout le trajet jusqu'au Chalet. Sly était différent de tous les autres hommes qu'elle avait connus. Il était attentif, poli, et doux.

Une sonnette retentit lorsqu'elle franchit la porte de la boutique de vêtements.

Une femme lui souhaita la bienvenue. « Que puis-je faire pour vous aujourd'hui, mademoiselle ? » Elle se joint les mains devant sa poitrine imposante.

« Je sors avec un homme spécial, et mon armoire est... comment dire... assez vide. »

« Spécial ? »

« Vous avez peut-être entendu parler de lui ? Sylvester Brodsky, joueur de ligne offensif pour les Kings ? »

Les yeux de la dame s'illuminèrent. « Je vois. Vous sortez avec un King ? Et bien, il vous faut vous habiller comme une reine. C'est un homme riche, non ? Habitué à ce qu'il y a de meilleur ? »

« Je le crois, oui. »

« Ma chérie. Vous êtes une femme ravissante. Cela va-t-être facile de te trouver un habit que vous porterez à merveilles. Par ici. Nous avons des robes toutes nouvelles, et j'ai la couleur qui vous ira parfaitement.

SLY CONDUISAIT SA VOITURE jusqu'au bureau de l'avocat. Son rendez-vous avez Tiffany et l'avocat était planifié pour dix heures du matin. Il serait parfaitement à l'heure. Ses paumes devinrent moites à l'idée de la revoir après tant de temps. Il s'arrêta sur un parking devant une vieille maison victorienne. Le panneau indiquait *Bishop et Bishop*. Il entra et se dirigea vers la réception.

« Êtes-vous Sylvester Brodsky ? » demanda une secrétaire rousse très jolie.

« C'est moi. Je dois voir Monsieur Bishop. »

« Junior ou Sénior ? »

« Je ne sais pas. Une minute. » Sly prit un papier dans sa poche. « Lloyd. »

« Ça sera sénior alors. Juste un moment s'il vous plait. »

Après deux minutes, la jeune femme l'accompagna jusque dans une petite salle de conférence. Lloyd Bishop, homme dans la moitié de la cinquantaine, entra, suivi par Tiffany. Ils s'assirent, l'avocat s'introduisit.

« S'il vous plait, asseyez-vous. Cela ne devrait pas prendre trop de temps. »

« Tu as l'air bien, Bull, » dit timidement Tiffany.

Il voulait lui répondre la même chose, mais c'eut été un mensonge. Sa jolie ex compagne avait pris dix kilos depuis qu'elle l'avait quitté. Des grands cercles noirs bordaient ses yeux, son visage était blanc et famélique. Ses cheveux blonds, un peu trop colorés à son gout, lâchés. Il était clair que la vie ne lui avait pas été favorable. Il voulait se sentir triomphant, mais il ne ressentait que de la pitié. *Je l'ai échappé belle. Peut-être qu'elle m'a fait une faveur.*

En faisant la comparaison entre Tiffany et Samantha, il soupira de soulagement que c'était bien Samantha, et non Tiffany, sa compagne. Il acquiesça simplement en réponse à Tiffany. « Alors qu'est-ce qu'il se passe ? J'ai entrainement dans une heure. »

« Nous n'allons pas abuser de votre temps. Madame Belden est accusée d'agression. Elle et Monsieur Belden ont eu un affrontement. Elle s'est sentie menacée, alors elle l'a poignardé avec un couteau de cuisine. »

Bull haussa des sourcils. « Poignardé ? Il est mort ? »

« Oh, non, non. » Mr. Bishop continua. "Il est tout à fait en vie. Mais sérieusement blessé. »

« Il est à l'hôpital, » rajouta Tiffany.

Bull siffla tout bas. « Ça a dû être un grand couteau. »

« Un couteau à viande. Le hachoir était dans le lave-vaisselle. »

Bull se mordit la langue pour s'empêcher de pouffer.

« Le problème est donc que Madame Belden est accusée d'un crime. »

« Et qu'est-ce que ça a à faire avec moi ? »

« Nous voudrions que vous témoigniez. »

« Moi ? Elle m'a quitté. Largué devant l'autel. Et vous voulez que je témoigne à quel point elle est merveilleuse ? »

« Je comprends. Mais elle n'était pas violente avec vous, si ? »

« Non, pas violente non. »

« Nous voulons juste que vous disiez la vérité. »

« Qu'elle n'était jamais violente parce que jamais pendant notre relation elle ne m'a attaqué avec une arme, ou frappé avec quoi que ce soit ? Quelle femme essayerait de m'agresser ? Regardez-moi. Un mètre quatre-vingt-dix. Cent-dix kilos -de pure muscles. Il faudrait qu'elle soit complètement folle pour m'attaquer avec un couteau, ou même un flingue.

« Ce n'est pas la réponse que je cherche. »

« Okay, okay. Non, elle ne m'a jamais attaqué avec une arme, ses poings, ou rien d'autre. »

« Merci, Bull, » lui dit-elle. « Tu es toujours célibataire ? »

« Plus pour très longtemps, Dieu merci. »

Elle fit une grimace. « Tu baises quelqu'un ? »

« Ce n'est pas comme ça que je le mettrais, non. »

« Oh ? Tu le mettrais comment alors ? » Elle releva son menton.

« Je vois quelqu'un. Mais ça n'a rien à voir avec ça. Que veux-tu de moi. »

« Pourrais-je vous poser des questions ? Des questions qui pourraient vous être posées par les jurés ? » demanda Mr. Bishop.

« Est-ce que ça n'est pas manipuler un témoin ? »

« On appelle ça la préparation. »

« Ecoutez, Monsieur Bishop. Je n'ai rien à cacher. Pendant notre année ensemble, on s'est battus parfois, mais jamais physiquement. Demandez-moi n'importe quoi. »

« Bien. Votre témoignage pourrait être capitale afin de convaincre le juge. »

« Est-ce qu'elle risque la prison ? »

« Absolument. C'est pour ça que nous vous avons appelé. Nous essayons de lui éviter la prison. »

Le cœur de Bull fondit. Même si Tiffany le rendait indifférent, il ne la détestait pas. L'idée qu'elle pourrisse dans une cellule le gênait. *Ce trou-du-cul de Belden le méritait sans doute.* « Très bien. Que dois-je faire ? »

Lloyd Bishop sortit un dossier de son porte-document, et de celui-ci, pleins de feuilles. Il commença à les lire. Bull répondit aux questions sincèrement. Une fois la session achevée, l'avocat expliqua quelques détails, comme l'importance de porter un costume au tribunal. Le joueur de ligne accepta et s'en alla vers le stade.

En conduisant, il se posa la question de savoir si l'homme qui avait épousé Tiffany méritait vraiment de se faire poignarder. Mais quel que soit l'angle sous lequel il se posait la question, il était heureux de ne plus être avec elle. *Juste ce dernier truc.* Il espéra et pria pour que Samantha comprenne. *Un dernier truc.* Ensuite, Tiffany ne serait rien de plus qu'un mauvais souvenir du passé.

Chapitre Six

SAMEDI SOIR, SUIVANT le quarterback des Kings, Griff Montgomery, Bull escorta Samantha jusqu'au Doux Magnolia, le restaurant favori de Griff. Il savait que les prix étaient un peu élevés, mais il s'en moquait. Samantha méritait ce qu'il y avait de mieux. Sa dévotion envers son frère et envers les femmes et enfants abusé de l'Abri de la Nouvelle Vie la rendait unique. Le fait qu'elle soit superbe et qu'elle le laisse rentrer dans son lit aidait aussi, mais il n'était pas prêt à le reconnaitre.

Il savait que le budget de sa petite copine était serré. Elle ne pourrait jamais se permettre de diner dans un tel endroit. Cela lui faisait donc plaisir de l'y emmener. D'autres femmes s'étaient attendues à ce que Bull les emmène diner dans des endroits luxueux, qu'il les couvre de bijoux et de nouveaux vêtements. Pas Sam. Elle était frugale, à la recherche d'activités moins onéreuses. Elle ne lui avait jamais rien demandé.

Bull avait grandi dans la pauvreté. *Bon, peut-être plus basse classe moyenne.* Sa famille était grande. Ça ne lui avait pas posé de problème puisque ses parents avaient toujours privilégié leurs enfants avant toute chose. Sa mère s'offrait une nouvelle robe tous les cinq ans. Il avait donc vécu la situation de Sam, à compter tous les centimes.

Lorsqu'il avait signé son tout premier contrat NFL, il avait envoyé ses parents en croisière et acheté cinq nouvelles robes à sa mère. Maintenant qu'ils étaient âgés et en la maison de retraite, il s'assurait qu'ils avaient assez pour être très confortables. Après toutes ces années avec pas grand-chose, ils n'avaient pas besoin de beaucoup, et ils appréciaient beaucoup son aide.

Il s'imaginait que Devon et Sam venaient du même genre de famille. Elle savait protéger son argent. Il avait vu comment elle dépensait le sien, et qu'elle ne lui avait jamais rien demandé. Même quand ils étaient allés meubler sa maison, elle ne l'avait pas laissé payer quelques centaines de dollars. Etant un des joueurs de ligne les mieux payés de la NFL, se faisant plus que dix millions de dollars, cinq-cents balles étaient comme des centimes pour lui. Néanmoins, il admirait son indépendance, tant qu'elle n'était pas complètement autonome and qu'elle n'ait pas besoin de lui.

Samantha Drake était une femme si unique, et c'était Bullhorn Brodsky qui lui volerait son cœur. Ou qui mourrait en essayant.

« C'est très cher, Sly, » dit-elle, levant un sourcil en lisant le menu.

« Arrête de regarder les prix. »

« Je vais juste prendre une salade. »

Bull lui toucha le bras. « Ne fais pas ça. Je peux payer tout ce qu'il y a sur ce menu, facilement. Prends ce que tu veux. Quelque chose que tu ne commanderais jamais si tu devais payer. Le meilleur steak, le filet. Vas-y. Comme tu veux, Sam. »

Son sourire irradia le coin de la salle où ils étaient assis. « Si tu le dis. »

« C'est ce que je vais prendre. »

Ils commandèrent deux filets, une bouteille de vin rouge, et des cœurs de palmier en apéritif. Elle portait une robe rose sombre qui épousait parfaitement ses formes. Sly ne pouvait s'empêcher de la mater, l'envie l'y poussait de toute manière.

« Tu es merveilleuse ce soir. »

« Tu aimes ma robe ? »

Il acquiesça. Le serveur apparut avec leurs apéritifs, ouvrit le vin, et les servit. Bull porta un toast.

« À la plus belle femme ici-bas. »

Elle rougit, la rendant plus belle encore. Puis, elle proposa un nouveau toast. « Au meilleur joueur de ligne offensif de la NFL, Sly Brodsky. Long règne aux Kings ! »

Il rit en trinquant avec elle. Quand il prit sa fourchette, son téléphone sonna. C'était Tiffany.

« Une minute, Sam. C'est important. »

Elle fit un oui de la tête.

« Qu'est-ce qu'il se passe ? »

« Bull, Clyde va m'attaquer en justice pour agression. Il dit qu'on va divorcer et qu'il va prendre tout mon argent. »

« Écoute, je peux pas t'aider. C'est pour ça que t'as un avocat. »

« J'ai peur. Je crois qu'il va venir ici. Me tabasser. Tu peux venir ? »

« Recrute un garde du corps. Il faut que t'arrête de m'appeler. »

« Pourquoi pas ? Tu m'as aimé un jour. C'était bien entre nous. Peut-être que tu peux encore ? »

« Écoute, Tiffany, je ne suis pas intéressé. J'ai une petite-amie. »

« Nouvelle ? »

« Je ne vais pas te parler d'elle. J'ai l'impression que t'es tout à fait capable de t'occuper de toi-même. C'est toi qui l'as poignardé, pas le contraire. »

« Sois pas méchant, Bull. »

« Je n'essaye pas, mais j'ai une vie. Tu m'as quitté il y a longtemps. C'est fini depuis une éternité. S'il te plait, lâche-moi. »

« Mais tu vas témoigner, nan ? » Il entendit la peur dans sa voix.

« J'ai dit que je le ferai, donc je le ferai. Maintenant, vas régler tes problèmes avec Herb, ou quoi que soit son nom. »

« Tu veux savoir la vrai raison de pourquoi je l'ai poignardé ? »

« Non, je ne veux pas. Je suis au restaurant. Je raccroche. Ne me rappelle pas. Je te verrai au tribunal. »

« Mais, Bull—- »

Il n'entendit pas la suite puisqu'il avait raccroché.

Le visage de Sam semblait interrogateur, alors qu'elle avait fini son plat. « Que voulait-elle ? »

« Des conneries comme quoi elle avait besoin de protection. Elle ment. Je ne la crois pas. T'en fais pas, je ne suis pas prêt à m'occuper de ses merdes. »

« J'ai l'impression que t'y es déjà. »

Il fit non de la tête. « Tout ce que je fais c'est de témoigner qu'elle n'était pas violente lorsque nous étions ensembles. C'est tout. »

« J'espère qu'elle peut comprendre cela. »

« J'espère aussi. Je suis désolé qu'elle nous ait interrompu. » Il prit la main de Sam. « Cette soirée est notre soirée. »

« Tu as bien raison. Elle tu n'as pas intérêt à l'oublier, Brodsky. » Elle pointa un doigt vers lui et lui sourit.

Ils décidèrent que ne pas prendre de dessert. Bull paya, et ils se rendirent chez Samantha.

« Café ? » lui demanda-t-elle, remplissant la bouilloire d'eau.

Bull s'assit à la table de la cuisine. Après qu'elle eut allumé la machine, elle s'assit sur la chaise vide à côté de lui. Il l'arrêta pour la faire s'assoir sur sa jambe. Elle se stabilisa, l'entourant de ses bras, et portant ses lèvres aux siennes.

Un baiser passionné fit monter la température. Il se recula et l'embrassa dans le cou. Un tremblement soudain les traversa tout deux.

Il lui chuchota à l'oreille, « C'est toi que je veux pour le dessert. » Sa main se posa sur un sein, pressant la chair douce. Un léger soupir s'échappa de la bouche de la jeune femme. C'est tout ce qu'elle avait besoin d'entendre. Il relâcha l'étreinte.

« Je te veux, chérie, » dit-il, leurs regards ancrés l'un dans l'autre.

Elle se releva. « Suis-moi, » dit Samantha, lui tendant la main. Elle l'amena jusqu'à sa chambre.

Bull retira ses chaussures, dénoua sa cravate et ferma la porte.

APRÈS AVOIR FAIT L'AMOUR, Samantha le convainquit de rester dormir chez elle. Ça n'avait pas été très difficile. Elle pouffa devant la rapidité de sa réponse. Nue, elle se reposait dans ses bras, sa tête contre son torse, écoutant les battements réguliers de son cœur.

Il semblait endormi. Elle ne pouvait pas s'empêcher de sourire. Elle caressait son torse, jouant de ses doigts avec les poils doux qui le parcouraient. Elle adorait son corps, fort, dessiné par une alimentation saine et l'exercice. Il resserra sa prise sur elle et se déplaça légèrement.

Il déposa un baiser sur ses cheveux.

« Je croyais que tu dormais. »

« Presque. Peut-être. Se réveiller près de toi, c'est un peu le paradis. »

Elle le câlina. Il la caressa. Elle se mut pour qu'il puisse se mettre en cuillère derrière elle. Il referma ses mains sur ses seins, ses pouces titillant sa peau. Il remonta ses genoux derrière les siens, et elle recula son bassin.

« Attention. Approche-toi trop et tu vas réveiller quelque chose. »

Elle gloussa. Bull remonta les draps sur eux et embrassa sa nuque. Elle ressentait son souffle contre sa peau. Sly était une machine de chaleur. Un sentiment de sécurité l'emplit. Elle ne pouvait pas garder les yeux fermés. Le sommeil emporta les deux amoureux.

Le soleil apparut, réveillant Sam tôt. Les Kings jouaient à quatre heures, donc il n'y avait pas beaucoup de temps pour se prélasser. Du moins, elle n'avait pas encore besoin de réveiller Sly. Endormi, il paraissait plus jeune, plus insouciant. Une impression d'innocence à laquelle elle ne croyait pas.

Ses joues, ses lèvres parfaites, et un air ébouriffé qui le rendait plus beau que jamais. Il semblait adapté à l'environnement. Malgré sa taille, il se rajoutait -plutôt que dominait- à l'espace. Samantha trouvait maintenant sa présence confortable.

Un dimanche matin paresseux était plutôt inhabituel avec Sly. Alors qu'elle hésitait entre se lever et lui faire un câlin, il se retourna. Sam posa sa main sur son dos et la fit glisser le long de la colonne vertébrale jusqu'à ses fesses. *Dieu, ce cul !* Elle se trouvait incapable de ne pas le toucher.

« Quelqu'un a froid ce matin, » balbutia une voix de bariton.

Il attrapa sa main et la tira, la faisant toute entière approcher derrière lui. Elle frotta sa poitrine sur son dos et l'embrassa une multitude de fois dans le cou. Il eut un frisson.

« Chérie, si tu fais ça, » dit-il, se retournant pour la voir. Il était en pleine érection, la rendant ahurie.

« T'es, euh, prêt pour l'action, » bégaya-t-elle.

« Parfois je me réveille comme ça. Mais toi, je me réveillerais prêt chaque matin.

Bull ne perdit pas son temps pour leur premier matin ensemble. Il lui embrassait le cou pendant que ses mains exploraient son corps. La chaleur du lit explosa en un feu passionné alors qu'elle s'abandonna à lui.

Descendant, il utilisa sa langue jusqu'à ce qu'un puissant orgasme s'empare d'elle. Puis, il remonta pour l'embrasser, et se frotta à sa peau douce et chaude. Puis, se couvrant du drap, il remonta ses jambes sur ses épaules et la pénétra rapidement, dans un grognement de plaisir. Même si l'orgasme l'avait déjà satisfaite, la pénétration produisait une gratification plus profonde. Elle s'agrippa à ses épaules alors qu'il la pilonnait. La chaleur de son torse la faisait transpirer.

Son souffle chaud sur ses oreilles et son cou la rendait folle de désir. Il se cambra pour pouvoir l'embrasser. Elle cria et jouit à peine avant lui. Sly s'effondra sur elle un moment, avant d'utiliser ses bras pour se relever.

« Oh mon dieu, Sam, » murmura-t-il.

Elle ferma les yeux, profitant des dernières sensations la parcourant. Personne ne lui avait jamais fait l'amour comme cela. Sly était intense, passionné et urgent. Elle haleta, sa respiration retrouvant progressivement son aise.

Elle se blottit dans ses bras. Le mot « amour » traversait son esprit, mais elle le garda dans sa bouche. *Est-ce que je l'aime, ou c'est juste pour le sexe ?*

« Tu es tellement intense. Extraordinaire. Quand je suis avec toi… putain, merde, c'est vraiment unique, bébé, » murmura-t-il.

Le fait que ses mots reflétaient ses émotions fit chanter le cœur de Sam. S'il sentait la même chose, alors elle n'exagérait pas. Son estomac gronda. *Manger.* « C'est l'heure de nourrir l'autre appétit, » dit-elle, embrassant son biceps en s'asseyant.

Il attrapa ses hanches. « Attends. Pas déjà. J'ai aussi faim, mais on n'a pas beaucoup de temps ensemble. »

Il la prit dans ses bras pour la câliner. Elle se fondit contre lui. Sa peau sentait la passion, la sueur, et Bull, une odeur qui plaisait à ses sens. Elle lécha son épaule. C'était salé, mais le contact entre sa peau et la langue était doux. *Si je pouvais arrêter le temps…*

Bull embrassa ses cheveux. « Tu es la femme la plus extraordinaire que j'ai rencontré. Jamais connu. A qui j'ai fait l'amour. Reste avec moi quelques minutes. »

Elle acquiesça, reposant sa tête contre son épaule, passant un bras autour de lui. La chaleur de son corps la rendait somnolente. Sly caressait ses cheveux soyeux et fredonnait une chanson. Les vibrations de sa poitrine la relaxaient. Samantha eut du mal à garder ses yeux ouverts, mais la paix régnant prit le dessus et elle s'endormit quelques minutes.

Une douce pression sur son postérieur la réveilla. Sly la libéra. Elle s'étira, bailla, et remarqua qu'il était neuf heures.

« As-tu faim ? »

« Ouais. »

Il se leva et sorti du lit le premier, lui offrant une main. Elle l'observa, nu, tentée.

« Timide ? Maintenant ? Est-ce que c'est pas un peu trop tard ? » Il rit.

« Peut-être. Mais quand même, c'est nouveau pour moi. »

Il se saisit d'un peignoir blanc posé derrière la porte de la chambre et lui jeta. « Vas-y. Recouvre ce magnifique corps. Tu sais vraiment faire du mal à un mec, » se moqua-t-il.

Samantha lui sourit en fermant la ceinture. Sly ne mit que son caleçon. Ils se dirigèrent vers la cuisine. Sam jeta quelques coups d'œil à son torse, profitant de la vue.

« Que pense tu de quelques restes et d'œufs ? »

« C'est ton steak. »

« Plus maintenant, je vais partager. »

« Super. »

Elle sortit les ingrédients. Bull acheva de faire le café que Samantha avait commencé la veille, avant qu'ils ne soient distraits par leur partie fine. Un autre étirement et un soupir accompagnèrent la fin du réveil de Sam. Son corps semblait léger et elle ne pouvait s'arrêter de sourire. *Est-ce à cause de Sly ?* Question stupide. Elle connaissait la réponse.

« Quand on aura gagné le Super Bowl, j'irai à Saint Thomas pour deux semaines. Peut-être veux tu m'accompagner ? » demanda-t-il, remplissant deux mugs de café.

Le cœur de Sam s'accéléra. « Est-ce que ce n'est pas un peu prématuré d'organiser ce genre de plans ? » Elle fit fondre une motte de beurre dans une poêle.

« Jamais trop tôt. Février est assez rempli. Qu'en pense tu ? »

« Tu penses qu'on pourra toujours se voir à ce moment-là ? » Elle se mordit la lèvre après avoir posé une question si risquée.

Sly se rapprocha et posa ses mains sur les hanches de la demoiselle. « Je prédis que nous serons beaucoup plus proches en février. »

« Tu as l'air confiant. Présomptueux même. » Elle le fixa des yeux.

« Tu te moques de moi ? Je ne te laisserai jamais partir. »

« Maintenant on dirait du harcèlement. »

« Si un homme amoureux est un harceleur, alors j'en suis un. »

La respiration de Sam s'arrêta. « Qui a parlé d'amour ? »

« Je ne suis pas en train de jouer, Samantha. J'ai trente et un ans. Ma carrière pourrait être terminée demain avec une blessure sérieuse. Je veux une vie, quelqu'un sur qui reposer, une famille. Je veux plus que juste le football. Si tu ne veux pas t'investir à long-terme, alors il faudrait peut-être que l'on se sépare maintenant.

DE L'AUTRE CÔTÉ DE la ville - Maison de Devon Drake

« Comment ça tu ne veux pas de mariage ? » Devon posa sa tasse de café.

« Je n'ai pas besoin de ça. Je ne veux pas prévenir mes parents. Ils ne viendraient pas de toutes façons. Je n'ai pas beaucoup d'argent. Pourquoi est-ce qu'on ne s'enfuit pas, ou... hey ! La mairie ? » Elle se tourna vers son fiancé.

Le mouvement soudain de son volte-face ouvrit sa chemise de velours, révélant un téton. Son regard suivit Devon qui lui-même regardait le sein nu. Stormy posa une assiette d'œufs brouillés et une de fruits devant le cornerback, et puis elle referma sa robe.

« Tu gâches la vue. » Il ramassa sa fourchette.

« Regardes moi dans les yeux, toi, » dit-elle, pointant son visage.

« Avec plaisir. » Son regard attrapa le sien. « Pourquoi ne pas prévenir tes parents ? » Il prit un raisin.

« Nous ne nous entendons pas. Ils voudraient s'occuper de tout, mais ils le feraient bon marché. Tout ça me fait... » Des larmes apparurent aux coins de ses yeux, et elle ne put les faire disparaitre. Elle se souvenait d'à quel point ses parents s'étaient mal comportés au mariage de sa sœur. Et ils aimaient Briana plus qu'ils ne l'aimaient elle. Stormy s'imagina les discussions houleuses entre sa mère et elle, entre sa mère et son père. C'eut été un véritable cauchemar.

Devon posa sa fourchette. Il l'attira dans ses bras, et elle pleura contre sa poitrine.

« Je ne veux pas. S'il te plait. »

« Okay, okay, bébé. Tout va bien, Stormy. Personne ne va te forcer à rien. »

Il la serra contre lui jusqu'à ce qu'elle se calme. Attrapant un mouchoir, il la relâcha. « Tes œufs vont refroidirent. »

« Que veux-tu faire ? »

« Une belle cérémonie à la mairie avec Samantha, peut-être le coach, ou qui tu veux, quelques amis. Puis un diner, peut-être même au Doux Magnolia ? »

« Je ne peux pas mettre de costume ridicule ? » Devon se renfrogna.

« Tu veux porter un smoking ? La plupart des hommes détestent ça. »

« Ouais, je sais. Moi aussi. Mais en un sens, ce n'est pas officiel sans. Okay. On le fera comme tu veux. Mais j'ai déjà prévenu mes parents, et ils viendront. »

« Tu l'as dit à tes parents ? Mais on est fiancés depuis cinq minutes ! »

« On est fiancés depuis un mois et demi. Oui, je leur ai dit. Ils veulent venir. »

« On peut toujours le faire à ma sauce. Peut-être que ton père pourrait m'accompagner à l'autel. Il a toujours plus été mon père que le vrai de toute manière. »

« Je suis certain qu'il le fera. » Devon dévora sa nourriture et puis engloutit un deuxième café. « Si tu es si décidée à ne pas faire de cérémonie, comment se fait-il que j'ai trouvé ça sous le matelas ? » Il lui montra un magazine appelé *La Mariée d'aujourd'hui*.

« Tu regardes sous ma partie du matelas ? » Ses yeux s'écarquillèrent.

« Le lit me semblait un peu inégal, alors j'ai regardé. Et j'ai trouvé ça. Alors ne me dis pas que tu ne veux pas d'un vrai mariage. On peut le faire. Je peux payer. On a pas besoin de faire de l'extraordinaire ou je ne sais quoi. Mais on pourrait faire quelque chose de bien. Je veux que tu portes une longue robe blanche, Stormy. »

Elle fixait son assiette et jouait avec sa nourriture. « Une longue robe blanche ? »

« Ouais. Comme celle de la page soixante-huit. Tu as plié l'angle. »

Stormy lui arracha le magazine des mains. « Tu n'es pas sensé voir ça. Ça porte malheur. Maintenant, je ne peux plus la mettre. »

« Vraiment ? Merde, désolé. »

« Je ne l'aurait pas achetée de toutes façons. Elle coute cinq mille. Mais il y en a une autre que je peux me payer. »

« Je vais payer la robe. Prends ce que tu veux. Tu as vécu tellement de choses, tu mérites un beau mariage, ma chérie. » Il lui prit la main.

Elle lui sourit. « C'est vraiment gentil. Okay. Peut-être quelque chose entre une mairie et un grand mariage de deux-cents personnes alors. »

« Et tu auras une longue robe blanche, et moi un costume ? »

« Okay, okay. On va bien le faire. Mais peut-être seulement vingt-cinq personnes ? »

« Cinquante ? »

« Pas plus que ça, » dit Stormy, levant haut le doigt.

« Tu seras la plus belle mariée de l'histoire, » dit Devon, prenant les assiettes sales. Il les rinça et les mit à la machine.

« Est-ce qu'on peut acheter de la nouvelle vaisselle ? Je peux la choisir ? »

« On peut prendre tout ce que tu veux. Tu seras la reine de la maison. »

Elle tapa dans ses mains. « J'ai toujours voulu de la porcelaine et de l'argenterie. »

« Je croyais que les petites filles rêvaient toujours de leur mariage ? »

« Oui. J'ai quelque chose en tête. »

« Rien de trop féminin, okay ? »

« Okay. »

Il se mit à côté d'elle, la main sur sa taille. « Que pense tu d'une répétition pour la nuit de noces ? »

« Oh, je pense que tu ne devrais pas avoir de problèmes. » Elle pouffa.

« La pratique la rendra parfaite. » Il lui prit la main et l'amena dans la chambre.

« Tu sais d'où je tiens le magazine ? » demanda-t-elle, grimpant les escaliers.

« Un kiosque ? »

« Non. La chambre de Samantha. »

Devon s'arrêta net. « Samantha ? Qu'est-ce qu'elle fait avec un magazine de mariage ? »

DE L'AUTRE CÔTÉ DE la ville – Maison de Verna Carruthers

La dame de soixante-six ans ouvrit la porte. Hank Montgomery, le père de Griff, et membre du staff des Kings, se tenait debout, tenant une boite à outils. « Monsieur Répare-tout- est là. » Il entra.

Verna se mordit la lèvre. « Buddy fait ça, d'habitude. »

« Fait quoi ? »

« Réparer des truc pour moi. »

« Tu as du café ? »

« Bien sûr. Rentre donc. Je viens de faire cuire des cookies. »

« J'adore les cookies. »

Il déposa la boite en métal derrière la porte et la suivit dans la cuisine. Hank fit un café pendant que Verna mettait les cookies dans une assiette. Assise à côté de la table, elle regardait le sol.

« Buddy est déjà fâché que nous nous voyions. S'il savait que tu réparais des choses chez moi, et ben, ça pourrait être encore pire. »

« Buddy aura bientôt lui-même un enfant. Ensuite, il n'aura plus le temps de venir ici réparer des trucs. »

« Tu as aussi un petit-enfant en chemin. Ça ne va pas te prendre ton temps ? »

« J'ai toujours du temps pour toi, Verna. » Son sourire mariait amour et passion.

« Il est mon fils. Mon seul fils, Hank. Je ne veux pas lui faire de mal, ou que notre relation se détériore. »

« Je comprends. Si tu ne veux pas que j'installe les stores, alors je ne le ferai pas. »

Elle respira profondément. « Merci de comprendre. Mais peut-être, juste cette fois. Buddy ne sait pas qu'ils doivent être remplacés. Je ne lui ai pas encore dit. En plus, c'est la saison de football, il doit être occupé. »

« Laisse-moi finir ma tasse, et je m'en occupe. »

Verna montra la chambre à Hank, et nettoyait pendant qu'il travaillait. Ses vieux stores avaient enfin lâché. Les nouveaux rafraichiraient les fenêtres. *J'aurais sans doute besoins de nouveaux rideaux, aussi.*

Quand elle se retourna, Hank était sur l'escabeau. En l'observant, Verna se rendit compte de l'état de la pièce. Les murs avaient besoin de peinture, le couvre-lit avait déteint, et le couvre-sommier avait été nettoyé trop souvent. Les meubles étaient ternes et vieux-jeu. *Un peu comme moi. J'ai aussi besoin d'une nouvelle couleur.*

Elle gloussa pour elle-même, ce qui fit réagir Hank. « Que se passe-t-il ? »

« Maintenant que tu changes les vieux stores, je redécouvre cette pièce. C'est vraiment délabré. Besoin de nouvelles choses. De la peinture. Moi aussi, d'ailleurs. »

« Tu n'as besoin de rien de nouveau Verna. Tu viens d'avoir une rénovation, » dit-il. « Et si je puis dire, les résultats sont fantastiques. » Il lui lança un regard pervers.

Elle ressentit une vague de chaleur lui monter au visage et se détourna.

Hank se remit au travail. « Je peux peindre. J'ai peint beaucoup de pièces dans ma vie. »

« Est-ce que tu te proposes ? » Elle appuya une de ses mains contre sa hanche.

« J'imagine que c'est une façon comme une autre de rentre dans ta chambre. » Il rit.

« Hank Montgomery ! Espèce de vieux pervers dégueulasse ! » rigola-t-elle.

Il descendit et s'approcha. « Il n'y a rien de vieux chez moi. Et rien de sale avec le sexe. Je suis toujours intéressé, et j'espère que toi aussi. » Il la prit contre lui et l'embrassa délicatement.

« C'est une possibilité, » répondit-elle.

Hank, avec sa belle taille et ses larges épaules, la rendait nerveuse. Son cœur battait un petit peu plus vite lorsqu'il était dans la pièce. Ils avaient échangé plusieurs baiser, mais c'était tout. Verna n'avait connu personne d'autre que son mari depuis plus de trente ans. Il était parti depuis quelques temps, et elle se sentait seule. Des questions sur le sexe trottaient dans sa tête. Une timidité qu'elle n'avait pas eu avec son époux avait apparue.

L'idée d'être nue avec Hank la fit rougir. Celle de ses mains sur son corps fit accélérer sa respiration. Était-ce de la passion ? Du désir ? Savait-elle ce qu'elle voulait ? Absolument pas, bien qu'elle n'ait aucune raison de ne pas lui faire confiance.

Il avait pris son temps, comme elle lui avait demandé, et avait toujours été respectueux. Après s'être embrassés sur le canapé, elle avait entrevue une rougeur sur son cou, et la partie de son torse découverte par sa chemine déboutonnée. Elle s'était rendue dit que ça ne serait pas facile pour lui de simplement partir, insatisfait. Mais il l'avait fait. Sans poser de questions. Et elle lui en était reconnaissante.

Maintenant, il envahissait ses rêves la nuit. Des pensées obscènes à propos de Hank lui revenaient en tête régulièrement pendant la journée. Le temps pour comprendre où tout ceci irait était bientôt venu. Toute apeurée qu'elle était, l'anticipation gardait ses nerfs en alerte maximale. Chaque pression de sa main, touche dans son dos ou sur son épaule la picotait. Garder Hank hors de sa chambre n'allait pas durer longtemps.

Alors que son besoin physique pour lui grandissait, ses inquiétudes sur son fils aussi. Buddy Carruthers, receveur star chez les Connecticut Kings, n'aimait pas que sa mère sorte avec Hank Montgomery, ou n'importe qui d'autre, d'ailleurs. Il était très possessif et protecteur avec elle. Son amour et son intérêt la touchaient, mais maintenant qu'elle voulait reprendre contrôle de sa vie, il faudrait peut-être qu'elle lui en parle, qu'elle s'explique.

Hank semblait être un homme bon. Ils se voyaient depuis deux mois. Buddy avait besoin de se retirer et de laisser sa mère faire ses propres choix. Mais comment Verna pourrait-elle lui dire ceci ? Et que se passerait-il si Hank décidait qu'elle n'en valait pas la peine, et qu'il en avait marre d'attendre qu'elle se décide à coucher avec lui ? »

Elle se mordit un ongle en se posant toute ces questions, et Hank retira les stores.

« Terminé. Où sont les nouveaux ? » Il retira la sueur de son front. « Il fait chaud ici. Ça te pose un problème que j'enlève mon T-shirt ? »

« Bien sûr. Vas-y. Ils sont dans l'armoire. » Elle les chercha à l'aveuglette jusqu'à toucher la boite.

Hank regarda. « Ça a l'air facile. » Il se tint près d'elle, imposant son sex-appeal. Son torse était poilu, comme son défunt mari. Elle avait aimé cela. Ses doigts se mirent à la picoter alors que le désir de le toucher augmentait. *Qu'est-ce que j'attends ? Le prochain millénaire ? Je ne suis pas un bébé. Je ne tomberai pas enceinte. Quel est le problème ? C'est ce que Al aurait dit.* Elle se ricana à elle-même.

« Tu ris encore ? » Hank leva un sourcil.

« Ce n'est rien. »

« Allez. Dis-moi. J'aimerais bien en rire aussi. »

« Je pensais à ce que Al dirait à propos qu'on dorme ensemble, » se confessa-t-elle.

Cette fois, il leva ses deux sourcils. « Vraiment ? Et qu'aurait-il dit ? »

« C'est que du sexe. Quel est le problème ? »

Chapitre Sept

DE L'AUTRE CÔTÉ DE la ville – Maison de Bull Brodsky

« C'est juste que tu as utilisé le mot 'amour'. Nous ne sortons pas ensemble depuis longtemps. Tu ne crois pas que tu te précipites ? »

« Ouais, c'est assez tôt. Mais je sais ce que je veux. Et je pense que tu es pas mal proche de mon idéal. Peut-être que je ne devrais pas le dire. Peut-être qu'un magazine me dira de la fermer. Peut-être que je ne devrais pas utiliser le mot 'amour'. Est-ce que c'est trop tôt ? Sans doute. Mais je sais ce que je ressens. Et tu es la bonne. »

« Je, je... Je ne sais pas. C'est trop tôt pour moi. Je ne sais pas ce que je ressens. Si je peux te faire confiance, » lui répondit-elle. Sa main tremblait, et sa respiration était bloquée. *Ne le perd pas. Et si c'était le bon ?*

« Je comprends. Devon t'a raconté plein de conneries sur moi. T'es toujours en train de faire le tri. Je comprends. Je voulais juste que tu saches ce que je pensais. J'ai déjà fait ça, mais cette fois, c'est différent. »

Ces mots qu'elle rêvait d'entendre la firent presque pleurer. Elle cligna des yeux et se détourna. Apeurée d'être trop heureuse, de lui faire confiance, son corps ne lui obéissait pas. La joie se diffusa de son cœur jusqu'à son sourire. Les battements de son cœur accélérèrent. Samantha voulait qu'il soit l'élu, elle le voulait si fort qu'elle en perdait toute raison.

Bull se leva. « L'heure de la douche. »

Le pieds de Samantha ne voulaient pas bouger.

« Tu viens ? » Son regard chaleureux la traversa complètement. Elle acquiesça. Sly lui tendit la main. Son sourire l'éblouissait. « Quelle température préfère-tu ? » demanda-t-il.

Elle gloussa. « Avec toi ? Aussi chaude que possible. »

Après une scène d'amour passionnelle sous la douche, ils s'habillèrent.

Jetant un coup d'œil à sa montre, Sly attrapa son manteau. « Merde, il est onze heures. Il faut que j'aille à l'entrainement. »

« J'espère que tu vas gagner, » dit Sam lorsqu'il la déposa devant chez elle.

En le regardant s'éloigner, elle ressenti la froideur de son absence sous son léger manteau. Elle se réchauffa en rentrant chez elle. Sly avait posé des questions qu'elle avait évitées. Était-elle prête à s'opposer à son frère pour garder Sly dans sa vie ? Elle se mordit la lèvre en se changeant.

Conduisant jusqu'à l'Abri, elle se remémorait ses mots. 'Long terme'. L'était-il ? Probablement. N'avait-elle pas voulu se marier et sa propre famille toute sa vie ? Et voilà Sly Brodsky, athlète réussi, prêt à tout lui offrir sur un plateau. *Quel est le problème ? Je suis en train de faire mon bébé.* Elle se décida à être reconnaissante pour ce qu'elle avait et de ne pas se poser de questions sur l'avenir de leur relation.

Elle laisserait Sly prendre l'initiative. Et au quand bien même Tiffany était retournée dans sa vie, Samantha le voulait. Elle accrocha sa veste au porte-manteau, vérifia qui était présent et qui ne l'était pas, avant de répondre à des mails et de regarder le match.

La salle d'attente était équipée d'une télévision pour les visiteurs. La directrice l'utilisait quand elle était seule pendant longtemps, et avait conseillé à Sam de l'imiter. A quatre heures, elle ouvrit un pot de beurre de cacahuètes et un sandwich à la confiture qu'elle avait apporté avec un soda au gingembre. Elle s'installa confortablement. Même si elle adorait le football américain, ses nerfs étaient toujours en rogne lorsque Bull jouait. La peur d'une blessure lui restait dans la tête. Et pourtant, chaque semaine, le linebacker parvenait à faire un excellent travail sans se blesser.

Elle s'émerveillait devant les mêlées de corps qui terminaient avec les hommes se relevant et s'écartant. *C'est un sport brutal.* Pourtant, elle admirait la détermination et le travail acharné que Sly fournissait. Il ne manquait jamais un match ou un entrainement. Grâce à Stormy, il mangeait bien et parvenait à garder un poids constant. Bien sûr, il n'en était pas moins un homme normal, avec ses défauts ennuyants, comme laisser trainer ses canettes de bière, ou ne jamais éteindre les lumières. Mais il y avait bien plus de choses à respecter chez Bullhorn Brodsky que de choses négatives. Elle se sentait fière lorsqu'il courait sur le terrain.

En croisant les doigts, elle appela Stormy.

« Je suis là, je regarde. »

« Bien. La météo est bien. Il ne devrait pas pleuvoir ou neiger. »

« Dieu merci. »

Les deux femmes restèrent au téléphone pendant toute la première mi-temps. Puis elles rechargèrent leurs batteries. Partager le match avec Stormy était un peu comme le vivre à la maison, comme si elle était dans le box présidentiel.

ILS ENTRÈRENT DANS la Bête Sauvage à neuf heures quinze. L'endroit était bondé, toutes les tables étaient pleines, à part une rangée de chaises et de tables vide à l'emplacement des Kings. Les regards de Bull et Devon se croisèrent. Le cornerback lui fit un petit geste, lui donnant la permission de s'assoir. Sly tira la chaise pour que Sam s'asseye avant de l'imiter. Trunk Mahoney s'assit de l'autre côté de Bull et engloutit une gorgée de bière.

« Vous étiez où ? En train de baiser ? » le regard de Trunk alternait entre Bull et Samantha.

« Sors ces saletés de ta tête, Trunk. »

Le visage de Devon prit de la couleur. « Tu parles de ma sœur là. »

Bull se pencha pour chuchoter à Trunk, « Allez, arrête-toi, tu es ridicule là. »

Le defensive joueur de ligne regarda ses coéquipiers. « Vous avez de la chance. Vous b- »

« C'en est assez. Viens, Trunk. Je te ramène chez toi. » Bull se leva, et regardant Sam, « Ça te va ? Je serai de retour dans deux minutes. »

« Bien sûr, vas-y. » Samantha lui fit un geste de la main.

Carla, la jolie serveuse brune avec un teint pâle et un sourire narquois, se pointa. « Vous avez un problème ? »

« Nan, il faut juste qu'il rentre chez lui. Je vais m'en occuper. »

« Besoin d'un coup de main ? »

« Il est assez grand mais je vais m'en occuper. »

« Ça ne me pose pas de problème. »

« Lève-toi, Trunk. »

Le joueur obéit. Il se leva et tangua un peu. Bull l'attrapa, passant son bras sous son épaule, et le faisant glisser jusqu'à sa taille.

« Carla ! Carla, poupée. Viens avec moi. Tiens moi compagnie. Réchauffe-moi. »

« Bien sûr, bien sûr. Dans tes rêves. »

« Comment tu sais ? Je rêve de toi toutes les nuits. »

La serveuse rit. « T'es vraiment quelque chose, Mahoney. Saoul comme jamais mais quand même à me faire du rentre-dedans. » Elle secoua la tête en ricanant.

Bull accompagna son camarade jusqu'à la porte que Carla ouvrit.

« S'il te plait, Carla. Je t'aime. Allez, je t'offrirai un autre bar, » balbutia Trunk.

« Dors là-dessus, mon pote. »

« Je reviens demain. »

« Seulement si tu es sobre, » dit-elle en fermant la porte.

Quand Bull se gara devant chez Trunk, il n'y avait pas d'autre voiture. Il pensa que sa femme, Mary, avait dû sortir. *Pourquoi ne vient-elle pas avec lui ? Elle ne vient pas aux matchs non plus. Où est-elle ? Pour le meilleur et pour le pire... Je suis pas sûr.*

« Où sont tes clés, mon gars ? » Bull trainait Trunk jusqu'à la porte principale.

« Sur ma bite, » dit Trunk en rigolant.

« Hey, on va s'arrêter avec les blagues de cul. Allez mec, j'ai laissé ma copine pour te ramener, fais pas ton gland. » Bull fouilla les poches de Trunk jusqu'à trouver les clés. Il ouvrit la porte, et récupéra Mahoney qui allait presque tomber tellement il tanguait. Bull le tira à lui. « A l'étage ? »

Trunk secoua la tête. « Salle de bain, » dit-il en pointant du doigt. Brodsky conduisit son ami jusque dans les toilettes, le mettant à genoux et le laissant vomir. Plusieurs fois. Puis Trunk posa sa tête sur le carrelage.

« Retourne à ta copine, Bull. Merci de m'avoir ramené. Je suis okay maintenant. »

« T'es sûr ? T'as pas l'air bien. »

« Ouais, ouais. J'ai l'habitude. »

« Ne te noies pas dans les toilettes, c'est tout, okay ? »

Trunk arriva à sourire. « Pigé. » Il se leva difficilement, Bull lui tendit une serviette pour qu'il s'essuie. Il but de l'eau.

« Je pense que tu pourrais survivre. »

« Evidemment que ouais. »

« Où est Mary ? »

« Qui sait ? »

Bull arrêta tout de suite cette conversation. Il se gratta la nuque et demanda à son ami s'il allait bien.

« Ouais, ouais. Vas-y. Retourne voir ta copine. Merci encore. »

« Je t'emmènerai chercher ta voiture demain. »

« Okay, okay. Amuse-toi bien. Elle a l'air d'une fille bien. »

« Et comment tu saurais ? Tu lui a jamais parlé sobre ? »

« Si c'est ta copine c'est une fille bien. »

Bull rit. « Très bien. Prends soin de toi. À demain à l'entrainement. »

Trunk cacha son visage derrière sa main. « Et merde. Putain. J'avais oublié. À quelle heure ? »

« Neuf. »

« Re-merde. » Il cracha.

« J'y vais. Reste tranquille. »

Ils se dirent au revoir et Bull alla jusqu'à sa voiture. Son esprit était occupé alors qu'il retourna à la Bête Sauvage. Trunk Mahoney était un homme bien. Il avait besoin de conseils et de l'amour de sa femme. Bull soupira. *Peut-être que le mariage est une mauvaise idée.*

Quand il ouvrit la porte, il aperçut Samantha danser avec Robbie Anthony.

SAMANTHA DÉTESTAIT les alcooliques. Elle pouvait les dépister des lieux à la ronde. Son oncle Ralph, le frère de sa mère, en avait été un. Il se mettait des mines à chaque rencontre de famille, chaque vacance. Puis il se comporterait odieusement. D'habitude, il raconterait des blagues salaces, ou des jurons, jusqu'à ce qu'il s'évanouisse. Ses parents le ramèneraient chez lui d'une façon ou d'une autre. Son comportement gênait Samantha et toutes les autres personnes présentes dans la pièce.

Quand elle devint une ado plantureuse, les blagues et les commentaires de Ralph sur son corps la faisait fuir et se cacher. Une fois, elle avait supplié ses parents de la laisser rester à la maison plutôt que de devoir le confronter. Quand elle eut seize ans, ses parents abandonnèrent, et elle put rester chez elle avec Devon.

Devon s'était porté comme volontaire pour rester avec Sam. Elle pensait qu'il n'aimait pas non plus les bêtises de l'Oncle Ralph. Ils commencèrent leurs propres traditions. Deux ans plus tard, Oncle Ralph se tua dans un accident de la route après avoir bu. Le soulagement et la culpabilité s'étaient mélangés dans son esprit de jeune fille. À ce moment-là, toute la famille était venue chez eux célébrer la fête.

« Il me rappelle l'Oncle Ralph. »

Devon pressa ses doigts entre les siens. « Il n'est pas comme Ralph. C'est un mec bien. Honnête. »

« Tu peux le garder. Il a de la chance que Sly se soit apitoyé de lui. »

« C'est pas parce qu'un mec se saoul une fois que c'est un alcoolique, Sam. »

« Les gros mots, les vannes, ça me rappelle Ralph. Il me fait peur. Je suis désolé, mais il me rappelle de mauvais souvenirs. » Elle prit son verre.

Devon plaça son bras sur celui de sa sœur. « Trunk et moi sommes sur le terrain ensembles. C'est un mec super, il en fait toujours plus pour me couvrir. Il me défend, s'assure que personne ne me fasse du mal. Alors, te moque pas trop de lui, okay ? »

« Je suis désolée, Dev, mais visiblement ce mec a un problème. »

« Comme la plupart des gens, d'un genre ou d'un autre. C'est mon pote, et je reste avec lui, » dit Devon en levant sa bouteille de bière.

Après le second Cosmo de Samantha, quelqu'un mit une chanson langoureuse sur le jukebox. Robbie Anthony, the kicker des Kings, l'invita à danser.

Stormy se pencha. « Tu ne vas pas danser avec lui, si ? »

« Pourquoi pas ? Sly n'est pas là. Il s'en foutra. J'ai juste envie de danser. Juste une danse. »

« Je ne le ferait pas. »

« C'est juste une danse, et ma chanson préférée. »

« Tu cherches des ennuis. » Stormy posa sa main sur le poignet de Sam.

« Je ne connais pas ce mec. Je veux juste danser. »

Après avoir repoussé son amie, elle prit la main de Robbie et avança sur le dancefloor. « Juste pour prévenir, je suis la copine de Sly, » dit-elle, se rapprochant.

« Qui ? »

« Bullhorn ? »

« Ah ? » Il leva les sourcils. « Merde, non. » Il la lâcha.

« C'est juste une danse. »

L'air frais venant de la porte attira leur attention. Bullhorn Brodsky était là. Il fixait Robbie. La chanson se termina. Samantha s'éloigna du kicker et retourna s'assoir.

« Tu ne l'as pas vue rentrer avec moi ? » demanda Bull à Anthony.

« Non. Désolé Bull. Si j'avais vu, je n'aurais pas demandé. »

Samantha posa sa main sur l'avant-bras de Bull. « Tout va bien. C'était juste une danse. C'est ma chanson préférée. Tu n'étais pas là, et je n'y ai pas vu de mal. »

Bull tira la chaise de Sam pour qu'elle s'asseye, en continuant de la fixer. « Tu es venue avec moi. »

« Bien sûr. Une danse ne change pas ça. Allez, Bull. Tu es revenu. Prépare-toi pour la prochaine. »

« Sois pas con, Brodsky. Sam faisait que danser avec Anthony, » dit Devon.

« Quand elle m'a dit que c'était ta copine, j'ai arrêté, » dit Robbie.

Samantha acquiesça. Bull s'assit à côté d'elle. Il regardait Sam. « Tu leur as dit que tu étais ma copine ? » demanda-t-il à voix basse.

« Ouais. » Elle prit une gorgée de sa boisson.

Il sourit, se pencha, et l'embrassa. « Super. »

Devon interrompit le baiser entre les deux amants. « Comment va Trunk ? »

« Il se remet. Il ira mieux demain. Il se remet vite. »

« Qu'est-ce qu'il se passe avec sa femme ? »

« Je sais pas. Aucune idée. » Bull secoua la tête avant de boire sa bière.

« Je meurs de faim, » dit Sam.

« Carla ! On peut commander à manger ? » cria Bull, nettement plus fort que la musique et le bruit alentour.

Elle acquiesça et prit son calepin sur le comptoir. Ils commandèrent des burgers au bleu, la spécialité locale, et un deuxième round de boissons.

« Alors, Drake. Tu vas enterrer la hache de guerre contre moi ou bien ? » demanda Bull.

Devon fixa ses mains. « Ça dépend. »

« De quoi ? »

« Ne sois pas chiant, Dev. Bull et moi sommes ensemble, fais-toi à l'idée. »

« Okay, okay. Mais si tu lui brise le cœur, je t'arracherai le tiens et je le laisserai sécher, » dit Devon, très clairement.

« Plus de chances qu'elle brise le mien. »

« Les mecs ! Franchement. Soyez heureux. Qui vient danser avec moi ? » Sam se leva.

« Moi. » Bull fit de même et la suivit en prenant sa main.

LES KINGS ET LEURS femmes y jetèrent un œil lorsque la porte s'ouvrit. Rentrèrent le coach Bass et sa femme, Jo. Les gars poussèrent des cris de joie. Le couple rejoignit l'équipe alors que Buddy Carruthers, receveur, et sa femme, Emmy, se décalèrent pour faire de la place.

Avant de s'assoir, le coach leva les bras. « J'aimerais faire une annonce. »

Sa femme tira sur sa chemise et secoua la tête.

« Allez Jo. Ils vont adorer. »

Elle continua de tirer. Il la repoussa. « Jo est enceinte ! Ouais, on va avoir un coach miniature jouant dans la maison dans quelques mois. » Il arborait un large sourire de banane.

« Un garçon ? » demanda Buddy.

« Ouais. Après des jumelles, cette fois c'est un garçon. Mon premier. Et un futur King ! »

« Quelle position ? » plaisanta Devon.

« Merde, je sais pas. Il est même pas encore né. Mais je parie sur quarterback. »

Les couples applaudirent. Le visage de Jo Sebastian était aussi rouge qu'il le puisse, alors qu'elle fixait ses mains sur la table.

Carla apparut. « Qu'est-ce que vous prenez, coach ? »

« Tournée générale, sur mon compte. Je vais prendre n'importe quoi. Jo ? »

« Un soda au gingembre. Oh, et, pourrais-je avoir un burger au bleu et des frites ? Je suis affamée. »

« Chérie, tu peux avoir tout ce que tu veux, » dit le coach. « Je vais en prendre un aussi. »

« Bien sûr. Félicitations, Madame coach. » Carla inscrivit leurs commandes.

Il ne leur fallut pas beaucoup de temps pour parler du match. Le coach déconstruisait les actions, expliquant les erreurs, et celles de l'équipe adverse. Rapidement, il dessinait des actions sur les serviettes tout en picorant sa nourriture. Les hommes étaient silencieux, concentrés et à l'écoute.

« Gros match bientôt, » dit Pete Sebastian, alors que Carla déposa une autre bière devant lui. »

« Les Nevada Gamblers ? On s'est toujours bien occupé d'eux, » rétorqua Buddy.

« J'ai entendu dire que Darvin Sweetwater s'était blessé, » ajouta Bull.

« Moi aussi, » répondit le coach. « Mais j'ai aussi entendu dire qu'ils avaient un nouveau crack en quarterback. »

« Qui ? » demanda Devon.

« Tim Demson. »

« Un lien avec Tuffer ? » demanda Bull.

« Son petit frère, » répondit le coach.

« Merde. Tu vas faire jouer les frères contre ? » interrogea Devon.

« Hey, si Manning peut jouer contre Manning, Demson peut jouer contre Demson. »

« Mais les Mannings sont tous les deux quarterback. Ils ne seront jamais sur le terrain en même temps. Tuffer défend. Tu t'attends à ce qu'il charge son frère ? » Bull se rassit.

« Maintenant que tu le dis, non. Je ne peux pas. Il faudra que Trunk prenne l'initiative. D'ailleurs, il est où ? Il a dit qu'il viendrait. »

« Il se sentait pas bien, il est rentré chez lui, » répondit Devon.

Le coach acquiesça. « Très bien. Peut-être que Sweetwater pourra jouer. Et alors on fera entrer Tuffer. »

Les autres joueurs firent entendre leur accord. Bullhorn changea le sujet de la discussion vers la politique. Une discussion passionnée sur qui devrait être élu maire de Monroe fit débattre les uns contre les autres. Le coach Bass fit redescendre la tension en faisant jouer le jukebox.

« Où est Betty ? » demanda Bullhorn à Carla.

Elle regarda sa montre. « Elle arrive à onze heures. Elle s'attend à ce que tu chantes une chanson, mais je ne me souviens pas du nom. »

« Ouais, ouais. Je me souviens. Je suis prêt. »

Pete se tourna vers sa femme, penchée sur son épaule et baillant. « Je n'ai pas l'impression que tu vas entendre Betty chanter. »

Elle le regarda. « Tu penses ? »

Il sourit et mit sa paume sur le ventre de son épouse. « Junior à besoin de grandit beaucoup. Il faut qu'il se repose. Betty joue depuis des années. Elle sera toujours là quand bébé sera né. »

Jo lui rendit son sourire. Le coach ne pouvait pas détourner ses mains ou son regard de sa si jolie femme. Malgré les mecs à côté, il la touchait, lui caressait l'épaule ou lui envoyait des clins d'œil. Il avait attendu des années pour trouver la bonne et la voilà qui était assise à ses côtés. Toute à lui, et attendant son enfant. Rajouté à cela d'être le coach d'une équipe de football américain à succès, et vous aviez le rêve absolu de Pete.

« Je déteste être celle qui ruine les soirées, » dit Jo.

« Tu ne l'es pas. On rentre juste à la maison, » lui susurra le coach.

Elle lui donna une très légère tape sur l'épaule. « Pete ! »

« Il faut qu'on y aille, les gars. Ça fait plaisir de vous voir tous, surtout les dames. Ce sont des hommes chanceux. »

Le coach Bass et sa moitié se levèrent et sortirent. Les joueurs les saluèrent et firent des aurevoirs. Il les poussait au maximum. Parfois, il les conduisait même. À d'autres moments, il les gratifiait d'une tape dans le dos. Il prenait toujours le blâme en cas de défaite et leur donnait le crédit s'ils gagnaient. Ils se battaient pour lui, Pete Sebastian, leur leader.

En marchant jusqu'à la voiture, le problème de Tuffer Demson lui revint en mémoire. Jo conduisit jusqu'à la maison, puisqu'elle n'avait pas bu.

« Si quelque chose arrive à Trunk, comment est-ce que je peux faire jouer Demson en défense ? »

« Pourquoi pas ? »

« Parce qu'il devrait charger son frère. »

« Ah zut. Ouais. Ce serait un problème. Mais ça ne sert à rien de paniquer maintenant. Assure-toi de garder Trunk en bonne forme, » lui suggéra Jo.

Le coach se gratta la barbe. « Ça ne va peut-être pas être aussi facile que ça semble. »

Chapitre Huit

SAMANTHA SE RÉVEILLA le lundi déjà fatiguée par un week-end chargé. C'était son premier jour de travail à la fois chez Jo le matin et avec le shift du soir à l'Abri. A dix heures, les portes se fermaient et personne ne pouvait entrer sans clé. Mais jusqu'à lors, les visiteurs étaient autorisés.

C'était un peu comme un couvre-feu des années soixante dans les dortoirs étudiants. Ce système faisait partie des mesures de sécurité destinées aux femmes et aux enfants. Personne ne pouvait simplement rentrer. Il y avait ce besoin de reconnaissance qu'ils étaient en sécurité.

Son bureau était à gauche en entrant. À l'autre bout de la salle se trouvait une grosse porte verrouillée qui menait jusqu'à l'Abri. Le buzzer se trouvait sous le bureau.

Samantha déposa un sachet dans un tiroir vide de son bureau avant de s'assoir. Elle avait ramené quelques snacks. Sly l'avait amenée diner, et elle avait pris un pain de viande avec de la purée. Donc, elle avait ramené quelques fruits, du fromage, des noix et du jus. Mais avant tout, elle se servit une grande tasse de café.

Sam alluma l'ordinateur. Elle lu les mails de la directrice et répondit là où elle pouvait. Après avoir sorti un cahier, elle nota les informations nécessaires pour trouver celles qui lui manquaient.

Puis, elle sortit sa liseuse de son sac. Elle était pressée de terminer sa lecture. Passer tellement de temps avec Sly l'empêchait de lire autant qu'elle l'eut voulu. Mais le fait de remplacer ses soirées lectures par des soirées romantiques ne lui déplaisait pas, loin de là.

Malgré avoir retrouvé la page à laquelle elle s'était arrêtée, Samantha n'arrivait pas a se concentrer. Son esprit divaguait. Elle se posait des questions sur Tiffany Belden. Sly était toujours lié à elle, ou du moins, par le tribunal.

Le fait qu'il continue de faire ce qui est juste après ce qu'elle lui avait fait calma ses inquiétudes sur le comportement de Sly. Mais quand même, le procès impliquait qu'il devrait interagir avec Tiffany, une femme qu'il avait voulu épouser. Maintenant que sa relation avec son mari était terminée, cherchait-elle à reconquérir Sly ? Lui promettrait-il de ne pas l'abandonner cette fois ? Est-ce qu'il recommencerait leur idylle ?

Elle se mordit la lèvre. Son téléphone sonna. C'était Stormy.

« J'appelle juste pour savoir comment tu vas. Tout va bien ? »

« Bien sûr. »

« Bien. Besoin de quoi que ce soit ? Devon peut t'apporter à diner. »

« J'ai ramené des en-cas, mais merci. Tu as une minute ? »

« Ouais. Qu'est-ce qu'il se passe ? »

« C'est ce truc avec Sly et Tiffany. »

« Tiffany ? »

Samantha expliqua la situation à son amie. « Et si Sly retournait avec elle ? »

« Quoi ? Pourquoi ferait-il ça ? Elle a poignardé son mari. Ça aurait pu être lui. »

« Il est grand, mais pas violent. Elle ne lui aurait jamais fait ça. Il dit que son mari l'a surement mérité. »

« Il t'a toi. Pourquoi aurait-il besoin d'elle ? Et si tu allais raviver quelque chose, tu es sûre que tu le ferais avec quelqu'un qui t'a abandonné comme ça ? Moi pas. »

« Mais tu l'as fait. Du moins, tu croyais que Devon t'avait rejetée. Et maintenant t'es avec lui et tu n'as jamais été plus heureuse. »

« C'est vrai, c'est vrai. »

Sam se débattait sur sa chaise, incapable de trouver une position confortable. Finalement, elle se leva et se dirigea vers la fenêtre pour la suite de la discussion. « J'ai dit à Robbie que j'étais la petite-amie de Sly. Ça veut dire qu'il est mon petit-ami, non ? »

« C'est logique, oui. »

« Donc il a pas une obligation envers moi, si j'en ai une pour lui ? »

« Tu veux dire, la fidélité ? »

« Ouais, la fidélité. »

« Bien sûr. A part si tu veux le quitter ou le perdre, tu es loyale avec ton copain. »

« Donc il devrait être loyal avec moi ? »

« Sam, tu es folle. Bullhorn Brodsky est fou de toi. Je doute sincèrement qu'il ait un quelconque intérêt pour cette fille. Laisse passer. Ne sois pas jalouse ou possessive. Tu vas juste le faire fuir. »

« Mais c'est pas toi qui disait : 's'il est marié, et toujours en vie, alors il est disponible ? »

Stormy rit. « Oublie ça, je plaisantais. Ne t'inquiète pas pour Sly. J'ai bien l'impression que tu es la seule qu'il veut. »

La porte s'ouvrit et plusieurs personnes entrèrent.

« Merci Stormy. Je me sens mieux. Je dois y aller. »

« Bonne nuit Sam. »

Vers huit heures, les femmes commencèrent à rentrer, surtout celles avec des enfants. Samantha lui accueillit toutes, s'introduisant, et expliquant que la directrice serait absente quelques semaines, et donc qu'elle serait là. Il n'y avait pas beaucoup de femmes à l'abri, peut-être une douzaine. Samantha se souvint des vacances de l'année précédente. Il y avait tellement de monde que certains avaient dû dormir sur le sol. Elle s'était demandé ce qui avait causé tant de gens à partir à ce moment-là de l'année.

La levée de fonds organisée par les Kings avait permis d'acheter un nouveau bâtiment. Cette année, ils avaient plus de chambres collectives et individuelles.

Après sa conversation avec Stormy, Sam mit ses peurs sur Brodsky de côté, et se remit à lire. Dès neuf heures trente, toutes les femmes étaient rentrées. Samantha était prête à fermer pour la nuit.

Le bruit d'ouverture de la porte attira son attention. *Une personne de plus et je peux y aller.* Mais lorsqu'elle leva les yeux, elle fut surprise de voir Sly Brodsky. « Sly ? Que fais-tu ici ? »

« Je voulais juste passer. Voir comment tu allais. M'assurer que tout était bien. Tu as besoin que je te reconduise chez toi ? »

« J'ai ma voiture. »

« Je vais te suivre alors. Simple mesure de sécurité. »

« Ce n'est pas un travail dangereux. Je vais bien. Mais c'est gentil à toi de passer. »

« C'est peut-être la seule chance que j'ai de te voir pendant un moment. »

« Je suis libre certains weekends. »

« Que se passe-t-il ici les vendredis et samedis ? »

« Ellen, la femme qui a eu une opération, vient quelques fois. Elle ira bientôt assez bien pour travailler plus, mais elle ne peut pas encore. »

Il acquiesça. « Je vois. Bien. Je me préparais à embrasser ma vie sociale comme aurevoir. »

Elle s'avança vers lui. « Tu ferais ça pour moi ? »

« Bien sûr. Tu es ma petite-amie. Je ne plaisante pas, Sam. » Il se baissa pour l'embrasser.

Son cœur battit plus rapidement. Il lui prit la main, l'amena jusqu'à sa voiture, et la suivit jusqu'à chez elle. Une fois qu'elle fut rentrée et qu'elle lui envoya un message, il rentra chez lui.

BULL SE RÉVEILLA AVEC un vague sentiment de malaise. C'était aujourd'hui qu'il témoignait. Il détestait les tribunaux et les drames de tous genres. Sly Brodsky avait grandi dans une maison chaotique, avec trop de gens, toujours beaucoup de bruit, de combats, de disputes entre sa fratrie, ses parents, et parfois même ses grands-parents. Il accordait plus de valeur à la paix et au clame qu'à quoi que ce soit d'autre.

Il sortit une chemise blanche avec une cravate bleu rayée. Après sa douche, il enfila le costume qu'il portait au stade les jours de match ou quand l'équipe voyageait. Il se regarda dans le miroir. Il avait l'air sérieux, adulte, professionnel. Il fallait juste qu'il évite d'utiliser un langage familier. *On a pas le droit de dire des insultes dans un tribunal.*

Il était en colère contre Tiffany pour l'avoir mis dans cette position. *C'est à cause d'elle que je dois faire ça. Pourquoi est-ce qu'elle n'a pas juste appelé la police ? Pourquoi est-ce qu'elle l'a poignardé ?*

Se secouant la tête, il se dirigea vers sa voiture. L'horloge indiquait huit heures. Il fallait qu'il y soit à neuf heures. Il s'arrêta sur le parking et entra dans le hall. Après avoir passé la sécurité, il demanda au commis quelle était la salle du jugement.

« Le procès de Tiffany Belden ? » L'homme feuilleta ses papiers. « Non, pas aujourd'hui. »

« L'avocat m'a dit que c'était aujourd'hui. »

« Laissez-moi regarder. Ah, je vois. Ouais. Ça a été reporté. »

« Reporté ? »

« Vous ne lisez pas les journaux ? Elle a été tabassée par son mari. Je crois qu'elle est à l'hôpital. »

Bull était complètement hébété. « L'hôpital ? »

« C'est ce que disaient les journaux. » Le commis porta son attention à la dame derrière Bull. Il se décala et s'appuya contre le mur.

Putain ! Quand elle disait qu'elle avait peur de lui, elle ne plaisantait pas. Bull vérifia sa montre. Il avait assez de temps pour une courte visite avant l'entrainement. Ils avaient un match prévu ce weekend contre les Nevada Gamblers, et il avait besoin de se préparer.

Il conduisit jusqu'à l'hôpital. C'était sur le chemin du stade. Il s'arrêta à la réception et demanda où se trouvait Tiffany.

« Vous êtes de la famille ? »

« Juste un ami. »

« Elle est sous protection de la police. Je doute que vous puissiez la voir. »

« Je crois que si. Je suis Sly Brodsky ? Je joue pour les Kings ? Joueur de ligne offensif ? »

La dame sourit et rougit. « Oh mon dieu. Vous êtes Bullhorn Brodsky ? Je regarde tous vos matchs. Vous êtes super ! Vous voulez voir Tiffany ? Elle serait folle de refuser. »

Bull lui fit un faux large sourire.

« Venez avec moi, » lui dit-elle, sortant de la réception. Elle l'amena jusqu'au fond d'un couloir, où un policier attendait.

La femme lui chuchota. « Ça vous poserait un problème de me signer un autographe, Monsieur Brodsky ? »

« Pas du tout. S'il vous plait, appelez-moi Bull, » dit-il, sortant un stylo de sa poche.

Le policier entra dans la pièce. « Rentrez, elle veut vous voir, » dit-il en reprenant son poste. »

Bull rentra aussi doucement qu'il pouvait. Quand il la vit, il grimaça. Son joli visage était transformé, ponctué de bleu et de noir. Ses joues et son menton avaient enflé, un de ses yeux était si gros qu'elle pouvait à peine l'ouvrir. *C'est ma faute. Je ne l'ai pas crue. J'aurais pu empêcher ça.* Quand elle vit Bull, elle commença à pleurer.

« Ne pleure pas, Tiffany. S'il te plait. Tu sais que je déteste ça. » Il s'approcha du lit. Elle tapota la place à côté d'elle sur le lit. Il s'assit gentiment. Même avant qu'il n'eut terminé de s'assoir, elle était dans ses bras, en pleurant.

Il ne trouvait pas les mots. « Je suis allé au tribunal aujourd'hui. »

« C'est pour ça que tu es habillé. » Elle renifla, cherchant un mouchoir sur la table de chevet.

Bull rapprocha la boite. « Que s'est-il passé ? » Il lui caressa les cheveux, la calmant.

Elle prit une grande bouffée d'air. « Il est sorti de l'hôpital il y a deux semaines. J'étais sortie sous caution, je dormais chez quelqu'un d'autre. »

« Une amie ? »

Elle acquiesça. « Quand je suis allée voir mon avocat, Clyde m'attendait. »

Bulle leva ses sourcils.

« Je t'avais dit. Je t'avais dit qu'il viendrait pour moi. Mais tu ne m'as pas cru. Regarde-moi. Tu me crois maintenant ? » Elle déboutonna sa chemise d'hôpital, dévoilant ses larges bleus sur son torse et ses seins. Puis elle se remit à pleurer, son hystérie grandissant encore.

L'estomac de Bull se retourna. La culpabilité le rendait sans voix. Une profonde colère envers le connard qui avait fait ça apparut lentement en son for intérieur. Il sentit la chaleur de son visage en se levant.

Une infirmière entra. « Monsieur, vous la troublez. Veuillez partir s'il vous plait. »

« Non, non, » sanglota Tiffany. « Je suis désolée. Je suis désolée. Je vais arrêter. S'il vous plait. Ne le faites pas partir. Ce n'est pas sa faute. »

« Shhh. Tiff. Ça va aller. Je vais rester. Si cette dame m'autorise. » Il sécha ses larmes avec son pouce.

L'infirmière fronça les sourcils, hésita, et puis acquiesça et partit.

« Quelqu'un doit donner une leçon à ce fils de pute. »

« Reste loin de lui, Bull. Il est dangereux. »

« Il est pas en prison, là ? »

Elle acquiesça. « Mais il va sortir sous caution. »

« Tu as demandé une protection contre lui ? »

Elle nia de la tête. « Ça ne servira à rien. Je suis condamnée. »

Avant qu'il ne puisse répondre, son téléphone sonna. C'était Sam. Il s'excusa et alla dans le couloir. « Deux secondes, Sam, » dit-il en se rendant dans la salle d'attente où les téléphones étaient autorisés.

« Comment ça s'est passé ? » demanda Sam.

« Quoi ? »

« Le procès. Témoigner. »

Bull se tapa le front. Même s'il ne voulait pas confier à Sam comment il avait tourné son dos à Tiffany, il devait lui expliquer. Une fois fini, il n'entendit aucun bruit de l'autre côté de la ligne. « Sam ? »

Pas de réponse.

« Samantha ? Tu m'entends ? Merde. J'ai perdu la connexion. » Mais avant qu'il ne puisse raccrocher, il entendit sa voix.

« Attends, Sly. Je suis là. »

« Que s'est-il passé ? »

« Je pensais. »

« Désolé, bébé. Je ne préférerais rien d'autre que de mettre Tiffany et ses problèmes derrière moi. Mais je ne vois pas comment je pourrais disparaitre maintenant. »

Il entendit un soupir. « Moi non plus. Mais ça ne veut pas dire que je doive l'apprécier. »

« Et tu crois que moi si ? » Le désarroi prenait le dessus. Il fallait qu'il lui fasse comprendre. Il se racla la gorge.

« Je sais que ça ne te plait pas. Mais il faut qu'on s'en charge, non ? »

« Je suis désolé. Il faut que je lui trouve quelque part où dormir. »

Il y eu une pause. « Et tu la mettre ici ? » La voix de Samantha s'éleva sur la fin de la phrase.

« Tu préfèrerais que je la laisse vivre chez moi ? »

« Comment ça, 'vivre chez toi' ? » Le ton de sa voix était glacial.

« Platoniquement évidemment. Je la laisserais dans la chambre d'amis. »

« Envoie-la ici. Quand sort-elle de l'hôpital ? »

« Je vais me renseigner. Je te rappelle. Merci, ma chérie. Tu me sauves la vie, et sans doute la sienne aussi. Elle a prit cher. Ce mec est un animal. »

« C'est ce qu'on fait ici. »

« Tu es la meilleure. »

« Qu'on soit claire, je ne fais pas ça pour elle. Je fais ça pour toi. »

« Je sais, et je t'aime pour ça, Sam. »

« Ouais, ouais. Rappelle-moi. »

Il raccrocha, et prit une profonde respiration. *Problème résolut. Pour l'instant, du moins. Sam, je t'aime, tu es fantastique.*

Il retourna dans la chambre d'hôpital. « Tu as déjà entendu parler de l'Abri de la Nouvelle Vie ? »

AU BARKER STADIUM

Samantha éloigna son téléphone. Les émotions bloquaient sa gorge, et des larmes apparaissaient aux coins de ses yeux. Apeurée de pleurer à son bureau, elle se leva et se dirigea vers les toilettes. Edie l'appela du bureau du président, mais Sam ne s'arrêta pas.

Dans les toilettes, elle se rafraichit le visage avec de l'eau froide. Elle avait du mal à accepter le retour de Tiffany dans la vie de Sly. La jalousie prenait le pas sur sa rationalité. Elle respirait lentement, profondément. *Pense à Tiffany. Elle s'est fait tabasser. Elle a peur. Elle a besoin d'aide. Sly ne fait que ce qu'il faut -aider quelqu'un dans le besoin. Il t'a dit qu'il t'aimait. Ressaisis-toi. C'est ton boulot. Ne sois pas si égoïste. Ais un peu de compassion.*

Avant qu'elle ne puisse se calmer, Jo entra. « Samantha ? Tout va bien ? »

La brune essaya de répondre, mais rien ne sortit. Elle ouvrait bien sa bouche, mais ne produisait aucun son.

Jo l'entoura de ses bras. « Viens dans mon bureau. » Elle y escorta Sam et ferma la porte. Sam s'effondra sur une chaise et se couvrit le visage de ses mains.

« Parle-moi. Qu'est-ce qui ne va pas ? »

Elle expliqua la situation. Sa boss l'écouta.

« Quel est le problème ? Bull fait juste ce qu'il faut. »

« Je sais. Je sais. Mais il pense que je suis une sorte de sainte. Il croit que je suis sans désintéressée, maos non. Je ne veux pas qu'il la voie. Je suis jalouse. Il est à moi, et je le veux. Je le veux pour moi toute seule. Je voudrais qu'elle disparaisse. S'il découvre qui je suis vraiment, il me détestera. Il va réaliser que je suis juste humaine, et pas spéciale, et je vais le perdre. »

« Oh, Sam. » Elle lui fit un câlin. « C'est normal de se sentir comme ça. Ce n'est pas ce que tu ressens qui compte, mais plutôt ce que tu fais. »

« Qu'est-ce que tu veux dire ? » Sam prit un mouchoir de la boite sur le bureau de Jo.

« Tu vas t'occuper de cette fille, non ? Lui donner un lieu sûr à l'Abri ? C'est ça qui est important. Tu n'as pas besoin de l'aimer, ou d'apprécier qu'elle se repose sur Bull. Mais tu vas t'assurer qu'elle ait une place à l'Abri, non ? »

Sam acquiesça.

« C'est ça qui compte. On ne peut pas toujours contrôler ce qu'on ressent. Evidemment, tu es amoureuse de Bull. C'est très bien. Personne ne pourrait s'attendre à ce que tu accueilles avec joie une de ses ex. Ce n'est pas grave. Je ressentirais la même chose. »

« Vraiment ? »

« Bien sûr. Tant que tu l'aides et que tu gardes tes sentiments pour toi, tout ira bien. J'ai vu comment il te regardait à la Bête Sauvage. Je ne crois pas que tu devrais avoir peur de quoi que ce soit. »

« Si Sly découvre, je suis foutue. »

« Il est pas con, il comprendra. »

« Il est plus gentil que moi. »

Jo ricana. « Je ne pense pas. Je crois que tu es pile ce que Bull pense -une femme compassionnée qui fait attention aux autres. »

« Mais et si elle reste pour toujours ? » La voix de Sam tremblait.

« Ne t'inquiètes pas. Ça n'arrivera pas. Fais ce que tu peux pour elle, et aime Bull comme tu le fais déjà. Tout ira bien. »

« Tu penses ? »

« Oui. » Jo pressa la main de Sam. « Maintenant, sèches tes larmes, je vais t'emmener déjeuner. »

« Tu n'as pas besoin. »

« Je sais. Mais je veux. Et je meurs de faim. Merde, je n'ai jamais eu aussi faim de ma vie. »

« C'est drôle d'être enceinte ? »

« Je sais pas si je peux le décrire comme drôle, mais je me sens super. Je mange comme un linebacker et je dors comme Rip Van Winkle. Pete m'attend en permanence. La vie est belle. »

Samantha rit. « J'imagine que je découvrirai un jour. »

« Je suis sûre que oui. Tu seras une super maman. »

« J'espère. Merci de m'écouter, et pour tes conseils. »

« Allez. Je veux un gros burger. » Jo se leva. Sam la suivit et elles se dirigèrent vers le parking.

Avec un bon déjeuner et une conversation sur les bébés, Jo aida Sam à se remettre de ses émotions. Elle retourna au bureau avec un grand sourire, une posture fière et heureuse. Elle alluma son ordinateur, et commença à lire ses mails quand son téléphone sonna. C'était Bullhorn.

« Hey Sam. Ça va ? »

« Je vais bien. Et toi ? » *Au passage, je t'aime.*

« Bien. Je vais bien. Tiffany est libérée demain. Je vais la chercher le matin. Je pourrais la déposer à l'abri vers midi ? Tu pourrais venir pendant le déjeuner pour t'en occuper ? Je déteste l'idée de te le demander, mais ils ne la garderont pas à l'hôpital et il n'y a nulle part de sécurisé pour elle ailleurs. »

« Absolument, Sly, pas de problème. Appelle-moi quand tu vas la chercher, je te retrouverai là-bas. »

Elle l'entendit relâcher sa respiration. Un sourire orna son visage.

« Tu es un ange, tu sais ça ? Je t'ai déjà dit à quel point tu comptais pour moi ? C'est important, Sam. Très important. Je t'aime. Tu me sauves la vie. Je suis responsable de ça et tu- »

« Attends deux secondes. Tu n'es pas responsable. »

« Je le suis. Elle m'avait prévenu et je ne l'ai pas écouté. »

« Tu ne l'as pas tabassée. Elle aurait dû aller voir la police si elle avait des doutes. Elle l'a fait ? »

« Bah, non. »

« C'est sa faute. Tu n'es pas responsable. Le fait que tu veuilles l'aider parce que tu es un être humain fantastique, bah... c'est quelque chose. Mais tu ne lui dois rien. Merde, Sly, elle à poignardé ce bâtard. Tu te souviens ? Imagine-toi bien qu'il était en colère. »

« Tu marques un point. Mais... »

« Mais rien du tout. Je ne veux pas que tu t'auto-flagelles à cause de ça. Tu n'as pas causé cette situation. Tu ne sais pas à quel point elle est responsable. »

« Mais la plupart des femmes abusées ne sont pas responsables. »

« Tu ne sais pas si elle a été abusée. Elle l'a poignardé. Tu n'as pas tous les faits, Sly. Ne choisis pas de camp. On va s'assurer qu'elle est en sécurité, et puis on les laisse s'en occuper. »

« Très bien, Samantha. Je t'aime, chérie. »

Son corps était en feu. « Tu es formidable, » murmura-t-elle. « Je t'aime aussi. »

« C'est vrai ? » Le ton de sa voix la fit rire.

« Ne devrait-on pas avoir cette conversation en tête à tête, quelque part d'intime ? » demanda-t-elle.

« Quelque part d'intime et nus. »

Elle ricana. « Aww, tu m'aguiches. »

« Garde ça en tête, poupée. »

« Je vais le faire. »

« Jusqu'à demain alors. Je t'appelle quand je la récupère. »

« Bien. Fais attention, Sly. »

« Oui, chérie. Je vais faire attention. »

Elle raccrocha. Samantha se rassit, avec un grand sourire.

Jo montra sa tête par la porte. « Tout va bien ? »

« Parfait. Je peux m'en occuper. » *Je crois.*

Chapitre Neuf

SAMANTHA PRIT PLUS de précautions que d'habitude lorsqu'elle s'habilla ce jeudi. Elle voulait apparaitre très professionnelle. C'était ce jour-là que Tiffany Belden arrivait à l'Abri. Elle choisit un costume bordeaux avec une chemise rose, avec une écharpe et des escarpins.

À son bureau, ses mails l'occupèrent pour la plus grande partie de la matinée. Alors qu'on approchait de midi, elle commença à avoir les mains moites. Cinq minutes plus tard, son téléphone sonna.

« Okay, Sam. On se dirige vers le parking. »

« Super. A tout de suite. »

Elle attrapa son manteau et son sac-à-main. Jo avait accepté de lui donner plus de temps pour le déjeuner. En conduisant, Samantha s'efforça à respirer lentement et calmement. Elle alla à la réception et expliqua à Elaine la raison de sa présence. Elle s'assit dans la salle d'attente et ouvrit un magazine.

Le temps passait. Regardant sa montre toutes les cinq minutes, elle commençait à s'impatienter. *Où sont-ils ? A-t-elle voulu s'arrêter pour un coup rapide ?* La colère lui montait à la tête. Incapable de rester assise, et sortit. À la demi, elle appela Bull.

« Où es-tu, bordel ? »

« Tiffany avait faim. On s'est arrêté prendre un burger. On est presque arrivés. Je t'en ramène un. »

« Pas la peine. »

« Trop tard. »

« Pourquoi ne m'as-tu pas appelée ? Ça fait une demi-heure que j'attends. »

« Désolé Sam. Tiffany prenait son temps. On arrive. »

Sam se remaquilla et se rempli une nouvelle tasse de café.

Quinze minutes plus tard, elle vit la voiture de Bull se garer sur le parking. Tiffany attendait que Bull lui ouvre la porte. Quand Sam vit le visage de la jeune femme, elle fut choquée. De nombreuses femmes arrivaient avec de genre de blessures, mais rarement aussi fraiches.

L'émotion prit le dessus, mais elle ne pipa mot pendant que Sly les introduisait. Il posa une petite valise sur le sol à côté de Tiffany. « J'ai entrainement. Samantha va bien s'occuper de toi. Fais juste ce qu'elle te dit, d'accord ? »

Tiffany acquiesça, et se jeta dans ses bras pour lui faire un câlin.

Bull rougit en s'écartant d'elle. « Tu ne peux pas faire ça, Tiff. Tu es mariée et j'ai une petite-amie. »

« Je sais. Je suis juste reconnaissante, c'est tout. Vas-y, occupes-toi de toi. » Elle essaya de sourire.

Il se pencha et embrassa Sam avant de rentrer dans sa voiture. Sam sortit une clé de sa poche.

« Comme un asile ? Vous allez m'enfermer ? Vous gardez toutes les femmes enfermées ? »

Gardant son calme, Sam répondit, « C'est pour empêcher les méchants de rentrer, pas pour t'empêcher de sortir. » Après avoir ouvert la porte, et déposa la clé dans la main de Tiffany. « C'est ta clé. Tous les résidents peuvent entrer et sortir comme ils le veulent, tant qu'ils ferment la porte à clé derrière eux. Garde ta clé avec toi quand tu sors, tu ne peux pas rentrer sinon. Tu peux poser ta clé dans un endroit spécial une fois à l'intérieur. C'est derrière la porte. »

Tiffany acquiesça. Sam s'arrêta pour porter la valise, avant de prendre la marche. Elle frappa sur une porte avec écrit 'A' dessus. Personne ne répondit, alors elle l'ouvrit. C'était une chambre individuelle, avec un lit simple, des draps propres et une fenêtre.

« C'est ta maison loin de chez toi tant que tu n'as pas d'autre endroit où aller. La salle de bain est de l'autre côté du couloir. Les portes ferment de l'intérieur seulement. On se fait confiance ici, mais gardes quoi que ce soit de précieux avec toi si tu pars. La plupart n'ont rien à se faire voler. Elles viennent avec leurs vêtements et c'est tout. »

« Très bien. » Tiffany tendit la main à Sam. « J'apprécie vraiment que tu prennes le temps de t'occuper de moi. »

« Pas de problème. C'est ce qu'on fait. Je suis désolée pour ce qu'il s'est passé. As-tu des douleurs ? »

« Pas tellement. Ils m'ont donné des anti-douleurs à l'hôpital. »

« On a un accord avec la pharmacie du bas de la rue. Si tu as une prescription, ils te donneront les médicaments gratuitement et factureront l'Abri. »

« Merci. » Tiffany lui sourit. « C'est bon à savoir. »

Sam entrevit une partie de la belle jeune femme qui avait un jour été fiancée à Sly. La pitié avait gagné son cœur quand elle avait découvert l'étendue de ses blessures. Même si aucune ne menaçait directement sa vie, Samantha devinait bien qu'elles étaient douloureuses et humiliantes. Elle posa la valise sur la table. « Tu veux sans doute te reposer un peu. »

« Écoute, je n'ai rien fait pour mériter ça. »

« Je ne suis pas ici pour juger ou condamner, Tiffany. Ta vie privée c'est tes affaires. »

« Clyde devient jaloux pour rien. On a eu une dispute. Il m'a menacé. Donc je l'ai poignardé. Fin de l'histoire. »

Samantha lui prit la main. « Ce n'est pas mes oignions. Ne ressens aucun besoin de te justifier. Simplement, repose-toi et pense à comment reprendre ta vie. »

« Clyde et moi, c'est fini. Je n'ai jamais été seule dans ma vie. Ma première priorité va être de trouver un autre homme. »

Sam se retournait pour s'en aller, mais s'arrêta immédiatement. Elle jeta un coup d'œil par-dessus son épaule.

Une étrange lumière brillait dans les yeux de la blonde. « J'ai besoin de quelqu'un qui peut m'entretenir, et me garder en sécurité. Tu saurais qui ? » Elle eut un faux-rire étrange.

Le sang de Sam se glaça alors qu'elle sortit du bâtiment.

LE VISAGE DE BULL RESTA figé dans une grimace sur tout le trajet du stade. Tiffany avait des problèmes. Il espérait qu'elle soit en sécurité à l'abri, et qu'il n'aurait pas besoin de la revoir. *Le procès ! Merde.* Il avait besoin d'appeler l'avocat pour savoir quand était la nouvelle date. Il commençait à suer. Il fallait que Tiffany disparaisse de sa vie aussi vite que possible.

Il avait essayé d'obtenir une explication quand ils avaient quitté l'hôpital, mais tout ce qu'il avait entendu c'était qu'ils s'étaient disputés, qu'elle l'avait planté et que pour se venger, il l'avait tabassée. Sly ne voulait pas rentrer dans leurs histoires. Il avait une super compagne. Sa relation avec Sam s'améliorait, et il n'avait certainement pas besoin que Tiffany vienne complexifier les choses.

Une fois arrivé au stade, il se changea, et se rendit à la salle de muscu. Incapable de se débarrasser de sa mauvaise humeur, il dit bonjour à ses coéquipiers d'un hochement de tête avant de se diriger vers un tapis de course. Il avait besoin de faire disparaitre l'anxiété de son système. L'exercice était la méthode parfaite.

Il se ferma au monde extérieur et se concentra sur son corps.

« Hey, glandu, je te parle ! » lui dit Trunk Mahoney, claquant gentiment sa servietter dans le dos de Bull.

« Fais pas ça. »

Mahoney le refit. Bull arrêta la machine et se renfrogna.

« J'ai dit : 'Fais pas ça.' ! » cria-t-il assez fort pour que tout le monde l'entende.

« Merde Bull, tu vas péter les fenêtres, » s'écria Buddy Carruthers.

Bull attrapa le T-shirt de Mahoney et le poussa contre le mur. « Reste loin de moi ! »

Tous s'arrêtèrent et se turent.

Bull lâcha son coéquipier et prit une serviette pour s'essuyer le visage.

« Okay, okay. Putain de merde, Bull. C'est quoi ton problème ? » Trunk s'éloigna du mur et réajusta son T-shirt.

« Rien. » Bull fixa le sol et remonta sur le tapis de course.

« Ouais, c'est ça. » Trunk rit.

Devon Drake posa sa main sur l'épaule de Trunk et secoua la tête.

« Okay, si tu le prends comme ça, je comprends. » Le défenseur s'éloigna, rejoignant Drake sur d'autres machines.

La salle resta complètement silencieuse jusqu'à ce que coach Bass fit son apparition. « Qu'est-ce qu'il se passe ? C'est un putain d'enterrement ici ? Qui est mort ? Vous êtes pas sensés faire de la muscu ? »

Bull appuya sur le bouton et lança la machine. Il garda le bouton appuyé jusqu'à ce que le rythme fût celui d'un jogging tranquille.

« C'est mieux. Bouge ton cul, Brodsky. C'est quoi le problème avec les autres ? On dirait que vous avez vu un fantôme. Montgomery, Carruthers et Johnson. Drake et Mahoney. Sur le terrain. Des sprints et puis quelques passes. »

Le coach reparti aussi vite qu'il était arrivé. Même si ses coéquipiers parlaient bas, Bull ressentait qu'il était dévisagé. Ils étaient des frères pour lui, et il s'en voulu de s'être comporté ainsi.

Quand Mahoney passa, Bull arrêta la machine.

Trunk se recula, levant les bras en l'air. « Pas plus. »

Bull posa sa main sur l'épaule de Trunk. « Je suis désolé, mon pote. C'était pas contre toi. »

Trunk acquiesça et rejoignit les autres sur le terrain.

Bull retourna sur la machine une fois de plus, et la passa en mode course. Il fallait qu'il évacue Tiffany et ses problèmes de son esprit. Un gros match se pointait et il serait mauvais s'il était préoccupé.

Cinq minutes plus tard, il mit un sweatshirt et alla courir dehors. Le jogging au bord du terrain lui laissa le temps de penser. Ses coéquipiers lui laissèrent de l'espace.

Ensuite, le coach appela les joueurs de ligne pour qu'ils prennent position. Ils s'entrainèrent jusqu'à cinq heures. Les hommes laissèrent Bull se doucher en premier. Trunk fut assez courageux pour le rejoindre sous l'eau.

« Tu veux aller boire un coup à la Bête ? » demanda Trunk en se lavant les cheveux.

« Nan. Je dois aller voir Samantha. Je pensais ramener à manger. Tu sais si Carla fait de la vente à emporter ? »

« Je suis certain qu'elle le fera pour toi, » répondit Trunk.

« Ouais. Elle est sympa. »

« Alors, tu veux pas boire un coup ? »

« Ouais, allez. On s'y retrouve dans vingt minutes. »

Trunk fit oui de la tête.

Bull s'habilla et se mit l'aftershave que Buddy lui avait conseillé. Il avait dit que ça excitait Emmy. Bull sourit. *Buddy exagère toujours.* Mais visiblement, exciter Samantha un peu ne posait pas de problème au joueur de ligne.

Il conduisit jusqu'à la Bête. Trunk attendait à une table, bière à la main.

« Qu'est-ce que c'est ton problème ? » demanda Trunk lorsque Bull s'assit.

« Je sais pas. Ces conneries avec Tiffany. »

« Tiffany ? Elle est toujours là ? Je croyais que t'étais sérieux avec Samantha Drake ? Tu recommences à rêver en double ? » Trunk haussa un sourcil.

« Jamais de la vie. C'est juste Sam. Mais Tiffany est dans la merde. Je ne peux pas juste l'abandonner, même si j'aimerais bien. »

Bull expliqua la situation à son ami. Trunk finit sa bière et en commanda une autre.

« Une de plus ? »

Bull fit non de la main. « Je conduis. Une c'est assez. » Après avoir jeté un coup d'œil à sa montre, il quémanda Carla. Il commanda à manger, et la serveuse lui arrangea un pique-nique parfait avec des burgers au bleu et des frites. Elle rajouta des sodas puisque Samantha ne pouvait pas boire pendant son travail.

« Il faut que j'y aille, tu pourras rentrer chez toi ? »

« Ouais, ouais. Ma limite est à trois. Je peux toujours bien conduire. »

« Okay. Si t'es certain. Carla peut te conduire chez toi si tu vas pas bien. »

« J'adorerais qu'elle me ramène chez moi, » ricana Trunk.

Bull lui tapa l'épaule. « Hey, tête de nœud, t'es marié. »

« Me rappelle pas. »

« Allez, ça peut pas aller si mal que ça. »

« Mais non. Je plaisante. »

« Bien. A demain. »

Carla déposa le sac sur la table. Bull paya sa nourriture et ses consommations, puis se leva et partit. Il se rendit à l'Abri et se gara sur le parking. Samantha pianotait quelque chose sur son ordinateur. Il l'observait. *Elle est si belle.* Son nez droit, ses cils fins et noirs, sa mâchoire délicate, ses lèvres pulpeuses. Au son de ses pas sur le sol, elle s'arrêta et se retourna. La façon dont son visage s'illumina lui réchauffa le cœur.

« Hey Sly. Que fais-tu ici ? »

« J'ai ramené à diner. Je me suis dit que comme on ne pouvait pas sortir, autant manger ici. Un peu comme un pique-nique à domicile. »

« De la nourriture ? »

« De chez la Bête Sauvage. Burgers au bleu et des frites. »

« Oh mon Dieu. C'est génial ! Et je meurs de faim en plus. Asseyons-nous là, » dit-elle, montrant une petite table de l'autre côté de la pièce. Sly posa le sac et lui tira la chaise. Elle mit son nez dans le sac et inhala. « Ça sent très bon. » Elle sortit la nourriture, déposant les boites devant lui et distribua les serviettes.

« Je me suis dit que tu ne pouvais pas boire de bière au boulot, » lui annonça Sly, sortant deux sodas du sac.

« Correcte. »

« Ça a l'air assez calme ici. » Il commença son burger.

« Plutôt oui. On a seulement une demi-douzaine de résidents. Ils reviendront sans doute d'ici deux heures. »

« Tu dois t'ennuyer à mourir. »

« Je lis. Je fais des mots croisés. Parfois, je regarde la télé. »

« J'ai quelques idées... » Il ricana.

« J'en suis sûre. » Elle lui envoya un regard coquin.

« Tout roule pour Tiffany ? J'espère qu'elle n'a pas d'ennuis. » Il s'attaqua à ses frites.

« Pas de soucis du tout. Ouais. Elle a sa chambre. J'espère qu'elle va y aller tranquillement pour quelques jours, pour qu'elle puisse se remettre à pieds et recommencer sa vie. »

« Moi aussi. C'est capital. Qu'elle reprenne sa vie. »

« Dessert ? » Elle leva un sourcil.

« Carla a fait une tarte aux pommes. Je ne suis pas sensé manger ça, mais avec l'entrainement d'aujourd'hui, j'ai fait plus que nécessaire. Donc je peux en prendre un peu. »

Samantha coupa une part et la plaça devant le joueur. Il allait la porter à sa bouche quand une voix l'interrompit.

« Eh bah, quelque chose sent bon ici. » Tiffany se tenait dans le couloir.

L'appétit de Bull disparu. « Juste quelques burgers. »

« Il vous en reste ? »

« Non. Je ne savais pas que tu serais là, » répondit Sly, regardant sa part de tarte.

« Tu m'as déposé ici, Bull. Où veux-tu que je sois ? »

« Je suis venu diner avec Samantha, Tif. Ma petite-amie. »

« Ouais. J'ai compris. »

« Souviens-t'en. »

Samantha fixait alternativement Sly et Tiffany.

« Tu n'as pas besoin d'être méchant. Peut-être qu'un jour tu m'emmèneras là où tu as trouvé ces burgers ? »

« Ouais, peut-être. Un jour, » marmonna Sly, commençant son dessert.

Tiffany s'approcha. « Je peux gouter ? » Sans attendre de réponse, elle lui prit la fourchette des mains et se servit généreusement. Elle l'engloutit avant même qu'il ne puisse répondre.

« J'allais chercher quelque chose à manger. Tu ne voudrais pas m'y conduire, Sly ? »

« Il y a un restaurant au coin de la rue. Bonne bouffe. Prix raisonnable, » rétorqua Sam.

« Je n'ai pas fini. Vas essayer le restaurant, Tiffany. »

Elle fit une grimace et se retournant lentement. « Je suis sûre que tu ne veux pas être vu avec moi. Les gens vont croire que c'est toi qui l'as fait. » Elle montra ses blessures.

« Je me fous royalement de ce que les gens pensent. Je suis ici pour Sam. Comprends bien ça. »

« Okay, okay. Pas besoin de te vexer. Je comprends. Tu la préfère. »

Bull respira longuement. « Ça marche pas comme ça. Toi et moi avons été ensemble pendant longtemps. Tu es mariée, tu t'en souviens ? Il n'y a plus de 'nous'. C'était ton choix. Et maintenant, mon choix c'est de laisser les choses comme ça. Juste pour clarifier. »

« Donc tu m'abandonnes ? Quand je n'ai personne d'autre ? » Ses yeux s'humidifièrent.

Il fronça les sourcils. « Je ne t'abandonnes pas. Mais tu dois résoudre tes problèmes toi-même. Appelle ton avocat. Fais ce que tu veux. Mais laisse-moi en dehors de ça. Je serai à ton procès, je témoignerai. Mais c'est tout, Tiffany. »

« Elle est vraiment plus belle que moi. »

« Ne commence pas. Laisse Samantha en dehors de ça. Elle est assez gentille de t'accueillir ici. »

« Je comprends. Je comprends. Ouais, okay. Je vais la laisser. Je vous souhaite d'être heureux ensembles. »

Tiffany sortit brusquement, avec une sorte de tristesse sur le visage, claquant la porte derrière elle.

Samantha soupira. « Dieu merci. »

« Elle n'en a pas fini. »

« Vraiment ? » Sam se tourna vers lui.

« Tu ne connais pas Tiffany. Quand elle veut quelque chose, elle n'abandonne pas facilement. »

« Elle ne t'aura pas. Tu es à moi. Et je te garde. »

Il sourit. « Ah ouais ? »

« Ouais. Mets-toi ça dans la tête. Tu es à moi. »

« C'est de la musique à mes oreilles, bébé. » Il se pencha pour l'embrasser.

Ils remirent les boites dans le sac et nettoyèrent la table.

« Tu viens dormir vendredi ? » demanda-t-il.

Elle acquiesça.

« Cool. À quelle heure je dois venir te chercher ? »

« Je ferme à dix heures. »

« Je serai là à dix heures précises. » Il la prit dans ses bras. « Je t'aime, chérie, » chuchota-t-il.

« Moi aussi, » répondit-elle.

Il lui jeta un dernier regard avant de se rendre jusqu'à sa voiture. En passant devant le restaurant, il vit Tiffany assise au comptoir à côté d'un homme, riant. Il sourit. *Elle trouvera quelqu'un rapidement. Elle peut s'occuper d'elle-même.* Les muscles de son cou se relaxèrent un peu.

LE VENDREDI N'ARRIVAIT pas assez tôt pour Samantha Drake. Elle avait passé la soirée avec Devon et Stormy, qui étaient venus pour le diner, comme Bull. Même si elle savait qu'elle avait besoin de son propre chez-elle, vivre avec son frère et sa meilleure amie lui manquait. Il était drôle, stupide et ennuyant, tout à la fois.

Le vendredi matin, elle s'habilla avec soin, enfilant un top un peu plus sexy et des talons plus hauts. Tout son corps était excité à l'idée de passer la soirée avec Bull. Et la nuit chez lui. Du moins, pour un moment. Bull avait échauffement et entrainement le samedi matin pour son match du dimanche après-midi. Mais ça n'arrivait pas avant dix heures. Elle s'assit dans sa chaise, devant son bureau et ferma les yeux. Elle rêvassait à l'idée de câliner et de faire l'amour à Bull. Elle se chauffait toute seule.

Elle prit un sac d'une de ses étagères. Après avoir longuement hésité, elle le remplit du nécessaire pour la nuit -maquillage, brosse à dents, une nuisette sexy, un peignoir et des vêtements de rechange. *Ça fait longtemps que je n'ai pas prévu d'aller dormir chez un homme. Harry était le dernier. J'espère que ça ne se terminera pas pareil.* Elle fronça les sourcils. *Sly n'est pas comme Harry.*

L'excitation de coucher avec Sly et puis de dormir avec lui la chamboulait. Même si elle avait du mal à s'engager vocalement avec lui, dans son cœur tout était déjà prévu. Il était gentil, doux, la traitait comme une reine, et semblait loyal. Maintenant qu'elle ne voyait plus Devon tous les jours, elle entendait moins de commentaires négatifs. L'homme que son frère décrivait lui semblait très différent de l'homme qu'elle connaissait. Au moins, en apparences.

Elle rajouta un peigne, du parfum et une lotion corporelle et ferma le zip du sac. Elle le balança dans le coffre de sa voiture et se rendit au travail. La journée passa rapidement, et, à cinq heures, elle se dépêcha d'aller à la Bête Sauvage. Elle avait pris gout aux burgers de Carla.

« Tu veux à emporter ? » demanda la charmante serveuse.

« Ouais. Je travaille ce soir. »

« On ne t'a pas vu ici depuis quelques temps, tout va bien ? »

« J'ai pris un travail de nuit de trois mois. Pour aider et gagner un peu d'argent. J'ai un nouvel appart et pas de meubles. » Elle rit.

« Logique, » répondit Carla en remplissant le sac.

« J'adore ta cuisine. »

« Merci. »

Sam prit le sac, paya Carla, et retourna à l'Abri. La faim la tiraillait alors qu'elle inhalait le repas qui l'attendait. Puis le temps prit son temps. Elle essayait de lire, mais ne pouvait se concentrer. Plusieurs femmes entrèrent pour demander des informations. Deux de l'abri lui demandèrent des conseils de restaurants. Parfois, les femmes qui vivaient à l'Abri devenaient amies. Samantha adorait ça -des femmes s'entraidant et se supportant mutuellement à travers les épreuves.

Elle n'avait pas vu Tiffany de la journée, ce qui était pour le mieux. Sam ne lui faisait pas confiance. Bien qu'elle ressentait de l'empathie pour elle, elle refusait de lui céder Sly. Bien sûr, il n'était pas à elle, mais selon lui, ils étaient un couple.

Sommes-nous exclusifs ? Engagés ? On n'en a pas parlé. Elle se mordit la lèvre et se perdit dans ses pensées, quand la porte s'ouvrit.

« Inquiète ? »

« Je pense juste, » dit Sam en se tournant vers Tiffany.

« Tu es chic. Un rendez-vous ce soir ? »

« Comment vas-tu ? Tu es confortable ? Tu as essayé le restaurant ? »

« Je vois. Tu ne réponds pas à mes questions. Je comprends. Si j'étais toi je ne le ferais pas non plus. Tiffany s'avança vers la sortie, sortant ses clés ? « Ne t'habitues pas à lui. Il ne sera pas à toi pour longtemps. »

La colère monta à la tête de Sam. Elle se mordit la lèvre pour ne pas répondre. Tiffany lui lança un regard noir avant de partir. Sam était furieuse. *Quelle salope ! Elle ne l'aura jamais.*

Samantha tenta de se calmer. Elle regarda sa montre. Presque dix heures. Elle retourna à son bureau pour se refaire une beauté.

La porte d'entrée s'ouvrit. « Pile à l'heure. Je suis heureuse de te voir. »

« Vraiment ? Vous m'attendiez ? »

Une voix non familière attira l'attention de Sam. Elle posa un regard interrogateur à l'homme se tenant dans le couloir. « Qui êtes-vous ? »

« Je suis Clyde Belden, et je suis ici pour ma femme, Tiffany. »

Chapitre Dix

SAMANTHA NE PUT CACHER sa surprise. « Quoi ? » Elle écarquilla les yeux.

« Vous m'avez entendu. Je suis ici pour Tiffany. Je suis son mari. Elle doit venir avec moi. C'est la loi. Alors, allez la chercher. Dites-lui que je suis ici. » Il s'appuya contre l'ouverture de la porte et sortit une cigarette.

« On ne fume pas ici. Je ne puis ni confirmer ni nier si votre femme est ici. Les hommes ne sont pas acceptés à l'intérieur. Partez, s'il vous plait. » Elle glissa sa main sous le bureau, cherchant le bouton d'urgence servant à appeler la police. Son rythme cardiaque s'accélérait alors qu'elle ne le trouvait pas.

Il portant un jean délavé et un sweatshirt. Ses cheveux blonds étaient tirés vers l'arrière, derrière ses oreilles. Il avait le nez pointu, comme un bec d'oiseau, et des yeux foncés perçant la pièce. Il semblait chercher quelque chose. Il plaça la cigarette derrière son oreille, ses lèvres se comprimant en une ligne droite et son regard se posant finalement sur Sam.

Tiffany a choisi cet idiot à la place de Sly ? Elle doit être folle.

« Oh, elle est ici. Où ailleurs pourrait-elle aller ? Chez Brodsky peut-être ? »

En parlant du loup, Bullhorn ouvrit la porte. Une flamme apparue en reconnaissant Clyde. « Qu'est-ce que tu fous ici ? » Il entra au moment où Sam trouva le bouton. Elle n'appuya pas, contente que Bull soit arrivé.

« Je suis venu pour Tiffany. » Clyde regarda Sly et puis le vague.

« Je lui ai expliqué que nous ne pouvions pas donner d'informations sur qui reste ou non ici. Je ne peux ni confirmer ni nier. Il doit partir. »

« Tu as entendu la dame. » Sly montra ses muscles et joua de sa carrure pour l'intimider.

« J'y vais. Mais je reviendrai. Avec un mandat. Une épouse doit vivre avec son mari. C'est la loi. Et si elle est chez toi, Brodsky- »

« Tu ne t'approche pas de chez moi. Si je te vois, tu vas en taule. Laisse Tiffany, moi, cet endroit, et cette jeune femme tranquilles. Alors tu vas commencer par arrêter les conneries, Belden. Genre, tabasser des femmes ? »

Clyde Belden se renferma, son regard plus énervé. « Tu dois me dire où elle est. » Il regarda Samantha. « Je vais récupérer un mandat. La police. J'ai des droits. »

« Casse-toi ! » s'exclama Bull, faisant un pas vers lui.

Essayant de garder un visage calme, Samantha était terrifiée. Elle serrait son stylo si fort qu'elle faillit le briser. « Vous devez partir, Monsieur Belden. »

« J'y vais. Mais je reviendrai. Avec la loi ! » Il courut presque vers la sortie, la claquant derrière lui. Sam sursauta.

« Tu es prête ? » demanda Bull.

« On devrait attendre qu'il parte. » Sam ramassa ses affaires. Peut-être que tu devrais y aller, je te rejoins dans quinze minutes. »

« Hors de question que je te laisse avec ce lunatique aux alentours. » Sly se déplaça vers les fenêtres pour y fermer les rideaux.

En tremblant, Sam récupéra ses affaires, éteint l'ordinateur et s'éloigna de son bureau. « Des signes de lui ? »

« Non. Je l'ai vu quitter le parking, mais je m'attends à le voir revenir. Tu devrais appeler la police. »

« Je peux le faire de chez toi ? Cet endroit me fout les jetons. »

Sly passa un bras au-dessus de son épaule. « Allez bébé, on y va. »

Il l'escorta jusqu'à sa voiture, attendit qu'elle se gare et la suivit chez lui. A l'intérieur, il porta son sac jusque dans la chambre pendant qu'elle préparait du café. Il était onze heures. Sly alluma la télévision dans le salon. Samantha arriva avec un plateau portant les deux tasses de café, du lait et du sucre. Il tapota sur le canapé pour qu'elle le rejoigne.

La brune le rejoignit et se serra contre lui. Il la prit dans ses bras alors qu'elle posa sa tête sur son torse, profitant de son odeur et de l'effet de calme qu'il lui apportait. Sa présence effaçait tous les mauvais souvenirs et toutes ses peurs. Elle soupira.

« Plaisant, » murmura-t-elle, fermant les yeux.

« *Très* plaisant. » Il posa sa mâchoire sur son crane pendant qu'il jouait avec ses cheveux.

Alors que la voix du présentateur disparaissait, Samantha s'endormit.

ELLE SE RÉVEILLA SUBITEMENT. Elle était nue, dans un lit, et dans le noir. Un frisson lui fit remontrer la couette. Elle ne voyait rien, mais entendait un ronflement venant de l'autre moitié du lit. Elle y aventura sa main et toucha une peau douce et chaleureuse. *Sly ?*

Des balbutiements intelligibles lui firent comprendre la situation. Elle était au lit avec Sly. *Pourquoi je suis nue ?* Elle ne pouvait se souvenir que de le tenir dans ses bras, sur le canapé. *A-t-on fait l'amour ? Qu'est-ce qu'il s'est passé ?*

« Sly, » murmura-t-elle.

« Quoi... ? » Sa voix était empâtée.

« Qu'est-ce que je fais ici ? »

Elle devina la forme de Sly. « Tu dors ? »

« Comment je suis arrivée là ? »

« Quelque chose va pas ? Tu vas bien ? » demanda le bariton.

« Comment je suis arrivée là ? »

Le son d'un bâillement parvint à ses oreilles. L'agréable odeur d'aftershave et de sa sueur envahit ses narines. « Je t'ai portée. »

« Tu m'as déshabillée ? »

« Uh huh. »

Une note d'embarras se saisit d'elle, avant qu'elle s'imagine l'image de la scène, ce qui l'excita.

« C'est pas propre de dormir habillé. »

« Ouais. Merci. »

Un ricanement se fit entendre. « Crois-moi, je t'en prie. »

Malgré l'obscurité, Sam se sentait rougir. Mais les mots ne lui venaient pas.

« Sam ? Tu es la ? Tu vas bien ? »

Silence.

Bull se rapprocha, et sa main frappa son bras, avant de remonter jusqu'à son cou. La chaleur de son corps réchauffait les draps. Draps qui glissèrent, découvrant son torse. « Viens ici, bébé. Sois pas gênée. Tout va bien. Rien que j'avais pas vu, même si les revoir était bah... super ? »

« Oh, Sly. »

Il rit. « Viens-ici. Ou c'est moi qui te rejoins. »

« Il fait tellement sombre. »

« Je suis là. Pas de raisons d'avoir peur. »

Il la rejoint, la serrant dans ses bras. Puis il se remit sur le dos, et elle s'allongea sur lui. Elle gloussa alors qu'il l'entourait une nouvelle fois de ses bras.

« Il fait froid ici. »

Sa main glissa le long de son bras, alors que son autre remonta les draps. Elle se logea contre lui. Son corps long et dur l'excitait et la calmait en même temps. Elle ne pouvait s'arrêter de sourire.

« Tout vas bien ? »

« Jamais été mieux. Paradis. » Elle murmurait, les yeux fermés.

Il posa ses mains sur ses fesses, en riant, et plia ses jambes derrière les siennes. Même s'il n'était pas complètement dur, elle pouvait ressentir son chibre contre elle. « On pourrait presque... Enfin, si tu bougeais un tout petit peu, on pourrait... être unis ? »

Elle rit. « Regarde, maman, sans les mains ! »

Il explosa de rire. Et avant qu'elle ne puisse bouger, il se trouvait au-dessus d'elle, l'embrassant dans le cou, caressant ses seins, et titillant ses mamelons. Le désir courait au travers d'elle, alors que son pénis se frottait à son ventre.

« Tu veux le faire ? Faire l'amour ? » Sa main descendit vers son intimité.

« Dieu, oui, » gémit-elle.

Elle remonta ses genoux et il la pénétra en une seconde. La spontanéité doubla son excitation. Pas de préliminaires compliqués, pas de préméditation, juste de la passion mutuelle, vieux-jeu.

Sly la pénétrait d'abord lentement, puis accéléra le rythme. Elle leva une jambe. Il lui attrapa la cheville et la posa sur son épaule. Dans cette position, il la remplissait parfaitement. Il gémit, caressant sa cuisse.

« Sam, sam. Je t'aime, chérie. Je t'aime bébé. Oh mon dieu. »

Elle agrippa ses épaules, plantant presque ses doigts dans son dos. Tout chez Sly Bordsky la chauffait. Il se pencha pour l'embrasser sauvagement. Ses mains se posèrent sur ses hanches afin de reprendre le contrôle.

Samantha ferma les yeux, se concentrant sur les sensations parcourant son corps. Sa respiration devint folle alors qu'il accélérait, et accélérait, aussi vite et fort qu'il le pouvait. Quand elle n'en put plus, ils explosèrent tous les deux dans un orgasme titanesque, comme un feu d'artifice. Elle hurla son nom alors que le plaisir l'inondait.

Il ne répondit pas, mais gémit. Ses doigts caressèrent son large cou, malgré les perles de sueur. Il se leva légèrement afin de ne pas l'écraser, et les poils de son torse jouèrent avec ses tétons, les rendant durs encore. Il se pencha pour les embrasser. Elle lui releva la tête.

« Génial. »

« Super génial, » répondit-il. « Viens ici. »

Elle se rapprocha et puis se pencha sur le côté, dans la position de la cuillère. Elle remonta les draps et jeta un coup d'œil à l'horloge. *Il est trois heures. Et alors ?*

Une douce satisfaction lui remplissait le cœur. *Je pourrais faire ça tous les soirs.* Tant qu'elle était dans ses bras, rien ne pouvait lui arriver. « Tu me rends heureuse, Sly, » chuchota-t-elle, sans vouloir gêner le silence autour d'eux.

« J'en suis heureux. Toi aussi. »

Et une fois de plus, elle s'endormit. Elle rêvait, souriant, dans les bras de Sly Brodsky.

BULL SE RÉVEILLA TÔT le dimanche. Il avait passé le weekend avec Samantha. Pendant qu'elle dormait, il avait fait de la musculation, avait fait du café, et mangé quelques fruits. Les Kings avaient toujours à manger dans les vestiaires avant un match. Bull avait l'habitude de manger là-bas plutôt que chez lui. Il s'habilla et s'étira, espérant que Samantha se réveillerait avant qu'il s'en aille.

Bullhorn était fier d'être un héros inconnu. Il était un des joueurs clé, sauvant Griff Montgomery, le talentueux quarterback, de nombreuses blessures. Griff était le leader de l'équipe. Son boulot, c'était de le protéger. Et il était bon.

Il garda du café pour Sam. Elle descendit tranquillement les escaliers, portant son peignoir, ouvert. Bull rit. Elle ressemblait à un gamin des rues, débraillé. Mais elle faisait aussi ressortir son côté protecteur. Il voulait la protéger. Et bien qu'il adorait ce sentiment, il l'apeurait aussi. Il avait peur d'une nouvelle humiliation après s'engager à ce point. *Jamais de la vie. Je ne revivrai pas ça. Parce que je n'aurai jamais de grand mariage*. L'idée le réconforta. Maintenant, si Tiffany disparaissait simplement, sa vie deviendrait parfaite.

« Hey bébé. Je dois y aller. Entrainement. »

« Je suis désolée d'avoir trop dormi. Mais c'est ta faute. »

« Ma faute ? »

« Tu m'a gardée éveillée. Combien de fois avons-nous fait l'amour ? J'ai oublié. »

Il rit. « Je ne pouvais pas résister. Te résister. »

« Tu n'y mets pas trop d'énergie ? Avant un match ? »

« Non. Le sexe me donne de l'énergie. Je suis toujours plus animal sur le terrain quand j'ai été animal dans un lit la veille. »

« J'imagine que ce n'est qu'un mythe. »

« Comment te sens-tu ? Fatiguée ? »

« Un peu. Mais en bien. »

« Tu viens au match ? » demanda-t-il, en enfilant son manteau.

« Je ne le raterais pas. Ellen s'occupe de l'Abri ce soir. » Elle l'embrassa. « Bonne chance chéri. Ne te fais pas mal. »

« J'y compte pas. Merci. À plus tard ? »

« À la Bête ? »

« Ouais. Attends-moi. On ira ensemble. »

Elle sourit, l'embrassa de nouveau, et lui dit aurevoir en lui tenant la porte.

Bull souriait pendant le trajet jusqu'au stade. Il était chanceux d'avoir une compagne si jolie. Maintenant, il était prêt à défoncer les Gamblers comme des canettes de soda, et l'idée le rendit plus heureux encore.

Il entra dans les vestiaires et se dirigea vers le buffet. Le match était prévu à une heure, mais il n'était que dix heures du matin. Bull remplit son assiette de brocolis et de tranches de rôti. Il ajouta quelques patates pour se donner les glucides nécessaires pour le match, ainsi que de la crème aigre, puisque Stormy n'était pas là pour vérifier. Pour s'énergiser rapidement, il se servit un jus d'oranges.

Une heure avant le coup de sifflet, il y retourna pour prendre une cuisse de poulet afin d'emmagasiner des protéines. Chaque joueur avait son rituel culinaire d'avant match. Bull finit son repas avec deux bouteilles d'eau. Il était en pleine forme et prêt à l'emploi. Ils avaient un peu de temps pour s'échauffer et répéter quelques faits de jeu.

« Brodsky, je vois ta tête fixée devant toi… pour changer, » l'interpella Buddy Carruthers, alors que les joueurs recevaient leurs maillots.

« Et ma bite aussi. C'est déjà mieux que toi. »

« Quand ta bite est aussi longue que la mienne, on en reparlera. »

« T'aimerais bien, Carruthers. »

Les deux hommes s'esclaffèrent.

« Hey, Trunk, tu vas tuer ce con de Darvin Sweetwater ? » demanda Devon, prenant ses crampons.

Coach Bass les interrompit. « Sweetwater ne joue pas. Du moins, pas la première mi-temps. »

« Merde ! Ça veut dire que Demson peut pas jouer. Il faut que je m'en charge, » dit Trunk.

« Peut-être. On verra. »

« Quel est le problème, Trunk ? T'es pas chaud ? Ils sont pas aussi grands que Horse Jackson. Tu peux t'en occuper facilement, » rajouta Griff.

« Peut-être. Mais je dirais pas non à du support de temps en temps. »

« Hey, t'es pas seul là-bas, Mahoney ! » s'exclama Tuffer Demson.

« Parfois, j'ai l'impression. »

« Vas te faire foutre, Trunk. »

Bull interrompit ses coéquipiers. « Les gars, les gars. Tranquille. Le coach va faire ce qu'il doit faire. Trunk, toi aussi. Il faut qu'on gagne celle-là pour aller au Super Bowl. »

« Ouais, la tête au match les gars. »

« Et la bite aussi, Carruthers, » ajouta Trunk.

« J'y vais jamais sans, » répondit Buddy.

Cela apaisa les tensions. Ils rirent une fois de plus, et entourèrent le coach pour les dernières instructions.

Avant de s'aventurer sur le terrain, Bull jeta un coup d'œil à son téléphone. Il avait oublié de l'éteindre. Il détestait gâcher sa batterie pour retrouver sa batterie presque vide. Il avait reçu un message de Tiffany. Il se posa la question de s'il devait l'ouvrir, mais il ne pouvait pas s'empêcher de savoir. *Peut-être que ce sont des bonnes nouvelles ? Qu'elle s'est réconciliée avec ce fils de pute de Clyde ? Peut-être qu'elle rentre chez elle ?*

Pas de chance.

Bull, remettons-nous ensemble. Je vais larguer Clyde, et toi la brunette. On était bien ensembles. J'ai tout foiré. Donne-moi une autre chance s'il te plait.

Son sang se mit à bouillir. *Et juste avant le match. Merci beaucoup, Tiffany. Vas te faire foutre. Je ne ressortirai jamais avec toi.* Il secoua la tête, prit une grande inspiration, et rentra sur le terrain. Griff jouait le toss. Il le gagna. C'était toujours bon signe. Ils choisirent de botter les premiers et de récupérer le ballon à la prochaine mi-temps.

Bull attendit sur le côté. Il chercha Samantha. Elle était dans le box présidentiel, avec Jo, la femme du coach ; Lauren, la femme de Griff accompagnée de son petit garçon ; Stormy Gregory, fiancée avec Devon et enfin, Emmy, la femme de Buddy.

Il sourit. Elle regardait l'action et ne put croiser son regard. Il se tenait debout, observant les Gamblers. Le coach lui donna les numéros de ses futurs adversaires. *Merde, ils sont grands. Pas autant que Jackson, mais quand même.* Bull devait se reconcentrer sur le match, plutôt que Tiffany.

Les Gamblers chargèrent au centre du terrain. Tim Demson, comme quarterback, faisait plus de courses que de passes. Bull se dit que c'était parce qu'il était rookie. Le boulot de Trunk était donc plus simple, il n'avait qu'à pourchasser le jeune joueur. Devon était chargé de veiller sur le jouer que le coach lui avait décrit comme la menace principale. Il le limita à deux balles réceptionnées.

Trunk parvint à briser leur ligne et à plaquer le quarterback. Il ne lui fit pas mal, mais cela forçait les Gamblers à leur donner le ballon. Bull mit son casque et regarda une dernière fois Samantha avant de courir sur le terrain.

Elle se retourna et leurs regards se croisèrent. Elle lui fit un rapide signe et il lui retourna, avant de rejoindre ses coéquipiers. Il devait se dépêcher ou risquer une pénalité pour perte de temps. Son cœur se souleva. Ce contact, même distant, lui donnait de la confiance. Il prit position rapidement. Comme d'habitude, il savait quoi faire.

Bull se précipita sur le numéro vingt-deux, Hardy. Il était presque aussi grand et rapide que Brodsky. Griff réussi une première passe. Mais durant la manche suivante Hardy prit le dessus sur Bull. Griff eu juste le temps de faire une passer avant de se faire plaquer. Bull s'en voulut.

Tiffany était dans sa tête, le perturbant. Il devait s'en débarrasser. Les Kings se vengèrent en remontant la balle avec une passe parfaite. Buddy les avança de vingt-cinq yards. Ils étaient remontés mais Bull avait toujours du mal à se concentrer.

Hardy le regardait très méchamment. « Tu vas prendre cher, trou du cul. »

Bull explosa de colère. Après le début de l'action, Griff tenta une passe, mais un des défenseurs l'effleura involontairement. La trajectoire changea complètement. Brodsky et Hardy se précipitèrent dessus. Bull était à pleine vitesse et se lança dans les airs. Il attrapa le ballon contre le haut de son torse, mais rentra dans Hardy. La collision enfonça le casque de Hardy dans le ventre de Bull.

Brodsky tomba sur Hardy. Il restait étendu, sur le terrain, incapable de respirer.

SAMANTHA REGARDAIT le match, discutant avec Stormy et Lauren, quand Griff effectua la passe. Elle vit Bull dans les airs, retombant, sans bouger. Elle arrêta de respirer. La panique l'envahit.

« Sly ! Lève-toi ! Lève-toi ! » cria-t-elle se précipitant aussi près qu'elle pouvait. Autour d'elle, un silence de marbre. Elle regarda Stormy et Lauren. Elle commença à pleurer. « Lève-toi, Sly ! Lève-toi ! Aidez-le ! Que quelqu'un l'aide ! »

Mais le joueur de ligne restait étendu, immobile. Les médecins se précipitèrent vers lui. Même s'ils y arrivèrent en quelques secondes à peine, cela semblait être une éternité pour Sam. « Pourquoi personne ne l'aide ? »

Lyle Barker, le propriétaire, s'approcha derrière elle. Il posa sa main sur son épaule. « Ils sont là, mademoiselle, ils sont là. »

Samantha était incapable de respirer alors que les médecins s'affairaient sur Bull. Quand finalement il s'assit, les fans l'acclamèrent. À ce moment, il lui était clair qu'elle aimait Sly profondément. Sa respiration redevint normale lorsque Sly se releva et marcha vers la ligne de touche. « Tu vois ? Il va bien. Je vais les appeler pour savoir ce qu'il s'est passé, » lui dit Lyle.

Stormy fit un câlin à son amie. « Il va bien. Il est debout et marche tout seul. Il va bien. »

Dès qu'elle comprit cela, elle se mit à trembler et à sangloter. Stormy la tint fermement et avec l'aide d'Emmy, elles l'amenèrent aux toilettes. Sam s'effondra sur les toilettes et respira profondément. Stormy lui apporta du papier. Les femmes parlaient à voix basse, essayant de calmer Sam. Après cinq minutes, elle s'arrêta de pleurer.

« J'imagine que tu l'apprécie plus que tu le croyais, eh ? » demanda Stormy, s'asseyant près de son amie.

« Tu plaisantes ? 'Apprécie' ? Je suis complètement amoureuse de lui. Il est tout. Je ne veux plus jamais vivre ça. »

Stormy sourit. « Bien. Au moins tu as appris quelque chose. »

« Je pense que tu devrais l'épouser, » dit Emmy, se touchant le ventre.

« Tu penses ? » demanda-t-elle en souriant.

Quand elles rentrèrent dans le box, Lyle les attendait. « Il a eu un gros choc, il est tombé dans les vapes. Il s'est peut-être abimé une côte ou deux. Mais il peut jouer. Ils lui ont donné un shot contre la douleur, et il a repris le jeu. »

Samantha alla s'assoir. Bull était sur le côté car les Gamblers avaient le ballon. Elle le vit regarder en l'air.

« Il te cherche des yeux, » chuchota Emmy.

Samantha lui fit un signe, qu'il aperçut. Il répondit et hocha la tête.

« D'ailleurs, on a marqué sur l'action d'après, » ajouta Lyle.

Le propriétaire servit une vodka tonic à Samantha. Elle regarda le reste du match, soutenant les Kings, satisfaite qu'il n'y a eu pas plus de blessures. Les Kings remportèrent le match, dix-sept à dix, ce qui les qualifiait pour les play-offs. Il y aurait une grande fête ce soir-là. La pression ne remonterait qu'avec les débuts des play-offs, début Janvier.

Une fois le match terminé, Samantha se précipita en bas. Même si elle l'avait vu se remettre et rejouer, elle ne se sentirait pas sure tant qu'elle ne l'avait pas touché.

Les hommes étaient dans les vestiaires, en train de se changer, prenant tout leur temps. Sam culminait dehors.

« Ils prennent plus de temps que des femmes, » marmonna Stormy, regardant sa montre pour la quatrième fois.

Emmy et Lauren étaient allées chercher leurs voitures. Lauren ne pouvait pas rester longtemps et Emmy était fatiguée. Il faisait frais,

Thanksgiving arrivait bientôt, et un léger vent annonciateur d'hiver soufflait sur les maisons du Connecticut.

Devon et Bull sortirent ensemble. En un fragment de seconde, Samantha se précipita sur son homme, l'entourant de ses bras alors qu'il eut une grimace de douleur. « Tout doux, ma chérie. Mes côtes me font mal. » Mais il la serra dans ses bras.

Elle ne pouvait pas empêcher ses larmes et ses sanglots.

« Tout va bien, ma belle. Je vais bien. J'ai juste une côte fêlée. Ce bâtard m'a fait mal. Je ne pouvais plus respirer. »

« C'est pour ça que tu ne bougeais plus ? »

Il hocha la tête. « Je croyais que je mourrais, » chuchota-t-il. « Mais ne dis rien. »

« Je le croyais aussi. Tu m'as fait si peur. »

« Vraiment ? »

« J'étais complètement hystérique. C'était un peu gênant. »

Sly rit. « Ah ! C'est mignon. J'imagine que tu m'aimes vraiment. »

« Ne me refais jamais ça, okay ? » Elle relâcha sa prise.

« Je te promets. Ce n'est pas quelque chose que je veux recommencer. » Il sécha ses larmes avec son pouce et sortit un mouchoir de sa poche avant de lui tendre.

« Allons célébrer, bébé. On joue les play-offs. Super Bowl, nous voilà. »

Chapitre Onze

MARDI AVANT THANKSGIVING, 7 heures du matin. Chez Samantha Drake.

Les Kings avaient un match prévu pour le soir de Thanksgiving. Certaines familles prévoyaient donc de célébrer pendant le déjeuner, et d'autres le vendredi, en disant que la dinde n'était pas bonne avant un match.

Samantha appela son frère. « On peut fêter Thanksgiving chez toi ? C'est trop petit ici. »

« Bien sûr. Mais il n'y aura que nous trois, alors quel est le problème ? »

« Que nous trois ? Uh, non. Bull vient. Et n'y a-t-il pas d'autres joueurs qui n'ont nulle part où aller ? »

« Bull ? Pourquoi il vient ? »

« Parce que c'est mon petit-ami. » *Et mon amoureux, mais je ne vais pas te le dire.*

« Tu sors toujours avec lui ? »

« Ne joues pas au con, Devon. Ça ne marche pas. Tu sais qu'on est encore ensemble. Et si je viens, il vient aussi. Tu penses à quelqu'un d'autre ? »

« Je ne crois pas que le gamin ait quoi que ce soit de prévu. Sa famille est dans le Wisconsin. Il à le droit d'y aller, mais je suis pas certain qu'il ait le temps. »

« Invitons-le. Il est marié ? »

« Il a une copine. »

« Rajoute-la. »

« Bull, vraiment ? »

« Arrête. Tu ne le connais pas. Il est gentil avec moi. »

« Il a intérêt. »

« Et Trunk ? »

« Je vais lui demander. Il est marié, il a peut-être quelque chose de prévu. »

« Demande lui quand même. Et invite sa femme aussi. »

« Je ne sais pas combien de places il y a à ma table. »

« Douze. Remplissons-les. Demande à tous ceux qui n'ont nulle part où aller. C'est Thanksgiving, Devon. Sois dans l'esprit de la fête, un peu. »

« Tu es de bonne humeur. Très généreuse de ta part dans *ma* maison. »

Elle rit. « J'achèterai la nourriture. »

« T'inquiètes pas. Je m'en fous. Merde, on va en play-offs. J'a Stormy. J'ai beaucoup de raisons de dire merci cette année. »

« Moi aussi. »

« Quoi ? Bullhorn Brodsky ? »

« Exactement. »

« T'es pas amoureuse de lui, si ? » Le doute se faisait entendre dans la voix de son frère.

« Peut-être. Ça te regarde pas. »

« Tu vas te faire mal. Une fois qu'il t'aura eu, tu es finie. Hey, tu dors pas avec lui, si ? »

« Je dois y aller. Un long repas à préparer. » Elle raccrocha.

Samantha et Devon avaient toujours été très proches en grandissant. Ils étaient les derniers d'une famille de six. Ils n'avaient que deux ans d'écart, mais six ans les séparaient du troisième dernier de la fratrie. Ces derniers se moquaient souvent d'eux en les considérant comme les enfants de la ménopause.

Ils jouaient ensemble. Stormy Gregory, une voisine et meilleure amie de Samantha, jouait aussi avec eux. Ces trois-là étaient inséparables. Maintenant, Stormy et Devon s'étaient fiancés, après des années sans contacts. Samantha était heureuse pour eux. Ils se complétaient parfaitement. Elle ne lui laisserait jamais prendre la grosse tête.

Mais là, les choses étaient différentes. Devon était toujours convaincu que Bull était un Don Juan. Il ne le voulait pas près de sa sœur. Sam n'osait pas lui avouer qu'elle aimait Sly. Elle se disait que Devon en deviendrait fou, donc elle le gardait pour elle. C'était dur de ne pas lui avouer. Elle voulait partager le plus grand secret de sa vie, mais elle ne pouvait pas. Donc elle l'appelait moins souvent, ou passait chez lui moins régulièrement. Ça la soulageait et l'attristait en même temps de voir qu'elle avait créé un gouffre entre eux.

« Voyons... Douze personnes... Hummm. » Sam parlait toute seule, assise sur la table de la cuisine avec un stylo et une liste de course sous les yeux. Après avoir terminé, elle composa le numéro de Bull.

« Bonjour ma belle. Comment vas-tu ? »

« Tu viens pour le diner de Thanksgiving, n'est-ce pas ? »

« Tu me propose ? »

« Tu penses ? »

« Et Devon s'en fout ? »

« C'est pas le propos. »

« Donc ça lui pose un problème. »

« Je n'ai pas dit ça. »

« Pas besoin. Ça se passe où ? »

« Chez lui. »

Bull siffla au téléphone. « Hey, bébé, tu ne pense pas que c'est un peu se moquer de lui sous son nez ? »

« Je m'en fous. Il devrait s'habituer à nous voir ensemble. »

« Tu comptes rester avec moi ? »

« Oh. Je... enfin... Si tu ne- »

Il l'interrompit. « Non, non, c'est bien. C'est ce que je veux. Je te veux, chérie. Tu es à moi. »

Elle souffla un coup. « Woah. Tu m'as fait peur. »

« Bien sûr que je vais venir. Tu as raison. Devon va devoir se faire une idée. Il comprendra sans doute, il n'est pas stupide. »

« Super ! C'est vendredi. »

« J'allais poser la question. »

« Tu viendras, donc ? »

« Avec plaisir. »

« Tu es le meilleur. »

« Je t'aime, chérie. »

Elle raccrocha et sourit. Des pensées douces et sexy occupaient son esprit alors qu'elle essayait de se reconcentrer sur sa liste de courses. Elle envoya un message à Stormy pour se partager les recettes à cuisiner et remplit sa tasse de café. Puis elle s'en alla vers son travail au stade des Connecticut Kings.

MARDI, 7 HEURES TRENTE du matin. Chez Griff Montgomery.

Lauren Montgomery ouvrit les yeux. Elle était allongée sur le côté, lovée contre son mari derrière elle. Un bruit venant de la pièce d'à côté résonna. « Chip est debout. »

Griff maugréa. « On pourrait lui apprendre à dormir plus ? »

Lauren rit. « Bonne chance. Mais c'est ton tour. »

« Je sais. Je sais. Remue pas le couteau dans la plaie. C'est ma faute de vouloir passer plus de temps au lit avec ma femme ? »

« Plutôt compliqué de faire des bêtises de toute façon, je suis à terme dans six semaines. »

« Il y a une lois contre les câlins ? Dis à personne de l'équipe que j'ai dit ça, okay ? »

« Ton secret est en sécurité avec moi. » Elle referma sur l'avant-bras de son mari qui lui caressait le ventre. La sensation de son bras la relaxait. Avec la naissance de leur deuxième enfant à venir, ses nerfs étaient tendus. Griff avait des entrainements, des matchs. Et elle, elle devait s'occuper de Chip, leur enfant de deux ans. Comment pourrait-elle-même arriver à l'hôpital à l'heure ?

Le petit garçon était très énergétique. Actif en permanence, il courrait partout. La fatigue faisait désormais partie de sa routine quotidienne. Dès trois heures de l'après-midi, elle faisait une sieste, pendant que la baby-sitter emmenait Chip au parc. Lauren avait fait une fausse couche la première fois. A cause de ça, elle avait eu peur pendant toute celle de Chip. Elle avait passé la plupart de son temps au lit. Dorénavant, l'anxiété était logée dans son cœur à chaque grossesse.

Mais la chaleur du corps de Griff contre le sien chassait la fraicheur du matin.

« Maman ! » cria le petit garçon dans la pièce voisine.

« Il faut qu'on lui trouve un vrai lit, Lauren. »

« Mais après, il pourra se lever quand il veut. »

« Je sais. Mais il est trop grand pour le lit d'enfant, et on en aura besoin pour le petit ange dans ton ventre. »

« Okay, okay. On peut le faire ce soir. »

« Bien. Je vais aller le chercher. Relax. »

Elle fit une prière de Thanksgiving pour avoir un mari comme Griff qui voulait des enfants. Il arrêta de l'embrasser avant d'aller chercher son fils. Quelques secondes plus tard, les deux bonhommes rentrèrent dans la pièce. Griff tenait Chip fermement dans ses bras, alors que le petit garçon s'essuyait les yeux et reniflait.

« Il voulait voir sa maman. La-voilà, Chip. En chair et en os. »

Lauren s'assit sur le lit. Elle se leva grâce à l'aide de Griff.

« Mon dieu, je déteste être aussi grosse. »

« C'est la rançon de la gloire. Pancakes au menu. Prends ton temps. Retrouve-nous dans la cuisine. »

« Pancakes ! » s'exclama Chip en tapant des mains.

Quand les garçons sortirent, Lauren ramassa un peignoir du placard. Il appartenait à Griff, mais le sien était trop petit. Elle le noua et entra dans la salle de bain. En se regardant dans le miroir, elle vit une femme fatiguée mais heureuse. Un par un tous ses rêves étaient devenus réalité. D'abord, rencontrer Griff et tomber amoureuse. Puis, accoucher de Chip, malgré sa première fausse couche.

Et maintenant une petite fille rejoignait la famille. *Est-ce que cela pourrait même s'améliorer ? J'en doute.* Il restait des obstacles sur la route, mais elle ne voulait pas penser à l'accouchement. Griff était béatement inconscient que les choses pourraient ne pas se passer facilement. Mais elle ne voulait pas changer cela. Elle voulait garder son bonheur éclatant dans les recoins les plus sombres de leur maison.

Et puis il y avait Chip, convaincu de ne pas être capable d'être grand frère. Elle s'était décidée à embaucher quelqu'un pour l'aider si nécessaire. Même si le père de Griff, Hank, vivait dans un appartement près de chez eux, elle ne voulait pas trop se rapprocher de lui. Il n'avait pas approuvé leur relation à ses débuts.

Quand il avait proposé son aide, elle avait décliné. Il semblait adorer son petit-fils, mais elle voulait les séparer un peu. *Peut-être que Chip l'aime beaucoup, mais moi je n'ai pas besoin.* Lauren gardait ces pensées pour elle-même, ne les partageant pas même avec son mari.

S'agrippant à la rampe, elle descendit lentement les escaliers, marche après marche. Au moment où elle entra dans la cuisine, elle sentit une odeur de beurre fondu et entendit son mari apprendre *Jingle Bells* à son fils. Le père coula une autre louche de pâte dans la poêle en préparant un autre pancake.

Chip massacrait les paroles mais tapait des mains en rythme. Lauren les rejoignit, faisant apparaitre un large soupir sur le visage de son mari. Il la servit en premier.

« Maman passe toujours la première, Chip. N'oublie jamais ça. »

« Maman avant, » dit le petit garçon.

Pendant qu'elle mangeait, Griff coupa la nourriture destinée à son fils.

« Thanksgiving arrive, » dit Lauren.

« Je suis content que tu n'ais pas invité la terre entière ici. »

« Moi aussi. Pas moyen. »

« Où allons-nous ? »

« Verna collabore avec Samantha Drake. On va chez Devon Drake. Buddy et Emmy aussi. C'est beaucoup plus grand que chez Verna. »

« Cool, on sera les invités pour une fois. »

« Ils le font aussi vendredi. Buddy ne veut pas de gros repas avant un match. Emmy dit qu'il ne peut pas se contrôler pendant les fêtes. »

« J'évite aussi. Vendredi me va très bien. Et toi ? »

« Ça marche pour moi. Verna m'a dit qu'on pourrait ramener du vin, ou venir les mains vides. »

« Je prendrais du vin. »

« Je vais appeler les Liqueurs de Crowman, leur faire livrer une caisse moitié rouge, moitié blanc. »

« Encore mieux. » Griff dévora ses pancakes et loucha sur celles de Lauren qu'elle n'avait pas touchée. « Tu vas manger ça ? »

« Mes yeux disent 'oui', mais mon ventre 'non'. Tu les veux ? »
Il acquiesça et s'en servit deux.

Lauren se rassit et but du lait. « Hank est invité. »

« Ah, bien. J'allais demander. »

« Tu penses que c'est une bonne idée ? Buddy ne va pas être content. »

« Il devra l'accepter. Ils sont adultes. Si Verna veut sortir avec Hank, Buddy n'a pas à s'en occuper. »

« Il se moque bien qu'ils se voient. Il ne veut pas qu'ils couchent ensemble. »

« Et ça fait pas partie de sortir ensemble ? » Griff leva les sourcils.

« Pas selon Buddy. »

« Il ne veut pas voir la réalité en face. »

« Peut-être. Mais ça pourrait mal finir. »

« Est-ce que tu dis qu'Hank ne devrait pas venir ? »

« Non, non. Comment pourrait-on le laisser seul ? »

« Ça ne te poserait pas de problème, si ? »

« Ne change pas le sujet en une discussion sur moi. Ton père est... » Elle regarda son fils, écoutant leur discussion. « Uh, proche de sa mère. Buddy a du mal à l'accepter. Les gens sont sensibles à ça. Tu ne crois pas ? »

« Mon père peut baiser avec qui il veut. »

« Griff ! »

« Baiser, » dit Chip.

« Bravo, papa, » dit Lauren, sarcastique.

Griff explosa de rire. « Désolé. Mais c'était drôle. »

« Ça le sera moins quand il répètera ça à l'école. Il va falloir que tu fasses attention à ce que tu dis. »

« Tu as raison, tu as raison. A propos de Thanksgiving, nous irons tous. Papa viendra avec nous. Et nous prierons pour que tout le monde soit civilisé. »

« Bien. Ça me va. »

« Tu ne voudrais pas laisser mon père de côté, si ? » Bull la regarda sérieusement.

« Bien sûr que non. C'est juste que... Et bien, je ne suis pas certaine qu'il m'apprécie. »

« Il regrette la façon dont il t'a traité quand j'étais à l'hôpital. Il a admis qu'il s'était précipité. Qu'il à cru que tu étais une groupie, couchant avec moi... » il jeta un regard à son fils. « Pour les mauvaises raisons. Il n'avait pas compris que c'était sérieux. Il ne savait pas à quel point tu étais géniale. Maintenant, il le sait. »

Elle commença à pleurer. *Pourquoi suis-je si émotive ?*

Griff lui prit la main. « Il veut nous aider autant qu'il peut. C'était il y a longtemps. On espère tout les deux que tu peux mettre le passé derrière nous. Pense à lui comme un gars stupide, bête mais qui tu respectes beaucoup et veut être ton ami. »

Son discours fonctionna. Elle pleurait à chaudes larmes. Griff se leva et la prit dans ses bras.

« Ce sont les hormones. »

« D'accord. » Il la caressa et l'embrassa sur le crâne.

« Maman pleure. » Chip se mit à pleurer aussi.

« Maman n'est pas triste. Tout va bien, mon amour, » dit-elle au garçon.

« Ce petit est l'homme avec le plus d'empathie au monde, » dit Griff.

Lauren rit. Chip s'arrêta et lui sourit. Elle se pencha pour l'embrasser. « N'avons-nous pas beaucoup de raisons de dire merci ? » demanda-t-elle à son mari, se séchant les joues avec un mouchoir tendu par son homme.

EN BORDURE DE LA VILLE, 8 heures trente. -Maison de Verna Carruthers.

« Ton fils me déteste, » dit Hank, debout devant le miroir, réajustant son col. Il portait une chemise bleue, un veste couleur charbon et une cravate bleu marine avec des rayures rouges.

« Mais non, » lui répondit Verna, passant dans le couloir. Elle était en peignoir sans rien en dessous.

« Mais si. » Il entra dans la chambre et y admira le visage et le corps de son amante. « Tu es magnifique. »

« C'est ça ! Pas de maquillage, cheveux en bazar... »

Il se pencha et l'embrassa. « Ça me semble parfait. »

Elle se sentit rougir. « Le café est prêt. »

Hank s'assit en face d'elle à la petite table de chêne. Une tasse de café était posée devant lui. Un bagel au fromage à la crème l'attendait non loin. Il sourit. « Tu me gâtes. »

« Oui. » Elle leva sa tasse. « Tu le mérites. »

Il rit. « Buddy ne serait pas d'accord. »

« On s'en moque. Tu m'emmènes dehors en permanence. C'est la moindre des choses. »

« Un remboursement ? » Il fit la tête. « Je t'invite parce que je le veux. Tu ne me dois rien. »

« Je sais. Mais il y a quelque chose d'agréable à partager un petit-déjeuner, non ? »

« Surtout après une nuit agitée. »

Elle se cacha derrière son mug, évitant son regard.

« Tu es gênée que l'on ait dormi ensemble ? »

« Pas vraiment. »

« Si. Tu es toute rouge. Honnêtement, Verna, quel âge faut-il pour comprendre que l'on a tous des besoins sexuels ? »

« Tu as raison. Il n'y a pas de quoi être honteuse. Pas comme un coup d'un soir. »

« Et ça serait terrible ? J'en ai eu quelques-uns à l'époque. Deux personnes qui profitent du corps l'un de l'autre. C'est mauvais ? C'est la chose la plus naturelle du monde. »

« Dis comme ça, je reconnais que tu as raison. »

« Bien. Je veux que tu sois confortable avec ce qu'il se passe entre nous. »

« Je le suis. Mais ce sera autre chose avec Buddy. »

« Ne lui dis pas. »

« Je ne compte pas. Mais il est intelligent. Il s'en rendra compte. »

Hank haussa les épaules. « Laisse-le. Il doit te laisser vivre ta vie. »

« Je sais. Mais depuis la mort de son père... Il s'est occupé de moi. »

« Et toi de lui. C'est super, ma belle. Que vous soyez proches. Mais pas quand c'est pour m'écarter de ta vie. »

Elle rit. « Bien dit. Buddy va devoir te laisser de la place. »

« J'aime ta façon de penser. Et tout le reste aussi. » Hank se rapprocha, posant ses mains autour de son cou. Il l'embrassa, passa ses mains sur ses seins et se rassit.

« Tu viens pour Thanksgiving, » déclara Verna.

« Qui dit ça ? »

« Moi. Et je suis sûre que Griff et Lauren voudront te voir aussi. »

« Griff sans doute, Lauren je ne suis pas certain. »

« Allez. Donne-lui une chance. »

« J'ai été assez méchant avant qu'ils se marient. Merde, je ne savais pas que c'était la bonne. Je pensais qu'elle était juste une amie avec qui Griff couchait. »

« Tu as fait une erreur, et une erreur honnête. Je suis sûre qu'elle pourra te pardonner et oublier. »

« On verra. Pour l'instant, non. Pas que je lui en veuille. Je ne sais juste pas quoi faire pour me faire pardonner. »

« Donne-lui du temps. Mais tu restes sur la liste des invités. »

« Il faudra fouiller les gens pour s'assurer qu'ils n'aient pas d'armes, » rigola-t-il.

« C'est chez Devon. »

« Au moins, ce n'est pas chez Buddy. »

« Emmy est trop fatiguée pour s'en occuper, et je n'ai pas assez d'espace ici pour accueillir tout le monde. Je te préviens toi et Buddy, vous allez devoir enterrer la hache de guerre. Thanksgiving sera l'occasion parfaite. »

Ils mangèrent en silence pendant un moment. Une fois finis, Hank prépara leur prochain rendez-vous. Verna l'accompagna jusqu'à la porte.

Se retournant il la prit dans ses bras. Ils s'embrassèrent, alors que sa main s'aventura sur sa hanche. « Tu es une femme sublime, tu le sais ? »

Elle sourit. « Tu me fais resplendir. »

« On va bien ensemble. »

« Oui, c'est vrai. » Elle remonta son regard jusqu'à croiser le sien. En l'espace d'une seconde, elle put jurer qu'elle vit de l'amour dans ses yeux. *N'y vas pas. Pas d'amour. Des galipettes avec un homme bien. On s'amuse. Gardons ça comme ça.*

Mais son esprit rationnel n'empêcha pas son cœur de battre la chamade.

DANS UN PARC À ROULOTTES. 10 kilomètres à l'Ouest.

Clyde Belden remplit d'eau sa machine à café. Il ne put pas prendre de douche. Il était en retard pour le boulot. Clyde travaillait dans la salle de bowling du coin. Ils ouvraient à midi, et il était onze heures. Thanksgiving arrivait, et même s'il aurait droit à un jour de congé, il n'avait pas reçu d'invitation. Il avait prévu d'aller manger une dinde dans un restaurant, s'ils en avaient. L'idée passait mal, mais il n'avait pas mieux.

« Un homme marié devrait avoir sa femme chez lui, là pour lui préparer un diner pour Thanksgiving, » se marmonna-t-il.

Il se servit les dernières gouttes de lait dans son café, mais ça n'était pas suffisant. Il frappa le carton de son poing.

« Une épouse devrait être là pour s'assurer que son mari ne manque pas de lait pour son café. »

La colère s'emparait de lui. Il voulait Tiffany près de lui, remonter le temps trois mois dans le passé, avant qu'ils ne commencent à se battre. Il avait besoin de son corps, de ressentir sa peau. Son exaspération le fit se lever et faire les cent pas.

« Si je baise, j'irais mieux. Un homme marié ne devrait pas avoir besoin d'aller payer une pute dans la rue. Il devrait pouvoir baiser sa femme, dans son lit. T'es où putain, Tiffany ? »

Mais il connaissait la réponse. Elle était dans ce foutu abri. *Putain de Brodsky, ce gros singe.* Il observerait l'endroit, s'assurerait que le gorille n'y était pas. Puis il utiliserait sa batte de baseball pour ouvrir la putain de porte. Il sourit. *Et cette gamine ne viendra pas dans mes pattes.* Il sa tapa du poing dans la paume de son autre main. *Je m'occuperai d'elle avant. Et puis j'irai chercher ma femme et je la ramènerai à la maison, où est sa place.*

Il ouvrit le réfrigérateur qui était presque vide. Il y avait trois canettes de bière et la moitié d'un sandwich déjà entamé. Il avait des céréales mais pas de lait, donc il choisit le sandwich. *Je dois manger quelque chose. Une épouse devrait s'assurer qu'il y a de quoi manger dans la maison. Je dois la ramener.*

Il entoura Thanksgiving sur le calendrier. *Ce con sera à son match. Il ne sera pas là. Elle sera seule. Je vais pouvoir la ramener à la maison.*

Clyde termina le reste de son sandwich, prit ses clés de voitures posées sur le comptoir et enfila sa veste en laine. Il claqua la porte derrière lui, toujours en colère. Il alluma sa vieille voiture et s'aventura sur la route.

Chapitre Douze

BULL SE LEVA TÔT EN ce jeudi matin. Ils jouaient contre les Colorado Miners. Il n'était pas tellement préoccupé. Les Miners ne représentaient pas vraiment de danger. Ça devrait être une victoire facile -si un match était jamais facile. Samantha dormait toujours dans son lit. Il descendit dans la cuisine et fit du café.

Elle l'avait rejoint directement depuis l'Abri. Sa valise était là, ouverte, sur le canapé. La curiosité le piqua. *Qu'est-ce qu'elle a là-dedans ?* Il savait qu'il ne devait toucher à rien, ne pas rentrer dans sa vie privée, mais il ne put résister. *On est ensemble. Ça veut dire que j'ai le droit de savoir tout sur elle, non ?*

Il commença à fouiller le sac. En plus de ses affaires, il y avait quelques documents et des magazines. *Je ne peux pas lire les documents. Il y a peut-être des choses confidentielles. Mais que lit elle ?* Il prit un des magazines, et écarquilla les yeux en en lisant le titre. *La Mariée d'Aujourd'hui ?* Puis il feuilleta le magazine, lisant les noms des articles. « *Comment organiser le mariage de vos rêves à prix réduits.* »

Il le remit à l'intérieur. De la sueur lui perla sur le front. Il retourna dans la cuisine et se remplit une tasse de café. Il s'essuya le front avec un mouchoir. *Un mariage ? Pas moyen. Je ne me marierai plus jamais. Non, ça n'arrivera pas.*

« Café déjà prêt ? Super ! »

Il se retourna pour découvrir une Samantha superbe portant un peignoir et un large sourire. « Ouais. Prête ? »

« Ramène-le. » Elle tira une chaise et s'assit. Il lui prépara comme elle l'aimait et la rejoignit. «

« Tu es nerveux à cause du match ? »

« Nan. Les Miners ne sont pas vraiment une menace. On va les manger. »

« Ça ne vous rend pas paresseux ? »

« Parfois. Mais on ne peut pas reposer sur nos lauriers. Ces mecs sont quand même des pros. »

« Le match est à quatre heures, c'est ça ? »

Bull se sentit prit de court sous la tension. Il ne pouvait pas attendre. « Pourquoi tu lis un magazine de mariage ? »

« Quoi ? »

« Dans ta valise. Tu as un exemplaire de *La Mariée d'Aujourd'hui*. Pourquoi ? »

« Tu fouilles mon sac ? Pourquoi ? Il y a des documents confidentiels dedans ? Tu as regardé les documents, aussi ? »

« Bien sûr que non, je ne ferais pas ça. »

Elle semblait énervée. « Mais tu regardes les magazines ? »

« Juste un. Celui sur le mariage. Réponds à ma question. »

« Tu ne manques pas d'audace de fouiller mes affaires. »

« Tu as raison. Je suis désolé. Je ne le referai plus. Mais réponds. »

« Si c'était un minimum tes affaires -et ça ne l'est pas-, j'ai eu ça au bureau. Je l'ai acheté quand j'ai aidé à organiser le mariage de Jo. Regarde la date de parution, il est vieux. De l'an dernier. »

« Oh, okay. » Il souffla un coup.

« Et donc je dois te rendre des comptes sur les magazines que je lis ? Je ne crois pas. Je lirais ce que je putain de veux ! »

« Bien sûr, bien sûr. Je suis désolé. Je pensais juste que... Non, oublies. »

« Tu pensais quoi ? T'as intérêt à avoir une bonne excuse. »

« Rien, rien. Tu veux tes œufs à la poêle ou brouillés ? »

« Oublies les œufs, Sly. Tu pensais à quoi ? Pourquoi le magazine t'énerve ? Tu penses que je complote pour t'épouser ? »

« Pas exactement. »

« Pas exactement ! » Elle se leva brusquement. « Alors, quoi exactement ? »

« C'est le mariage. Tout le tintouin. Les gens, les vêtements, les fleurs. Tout ça. Je ne le referai plus jamais. Du tout. »

« Tu ne te marieras jamais ? » Elle écarquilla les sourcils.

« C'est pas ce que j'ai dit. J'ai dit que je n'organiserai pas de mariage. Être humilié à mon propre mariage, c'est assez. Je ne le referai pas. »

« Tu plaisantes, non ? »

« Je n'ai jamais été plus sérieux. Je me le suis promis. »

« Mais tu veux te marier ? »

« Oui, vraiment. Le mariage est important pour moi. Avec la bonne. » Il la fixait des yeux.

« Mais tu t'attends à ce qu'elle aille à la mairie. »

« Si elle m'aime, elle peut ne pas avoir de cérémonie stupide. »

« Et si tu l'aimais, tu comprendrais qu'une femme rêve de son mariage toute sa vie. »

Bull déglutit. Il ne le savait pas. « Ça n'est pas vrai. »

« Si. Demande à n'importe quelle fille. »

« Toi ? »

« Oui, moi. »

« Donc ce magazine était pour toi... ton mariage ? »

« Pas spécifiquement. Mais j'ai rêvé un peu en le feuilletant. »

« Avant que l'on sorte ensemble ? »

« Oui. Tu t'attends à ce qu'une femme sacrifie beaucoup pour toi. Bonne chance pour trouver cette femme géniale si altruiste. » Elle prit sa tasse et sortit de la pièce.

Tu es cette femme, Sam. « Attends ! » Il courut vers elle.

Elle s'arrêta dans les escaliers. « Quoi ? Qu'est-ce que tu veux ? »

« Toi. Je te veux toi. Tu es cette femme géniale. »

« On ne sort pas ensemble depuis longtemps, Sly. Tu me demande en mariage ? »

« Non. Oui. Peut-être. Je ne sais pas. Tu abandonnerais une vraie cérémonie pour un homme que tu aimes ? »

« Ne me demande pas. Je ne sais pas. Je ne veux pas y penser. Je ne vais pas me marier tout de suite. J'ai déjà besoin de préparer Thanksgiving. »

« Ça veut dire 'non' pour moi. »

« Peut-être. »

Il se calma, la regardant le cœur en morceaux. « Sam, » murmura-t-il.

Elle cligna des yeux et regarda ailleurs.

« Dis-moi que ça ne veut pas dire ça, » chuchota-t-il.

Le regardant une seconde en silence, et monta en courant et claqua la porte.

Comme un marteau brisant la glace, le cœur de Sly était brisé. Sam avait dit qu'elle ne voulait pas l'épouser. Et il n'avait même pas posé la question. Enfin, pas vraiment. Peut-être. De toute façon, et avait dit 'non'. Que pourrait-il faire ?

Des larmes qu'il n'avait jamais exprimées que lors de ses blessures jaillirent en torrents. Il l'avait perdue avant même de l'avoir. Jetant le reste de son café dans l'évier, il monta lentement les escaliers. Il ouvrit la porte et hésita à entrer, alors que Samantha mettait son pantalon.

« Ne te dépêche pas. Je peux prendre une douche au stade. »

« Sly, je ne voulais pas- »

« Quoi ? Tu ne voulais pas dire que tu ne pouvais pas ne pas avoir de cérémonie ? Qu'est-ce que ça change ? On est pas engagés, ou quoi que ce soit. »

Elle semblait dévastée.

« Samantha, je ne voulais pas dire ça. »

« Tu as raison. On est pas engagés. On ne sort pas ensemble. » Elle était visiblement en colère.

« Je croyais que l'on sortait ensemble ? Qu'on était sérieux ? Exclusifs ? » L'espoir dans son cœur ne voulait pas renoncer.

« On était. » Elle se retourna vers le lit et enfila son T-shirt.

« Était ? On ne peut plus se voir ? »

Quand elle se retourna, ses yeux étaient humides, ses cils collés par les larmes. Il s'approcha d'elle mais elle l'arrêta avec un geste du bras.

« Pas de câlin. Je vais bien. Peut-être qu'on peut encore se voir. Mais un homme qui a trop peur que sa fiancée l'abandonne et l'humilie pour avoir une cérémonie me fais reconsidérer tout. »

« C'est arrivé. Ce n'est pas une blague. »

« Je sais. Et ça a dû être terrible. Mais je ne suis pas comme ça. »

« Et si tu changeais d'avis à la dernière minute ? »

« Et donc tu préférerais m'épouser en secret, si j'avais des doutes, plutôt que j'annule le mariage ? »

« Je suis mort quoi que je dise. Peut-être qu'on devrait attendre un jour ou deux. »

Elle acquiesça. « Peut-être. »

Il attrapa un survêtement dans un placard. La douleur le prenait alors qu'il l'observait. Il voulait la toucher, la sentir. Il mit un pantalon et s'approcha d'elle. « Sam. Je... » Il ne put trouver les mots. Il passa ses doigts dans ses cheveux.

Elle le fixa dans les yeux, le regard plein de questions. Il essayait de l'attirer à lui mais elle résista, posant ses paumes contre son torse. « On ne devrait pas. Attends. »

La tristesse le remplissait. « Je peux t'appeler, ou tu m'appelleras toi ? »

« Aucune importance. L'un ou l'autre. »

« J'imagine que c'est mieux que je ne vienne pas demain alors. »

Elle posa sa main sur son avant-bras. « Oh non. S'il te plait, viens. C'est Thanksgiving. Je ne veux pas te laisser seul. Ça serait terrible. »

Il acquiesça, ayant déjà choisi de ne pas y aller. *Tu m'as déjà laissé seul.* Soulevant son sac de sport, il se dirigea vers la porte. « Ferme à clé en sortant. »

AU STADE, BULL MANGEA du poulet et des pâtes. Il restait silencieux, écoutant ses coéquipiers parler de leurs voyages prévus. Il n'en avait aucun. *C'est parti pour la fête de la misère.* Il commença un jogging sur le terrain, sachant qu'un effort trop long après le déjeuner était mauvais. Mais il avait tout de même besoin de bouger. Faire de l'exercice était son meilleur remède au stress.

En courant, il pensa à la meilleure des solutions possibles à ses problèmes. Il s'était promit des milliers de fois à ne pas refaire de cérémonie de mariage. La mairie, une fugue, quoi que ce soit d'informel lui suffisait, il ne voulait juste pas de foule. Il renifla. Qui voudrait l'épouser de toute façon ? Certes, il avait de l'argent, mais tout pourrait s'arrêter avec une blessure et alors il aurait besoin de compter ses sous.

Ses camarades de classe, à l'école, le traitaient de bouffon. Ça avait même été un de ses surnoms dans un des annuaires de ses années de lycée. Même s'il dansait comme les autres, il n'avait jamais été particulièrement gracieux. *Quelle belle femme voudrait de moi de toute façon ?* Il ralentit sa course.

En rentrant dans le vestiaire, Buddy Carruthers l'interpella. « Dieu merci t'es rentré. T'étais où putain ? »

« Ton téléphone s'est pas arrêté de sonner, » dit Devon. « On devient tous fou. »

« Une femme qui veut te buter ? » ricana Trunk.

Son cœur se souleva. *Samantha !* Il sourit et se dirigea vers son casier, sans paraître trop heureux devant ses coéquipiers. Il voulait éviter les questions embarrassantes. Il ouvrit son casier et lu l'écran de son téléphone. *Tiffany.*

Le cœur lourd, il était désillusioné. *Merde. Putain, merde.* Il attrapa une serviette et se dirigea vers le parking. Il était hors de question que ses coéquipiers l'entendent. Il la rappela.

« Qu'est-ce qu'il se passe ? »

« C'est Thanksgiving. »

« Ouais. Je sais. Tu m'appelles pour me dire ça ? »

Puis il entendit ce tremblement familier dans sa voix. *Merde. Elle pleure.*

« Je suis toute seule, Bull. Tu sais ce que c'est d'être seule pour Thanksgiving ? »

Oui, je sais. « Et pourquoi tu m'appelle ? J'ai un match aujourd'hui. Je ne suis pas tellement en train de me remplir le ventre de dinde. »

« Un match ? Merde. »

« Tu ne vas pas à un long diner de Thanksgiving ? » L'espoir dans sa voix le réconforta à l'idée de ne pas y aller. L'idée de l'emmener à la célébration de Samantha le mit mal à l'aise.

« Non. Passe de bonnes vacances. Je dois y aller. »

« Et après ? » Le désespoir dans sa voix le toucha. Il n'avait rien de prévu après. Il y avait pire que passer un peu de temps avec elle. C'était comme une bonne action.

« Je n'aurai pas fini avant neuf heures. Peut-être même plus tard. » Il savait qu'il n'y aurait pas de plus tard. Ils allaient massacrer les Miners.

« Donc ? N'y a-t-il pas quelque part où on pourrait aller ? »

« Il y a un restaurant près de l'Abri. »

« Ah, celui-là. »

« Ils sont ouverts vingt-quatre heures sur vingt-quatre. »

« Mais ont-ils de la dinde ? »

« J'imagine que oui. Et sinon, quoi ? Rien ne force à manger de la dinde. »

« Non, mais j'aime la dinde. »

« Tu veux y aller oui ou non ? »

« C'est un rendez-vous ? » Sa question était pleine de flirt.

« Non. C'est deux personnes qui dinent ensemble. » Il se mordit la lèvre. Il n'avait pas l'intention de paraitre si méchant, mais il ne voulait pas lui donner de faux espoirs. Eux deux, c'était fini. Pour toujours. Il préfèrerait ne jamais se marier que de terminer avec elle.

« Oh. Okay. A quelle heure ? »

« Je t'appellerai quand j'aurai fini. On peut se retrouver là-bas. »

« Très bien. Merci Bull. Je sais que tu as cette copine- »

« Laisse-la en dehors de ça. »

« Merci quand même. »

« Je t'en prie. A plus tard. »

« A plus tard. »

S'il avait résolu son problème de solitude le soir de Thanksgiving, pourquoi ne se sentait-il pas mieux ? La tristesse ne l'avait pas quitté, et la colère non plus. Il enfila sa tenue, écoutant ses coéquipiers déblatérer à propos de leurs adversaires.

« Les Miners sont pourris, » déclara Griff.

« Ouais. Ton chien traverserait leur ligne tout seul, » dit Trunk.

« Les yeux bandés, » ajouta Griff.

« Et de dos, » dit Buddy.

« J'ai entendu dire que leur quarterback n'avait pas baisé depuis 2010, » ricana Devon.

« Si récent ? » demanda ironiquement Bull.

« On m'a dit qu'il avait pas de bite, » répondit Trunk.

« Ça expliquerait, alors, » acheva Griff.

Alors qu'ils attendaient le dernier briefing du coach, les joueurs explosèrent de rire.

« Vous êtes hilarants. Vous pourriez faire de la comédie si vous arrêtez le foot, » dit le coach Bass, les réunissant et leur expliquant quelques faits de jeu à suivre. « La rumeur dit qu'ils ne sont pas dans une bonne saison. »

« La rumeur et leurs résultats, » ajouta Buddy.

« D'accord, d'accord. Mais ne vous laissez pas faire par ça. Ce sont des pros. Ils ont joué à la fac, ont été draftés à la ligue, tout comme vous. Si vous baissez votre garde, ne serait-ce que pour une seconde, ils utiliseront ça contre vous. Alors ne leur donnez rien du tout ! »

Il y eu un tour d'applaudissements. Les joueurs dirent un cri de guerre et coururent sur le terrain. Bull écarta de son esprit sa tristesse et ses soucis. Il y avait un match à jouer, un quarterback à défendre, et rien ne pouvait l'empêcher de faire ça. Ce n'était pas pour lui, c'était pour l'équipe, pour les supporters et pour le football.

AU MOMENT DU COUP DE sifflet final, rentra aux vestiaires. Les Kings avaient gagné, vingt-sept à sept. Bull en voulait à l'équipe d'avoir concédé un touchdown. Il était prêt à titiller Trunk avec ça jusqu'à ce qu'il ouvre son casier. Son téléphone sonnait. Il espérait que ce serait Samantha et craignait que ce ne soit Tiffany. C'était Tiffany. Une nouvelle fois, il sortit pour prendre l'appel. Cette fois, il ressentit les regards de ses coéquipiers. Les Kings n'aimaient pas les secrets.

« Tu étais où ? »

« Je jouais au foot. Je t'ai dit que je t'appellerai quand j'aurais terminé. Et c'est ce que je vais faire. »

Dieu ce qu'il détestait qu'elle le contrôlât. Il ne réalisait que maintenant les nombreuses lacunes de Tiffany. Samantha ne faisait jamais ça. Il soupira, priant pour que Sam ne devienne jamais qu'un lointain souvenir.

Il avait besoin d'une douche. La météo avait empiré, humide, avec un vent rapide et froid. Il était frigorifié. Une serviette autour de la taille, il rentra au vestiaire. Son téléphone sonna encore. *Encore elle !* Il appuya sur le bouton pour l'ignorer et éteint son téléphone.

Trunk lui parla. « Un rendez-vous mystère, Brodsky ? »

« Pas tes oignions, Mahoney. »

Devon regarda Bull alors qu'il se dirigeait vers les douches. *Je me demande s'il sait. Sam l'a sans doute appelé.*

« Super match, les gars. Joyeux Thanksgiving à tous, je vous vois lundi à l'entrainement, » dit le coach, faisant un signe de la main.

Bull enfila son manteau, ferma la porte de son casier et se dirigea vers la porte. Ses coéquipiers se souhaitaient de bonnes fêtes, mais Bull ne les entendit pas. Il regrettait déjà son moment de faiblesse avec Tiffany. Et maintenant, il en payait le prix, passer un diner avec elle avec le privilège de payer l'addition.

Il conduisit jusqu'au restaurant. Après l'avoir appelée, il se gara et entra dans le restaurant. Elle ne portait plus d'écharpe. Il se glissa jusqu'à elle.

Elle leva son verre. « Joyeux Thanksgiving, bébé. »

« Ne m'appelle pas comme ça. Tu es une femme mariée. Et je ne suis *pas* ton bébé. »

Il étudia son visage. La plupart des bleus avaient disparus. Quelques ombres survivaient sous ses yeux. Tiffany avait retrouvé de sa beauté d'avant. Il sourit légèrement. Ce qui lui semblait un jour si beau et désirable lui paressait maintenant banal et simple. Les gouts vestimentaires de Samantha l'impressionnaient tellement que rien de moins ne pourrait lui plaire. Il ne pourrait pas toucher Tiffany. Mais il se sentait quand même triste pour elle. Elle avait perdu son travail et sa maison. Elle était dans une situation terrible. Bull se posait la question de lui donner de l'argent pour qu'elle se ressaisisse.

« Je sais. Je fais juste comme au bon vieux temps. »

« Tiffany, il faut que tu penses à divorcer et à recommencer ta vie. Tu devrais peut-être rentrer chez toi. »

La serveuse se pointa et prit leurs commandes. Bull demanda un café.

« Je ne veux pas aller à la maison. Il n'y a rien là-bas. »

« C'est chez tes parents. Un endroit où vivre. Loin de Clyde. »

Ils ouvrirent leurs menus. « Là ! La dinde au four, avec de la purée, et de la sauce aux airelles. C'est ce que je vais prendre. »

La serveuse se tourna vers elle. « Vous voulez la spécialité de Thanksgiving ? »

Tiffany acquiesça.

« Et de la farce avec ? »

« Oui, s'il vous plait. »

« Et vous ? » Elle se tourna vers Bull.

« Je vais prendre un burger et des frites. Avec un milkshake au chocolat. »

Tiffany fit la moue alors que la serveuse écrivait la commande. « Tu ne passes pas Thanksgiving avec moi. »

« Écoute. Je suis là. Je paye. Ne pousse pas le bouchon trop loin. Je n'ai pas envie de manger maintenant. »

« Tu le fêtes demain avec ta copine ? »

Il fixa ses doigts.

« Ne sois pas embarrassé. Tout va bien. Elle est plutôt gentille avec moi. »

« Ah bon ? »

« Ouais. Elle m'a aidé à trouver mes médicaments gratuitement. Elle est bien. Je vois pourquoi tu l'aimes. »

« Elle est géniale. » *Mais on est séparés, parce que je suis un trou-du-cul. Sans doute.*

Tiffany pleura sur la serviette. « Bull, je ne sais pas quoi faire. Aide-moi. »

« Si. Tu dois rentrer chez toi. Loin de ce taré. Puis tu dois trouver un nouveau travail, un nouveau compagnon. Tu connais l'histoire, tu n'es pas stupide, Tiff. »

« J'étais stupide de te perdre. »

« Peut-être. Peut-être que nous n'étions pas faits l'un pour l'autre. »

Le serveur arriva avec leur nourriture. Bull était content de manger, afin de pouvoir éviter de parler. C'était surprenant qu'après tant de temps passés ensemble, être fiancés, et tout, il n'ait rien à lui dire. Comme s'ils vivaient sur des planètes différentes. Leur connexion avait disparu des années avant.

« Dis-moi, » dit-elle, mastiquant sa dinde, « Tu croises toujours ce con, Horse Jackson ? »

« Ouais. Il joue toujours pour les Bobcats. »

« Il t'embête ? »

« Nan, plus maintenant. Je sais comment m'en occuper. »

Et soudainement, malgré la tension entre les deux, ils retombèrent presque dans leurs vieilles habitudes, parlant de joueurs et de matchs passés. Bull souriait plus. Le burger était bon, le milkshake aussi. L'intérêt de Tiffany pour le football facilitait la discussion. Il lui raconta quelques nouvelles histoires et elle ne rit.

Elle termina le diner avec une tarte à la citrouille pendant qu'il buvait un autre café. Il revoyait certaines des choses qui l'avait attiré chez elle. Elle pouvait être intéressée quand elle n'était pas concentrée sur son propre nombril. Il avait apprécié le diner. Ça ne voulait pas dire que quoi que ce soit se passerait entre eux, mais c'était mieux que de manger seul.

Il paya et laissa un pourboire. Tiffany le remercia. Il ouvrit la porte et l'accompagna jusqu'à l'Abri. Il pensait que Sam serait partie depuis longtemps mais elle était toujours là. Quand il la vit, il fut pris de remords, et commença à suer. *Comment je vais expliquer être ici avec Tiffany ?*

« Salut Samantha, » dit Tiffany avec un regard méchant.

« Tiffany. Sly ? Qu'est-ce que tu fais là ? »

« Elle t'appelle Sly. C'est mignon. »

Samantha se rigidifia. Elle semblait troublée, et son regard croisant celui de Bull était plein de douleur. Soudainement, la pièce devint très chaude.

Tiffany les regarda l'un l'autre. « C'est l'heure pour moi d'y aller. Bonne nuit Bull. Merci pour le repas. » Elle se hissa sur la pointe des pieds et l'embrassa sur la joue. Il la poussa et ne répondit pas. Elle haussa les épaules, sortit ses clés et entra dans le bâtiment.

« Tu sors avec elle ? »

« Bien sûr que non ! Elle est mariée et je... je sors avec toi. »

« Ne me laisse pas te retenir. » Le ton de sa voix était glacial.

« Ne sois pas comme ça. Elle m'a appelé. C'est Thanksgiving, Samantha. Puisque je ne viens pas chez Devon demain, je me suis dit que c'était mieux que rien. »

« Et alors ? » Elle posa sa main sur sa hanche.

Il changea de jambe d'appuis. « Mieux que toi ? Jamais. »

« Je t'ai dit de venir demain. Si tu ne viens pas, tout le monde va se demander... »

« Oublies les autres. Je te manquerai si je ne viens pas ? » Il se rapprocha.

Samantha fixa le sol. « Ne me demande pas ça. »

« Pourquoi pas ? » Il lui souleva le menton pour que leurs regards se croisent.

« Bien sûr que tu vas me manquer, » chuchota-t-elle, commençant à pleurer. « Mais il me semble que tu as quelqu'un d'autre à l'esprit. »

« Non. Je ne pouvais pas la laisser seule. Je croyais que toi, parmi tous les autres, pourrait comprendre. »

Il la lâcha.

« Moi ? Pourquoi moi ? »

« Parce que tu as de la compassion. Comment pourrais-je l'envoyer balader le jour de Thanksgiving ? Penses-y. » Il respira. Il était complètement ouvert, vulnérable. « Je parie que si elle t'avait demandé, tu l'aurais invité demain, » déclara Bull.

Samantha retint sa respiration, et la lâcha en le regardant. « C'est possible, en vrai. »

« Tu vois ! C'est ça. J'ai fait ce que tu aurais fait. Ce que n'importe qu'avec un cœur aurait fait. Il n'y a rien entre Tiffany et moi. »

« Pas parce qu'elle ne le veut pas. »

Bull regarda le sol de nouveau. *La vérité, sale con. Dis-lui la vérité.* « Merde, oui, tu as raison. Oui, elle en veut plus. Mais il en faut deux. Et je ne veux pas. Je ne la veux peux. Je ne veux personne sauf toi. »

Les yeux de Samantha s'humidifièrent encore. Elle jeta un coup d'œil à sa montre. « Il se fait tard. J'ai beaucoup de choses à faire. Je rentre à la maison. »

« Bonne idée. »

SAMANTHA PRÉPARA SON sac. Bull ouvrit la porte quand elle fut prête. Alors qu'ils se dirigèrent vers leurs véhicules, aucun n'était conscient qu'un homme dans une vieille voiture les avait observés.

Frustré, Clyde Belden s'insulta en silence, cognant le volant. Son idée était pourtant si parfaite.

« Il y a toujours demain soir, ma belle. Ma femme, tu vas rentrer à la maison. Et je vais t'apprendre à fuir comme ça. »

Il se moucha et alluma une cigarette. Il était tard. Quand Tiffany rentrerait, elle retrouverait un travail, et il continuerait de fumer. Pendant ce temps, sa dernière devrait tenir. Il alluma le moteur, tira deux fois de plus sur sa cigarette et l'écrasa dans son cendrier pour la finir plus tard. Puis il reprit la route pour rentrer chez lui, où sa dinde à emporter attendait sagement.

Chapitre Treize

PUISQU'ELLE AVAIT BEAUCOUP à faire avant la fête, le lendemain à quatre heures, Samantha avait décidé de passer la nuit dans la chambre d'ami chez son frère. Elle pourra donc ainsi commencer tôt. Elle ramena des plantes et un pull, parce que l'appartement de Devon était assez froid. Sam espérait que Stormy remonterait la température. Elle emporta aussi

Elle se mordit la langue et regarda sa robe rouge foncé. C'était sa tenue traditionnelle de Thanksgiving. Avec ce décolleté plongeant, elle se sentait spéciale, belle. *Si Sly vient.*

Sur le chemin jusqu'à chez Devon, Sam se posa une multitude de questions. *Est-ce que Sly m'aime ? Est-ce qu'il va se remettre avec Tiffany ? Est-ce qu'il le pense vraiment quand il dit qu'il ne veut pas de mariage ? Est-ce que ce n'est pas trop tôt pour que je me préoccupe avec ça ? Oui, sans doute. Mais est-ce que je veux abandonner l'idée ? Juste parce qu'il a peur que je refuse. Devrais-je refuser ? Devrais-je arrêter de le voir ? Pas moyen. Est-ce que je l'aime assez pour l'épouser ? C'est trop tôt pour savoir. Je ne suis pas sûre. Mais il est merveilleux. Il me manque.*

Elle soupira alors que le feu passa au rouge. Un regard salace du conducteur de la voiture d'à côté lui rappela qu'elle n'avait pas fermé les portes de sa voiture à clé. Elle le fit, et se sentit plus en sécurité. *Il y a des hommes fous partout.* Elle repensa à Clyde Belden, en frissonnant. Elle ressentait de la pitié pour Tiffany, être mariée à un homme si violent. Quand le feu changea de couleur, elle appuya sur l'accélérateur et se dépêcha d'arriver à destination.

Après s'être garée devant chez son frère, elle se calma en prenant de grandes respirations. Elle avait été dévastée de voir Bull marcher avec Tiffany. Elle ne s'y attendait pas. Elle avait mal au ventre rien que de penser à son amoureux dans les bras d'une autre femme. Sam savait que Tiffany voulait le récupérer. Elle lui avait clairement dit.

Pouvait-elle rester de marbre devant son frère et Stormy, comme si rien ne s'était passé ? Ils s'attendraient à ce qu'elle soit heureuse et pleine de vie. Les Kings avaient gagné, et ils allaient passer une soirée formidable avec leurs familles. Comment pourrait-elle y aller en pleurant et sans s'expliquer ?

Le son de son frère lui disant 'Je t'avais prévenu' résonnait dans ses oreilles. Elle ne voulait pas entendre ça, et ne voulait donc rien lui dire. Et pourtant, elle voulait désespérément se confier à Stormy. Son amie la comprendrait et ne la jugerait pas. Pas comme son frère, toujours aussi protecteur. Mais maintenant, c'était la dernière chose dont elle avait besoin.

Elle sortit et ferma doucement la porte. Jetant un coup d'œil à la maison, elle les vit dans le salon. Sa montre indiquait dix heures du soir. Ils iraient bientôt se coucher. Après ça, elle pourrait rentrer et aurait jusqu'au matin pour se calmer et préparer son histoire.

Ce qu'elle pourrait dire n'était pas tant important. Si Bull ne venait pas, s'il y avait un siège vide à table, elle aurait besoin de donner des explications. Pas seulement à Stormy et Devon, mais aussi au meilleur ami de Bull, Trunk. L'humiliation, celle de devoir afficher sa vie devant tout ces gens, l'apeurait.

Les lumières du salon s'éteignirent. Elle sourit. *Je dois remercier l'excitation de mon frère pour ça.* Samantha ouvrit le coffre et prit son sac. Le refermer silencieusement était compliqué. Quand elle la claqua légèrement, elle retint sa respiration. Elle jeta un coup d'œil à la chambre. Les lumières étaient toujours éteintes. Personne n'apparut.

La porte du sous-sol était dans le garage, qui était ouvert. Elle y entra sur la pointe des pieds. Elle parvint à tourner la poignée sans faire de bruit. Mais les gonds de la porte craquèrent. Quand Brodie, le chien de Devon et Stormy, aboya, Sam soupira et ferma les yeux. Elle entendit des bruits cliquetant. Une prière échappa de sa bouche que son frère ignorerait son chien et continuerait sa partie de jambes en l'air.

Mais son corps se raidit lorsqu'elle entendit une voix. « Ne bougez pas. » Son frère, debout, tenait un pistolet.

« NE TIRE PAS, DEVON. C'est moi, » dit Samantha, tremblant.

« Sam ? Qu'est-ce que tu fais ici ? » Il baissa son arme, Stormy se tenait derrière lui, se mordant la lèvre.

« Thanksgiving est demain. J'ai beaucoup de préparations à faire. »

« Techniquement, c'est aujourd'hui, mais d'accord. Je comprends. » Il se retira et laissa les femmes passer d'abord.

« Mauvais timing, » dit-il, remontant. « Et pourquoi rentrer en douce dans la maison ? Pourquoi t'es pas passée par la porte d'entrée ? T'as la clé. »

Il mit le flingue dans la poche de son peignoir. Les jambes dénudées des fiancés indiquaient que Sam avait eu raison quant à la teneur de leurs ébats. Elle tenta de trouver les mots, mais rien ne sortit. À la place, elle fondit en larmes.

Stormy la prit dans ses bras et l'amena dans la cuisine.

« C'est en rapport avec ce trou-du-cul de Brodsky, non ? »

« Shhh, » dit Stormy, posant un doigt devant sa bouche.

« Je savais que tu allais dire ça, » couina Sam.

« Alors pourquoi... ? » Mais avant qu'il ne termine sa question, Stormy lui tira le bras et l'éloigna. « Quoi ? »

« Elle est en colère. Laisse-la. Assieds-toi et tais-toi. »

Il se renfrogna mais fit ce qu'elle dit.

« Thé ou café ? » demanda Stormy.

« Rien pour moi, » répondit Sam.

Devon secoua la tête, et Stormy s'assit à côté de son amie. « Okay, dis-nous tout. »

« Ouais. Et puis je vais aller défoncer Brodsky. »

« Va reposer le pistolet. » Stormy le fustigea du regard. Il se leva et sortit de la pièce. Quand il revint, Samantha avait séché ses larmes et buvait un verre d'eau.

« Okay, sœurette. Dis-nous tout. Qu'est-ce que cet enfoiré a fait ? »

« Pas de 'Je te l'avais dit ?' »

« Non. » Il se pencha, et l'embrassa sur le front.

Assurée qu'elle ne serait pas interrompue, Samantha raconta son histoire. Quand elle eut terminé, elle nettoya le verre et le rangea.

« J'ai du mal à l'admettre, mais on doit mettre à son crédit de ne pas avoir envoyé balader cette idiote de Tiffany. »

« Je suis d'accord, » ajouta Stormy.

La réaction de son frère était pour le moins inattendue.

Samantha se dirigea vers le salon et s'arrêta devant la fenêtre, regardant la lune. Devon et sa fiancée la rejoignirent.

« Donc tu es de son côté ? » demanda Sam à Devon.

« Tu n'es pas sérieuse ? Bien sûr que non. Mais il n'a pas tort. Et tu devrais l'applaudir pour avoir fait la bonne chose. Comment te sentirais-tu s'il l'avait abandonnée ? »

« Qu'est-ce que tu veux dire ? »

« Bah, s'il était prêt à la jeter en pâture aux loups, tu ne te demanderais pas s'il t'abandonnerait aussi, si la situation changeait ? Tu ne penserais pas qu'il soit un peu froid ? »

« Je suppose. Tu marques un point. »

« Toujours, nan ? » Il ricana.

Sam posa ses mains sur ses hanches. « Pourquoi est-ce que tu dois toujours être à la fois chiant et avoir raison ? »

Stormy encercla Devon de ses bras. « Tout sera différent demain matin. Allons-nous coucher. »

« Pas besoin de le répéter, » ricana-t-il.

Samantha rit malgré elle et les suivit à l'étage. En entrant dans la chambre d'amis, elle maudit son frère qui coupait le chauffage. Elle frissonna en enfilant sa robe de nuit et retira la literie.

Elle rentra dans le lit. La pièce était froide. *J'aurais aimé que Sly soit là. Il me réchaufferait.* Puis elle pouffa en y pensant. Elle sortit du lit et y déposa une couverture de plus. Puis elle s'y réfugia encore, en position fœtale, cachée sous la couette.

Le grand corps de Sly pouvait réchauffer n'importe quel lit, et son corps aussi. Lorsqu'elle ferma les yeux, elle se remémora leur dernière nuit passée ensembles. En se concentrant, elle pouvait sentir de nouveau le contact de leurs peaux. Elle s'endormit en pensant à lui.

Le matin, Samantha se leva à sept heures, plus tard que prévu. Elle n'avait pas réalisé à quel point elle était fatiguée de tous les drames de sa vie. Elle était rafraichie, renouvelée. En s'habillant, elle se promit de ne jamais abandonner Sly Brodsky et de ne pas laisser Tiffany le récupérer. Elle ne se permettrait pas de le perdre. Une odeur de café venant d'en bas lui chatoya les narines.

Stormy était déjà dans la cuisine, assise sur la jambe de Devon, l'embrassant. Samantha se racla la gorge mais son frère n'interrompit pas le baiser.

« Uh, vous pourriez garder ça pour votre chambre, s'il vous plait ? »

« J'embrasserai ma fiancée dans ma maison quand ça me chante. Ne regarde pas si ça te gêne. »

« Je crois que quelqu'un lui manque, » dit Stormy.

« Oh doux Jésus. Tu embrasses Brodsky ? Ne me dis pas ça avant que je prenne mon petit-déjeuner. » Il fit semblant d'avoir des haut-le-cœur.

« Pas mal. » Sam secoua la tête.

Devon rit. « Si tu termines avec lui, je n'arrêterai jamais les blagues. Sur lui. »

« Il est plus grand que toi. Je ferais attention. »

Stormy pouffa. « Que dîtes-vous d'un café, d'un petit-déjeuner et puis qu'on s'occupe de cette liste immense ? »

Le trio se mit à l'ouvrage. Devon fit des œufs et des toasts, pendant que les deux femmes sortirent la dinde et les ingrédients pour la farce. Elles passèrent quelques heures à préparer le repas. Devon s'occupa des couverts et de la table.

À onze heures, Verna et Hank arrivèrent.

« Donnez-moi un travail, les filles, » déclara la femme mature, se retroussant les manches.

« Viens avec moi, Hank. J'ai une liste de courses qu'il faut qu'on fasse. » Les deux hommes sortirent.

Les arômes de la dinde rôtie et de la farce prirent lentement le dessus sur l'odeur de la maison. Cette se trouvait être plus fraiche que prévue, avec un vent glacial. Quand les deux hommes rentrèrent des courses, Devon se montra content de ne pas avoir à jouer avec un temps pareil. « Il faisait beaucoup plus chaud hier, » dit-il en posant par terre des packs de bières et de cidres.

« Ça sent bon ici, les nanas. » dit Hank.

Stormy et Samantha se regardèrent en entendant le mot 'nanas' et sourirent. Il arriva derrière Verna, posant ses mains sur ses épaules. Il s'abaissa pour l'embrasser dans le cou. Elle se défie de son étreinte.

« Je ne pense pas que tu devrais faire ça quand Buddy sera là. »

« Moi non plus, » ajouta Verna.

« Eh, franchement. Il n'est pas si prude que ça, si ? »

« Buddy ? Prude ? » Devon rit aux éclats. « Mais c'est sa mère, et c'est très différent. »

« J'imagine. »

« Trouvez-lui un boulot, les filles, » chuchota Verna.

« Hank, tu pourrais couper le céleri ? »

« Je me débrouille avec un couteau. Où ça ? »

Les cinq travaillèrent ensembles, discutant et riant pendant qu'ils préparaient le diner massif prévu pour leurs amis. Le cœur de Sam s'allégea. Son corps était excité à l'idée de voir Sly bientôt. À une heure, Hank ouvrit une bouteille de Cabernet et servit les dames. Lui et Devon prirent des bières.

A QUATRE HEURE, LA table était mise, et le repas préparé. Chacun était habillé. Sam était la dernière dans la salle de bains. Elle fit glisser la robe rouge au-dessus de sa tête, admirant son image et son sourire dans le miroir. L'excitation de la célébration avait envahi ses veines, et elle bouillonnait de bonheur. Elle brossa ses cheveux brillants et foncés, se maquilla légèrement, se glissa dans ses chaussures, et rejoignit les autres.

La sonnette commença à sonner. Les Montgomerys furent les premiers à arriver. Lauren fut installée sur le sofa et reçut un grand verre de cidre. Hank et Griff jouaient avec Chip. A peine eurent-ils pris place, que Buddy et Emmy arrivèrent.

Derrière eux entrèrent Trunk Mahoney et son épouse, Mary. La salle se fit silencieuse quand elle entra. Certains des invités ne l'avaient encore jamais rencontrée. C'était une femme petite, avec des cheveux courts et sombres. Elle portait du noir, un pantalon en velours côtelé et un chandail beige. Trunk était habillé pareillement, mais en bleu. Il la présenta à la ronde. Elle se tint en arrière, d'abord timide.

Finalement, tout était prêt. Verna appela à table.

Samantha l'arrêta presque, mais Stormy l'a pris à part. « Peut-être il a été retardé ? Il s'est endormi ou quelque chose comme cela. Nous devons manger, ou tout sera immangeable. »

« Il vient. Je sais juste qu'il vient, » dit Sam, incapable de cacher le tremblement dans sa voix.

Stormy serra son épaule.

Devon les rejoignit d'un pas nonchalant. « Quelque chose doit s'être passé. Je suis sûr que vous aurez des nouvelles de lui. Allons manger. »

Les yeux de Sam se mouillèrent alors qu'elle acquiesça.

Il la prit dans des ses bras et l'étreignit. « Cela va aller, sœurette. Tu verras. »

Reconnaissante pour le soutien qu'il lui apportait au lieu de la moquer, elle prit une profonde respiration et se joint les autres. Chacun prit un siège. Griff attacha son fils dans la chaise haute qu'ils avaient apportée de leur maison. Le petit garçon était fatigué et heureux de se reposer et manger. Lauren s'assit d'un côté et Griff de l'autre. Elle plaça quelques bâtons de carottes sur le plateau, et il les prit.

Stormy, Verna, et Samantha se retournèrent pour apporter le plateau puis la cocotte, suivant le plat principal. Ils savaient que l'alimentation de l'équipe de football était un travail important.

La table gémit sous le poids de deux plateaux de dinde, découpés de façon experte par Hank Montgomery. Avec cela, il y avait deux cocottes remplies d'accompagnements, un avec de la purée de pommes de terre, et l'autre de patates douces à la guimauve. Une cocotte de courge et de fromage rejoint un plat des choux de Bruxelles. Ils eurent trois sortes de canneberge : fait maison avec la baie orange, entière, et en gelée. Une salade verte avec de la sauce César accompagna le repas.

La nourriture remplit la table et le buffet. Devon dit une prière de Thanksgiving avant qu'ils aient commencé à manger. Samantha avait attendu avec intérêt la nourriture, mais quand elle eut jeté un coup d'œil sur la place vide, où Sly était attendu, son appétit disparut. Toutefois, elle goûta tout et mangea, indépendamment de son état émotionnel.

Du vin fut versé et de la bière bue par pack de six. La salle était tranquille, avec seulement le bruit de la mastication et du 'oh' des mangeurs rassasiés. Sam observa Buddy regarder Hank Montgomery, qui était assis à côté de Verna.

« Ainsi, Verna et Hank, vous allez tous deux être grands-parents, hein ? » Devon demanda.

« Ouais. Ma maman va être grand-maman. Mais Hank ne sera pas le grand-père de mon enfant. »

Le bruit agréable des couteaux et des fourchettes s'entrechoquant s'arrêta. Tous les yeux se levèrent vers Buddy.

« Exact, Buddy. Chacun de nous aura de nouveaux bébés, mais avec différents enfants. » dit Hank.

La tension s'apaisa un instant.

« Vous n'allez jamais épouser ma maman, Hank. J'espère que vous réalisez cela. »

Emmy a saisi son bras. « Buddy ! »

« Mon fils, s'il te plait. Ce sont mes affaires, pas les tiennes, » dit Verna.

« Ce qui t'affecte, m'affecte. »

« Je n'aurais pas les nerfs pour demander à une chouette femme comme votre mère d'épouser un vieux marginal comme moi, » amena Hank, coupant en tranches un morceau de viande.

« Bon. Comme cela nous sommes clairs. » Buddy prit une gorgée de sa bière.

Le soulagement était presque palpable. Sam jeta un coup d'oeil à Mary Mahoney. Elle s'était terrée devant son assiette, tête baissée, se cachant des regards. Samantha voulut flanquer une claque à Buddy pour avoir rendu les choses aussi tendues. Elle pouvait à peine contenir sa colère. *Qui croît-il être, pour ruiner notre belle fête ?*

Puis, Trunk commença et fit empirer les choses. « Bordel, où donc est ce trou du cul, Brodsky ? »

Mary tapota son épaule doucement. « Al ! Gaffe à ton langage. »

« Aw, ils ont l'habitude avec moi. »

« Arrête, » lui lança-t-elle. « Il y a un enfant ici. »

« Oh, ouais. J'ai oublié. Désolé. »

Les gens se concentrèrent sur leur nourriture, évitant les regards avec le couple.

« Alors, Samantha ? Où est-il ? Tu l'as fait fuir ? » insista Trunk.

C'était la goutte de trop. Son estomac vacilla. Le dîner qui s'était tellement lentement était sur le point de devenir moins agréable. Sam saisit sa serviette, la tint au-dessus de sa bouche, et sortit de table. Elle courut en haut dans la salle de bains et claqua la porte, qui a resta entrebâillée.

Pendant qu'elle se penchait au-dessus de la cuvette, elle entendit les échanges dans la salle à manger.

« Bravo, Trunk ! » dit Devon.

« Qu'est-ce que j'ai fait ? »

« Tu as gêné Sam, » intervint Buddy.

« Je n'ai pas voulu dire çà. Je veux dire, Bull est mon meilleur ami. J'ai pensé qu'il allait être ici. Il m'a dit qu'il voulait vraiment venir. Il est tombé malade ou quelque chose du genre ? »

« Tu ne sais pas quand la fermer bordel ? Je veux dire, franchement, mec, » continua Devon.

« Al, je pense que tu devrais laisser tomber, » la voix de Mary était basse, mais Sam l'entendit quand même.

« Ok, ok. C'est pas ce que je voulais dire. »

« Je sais, Buddy, je sais, » dit Devon. « C'est juste que c'est des trucs personnels. »

« Je suis désolé. »

« Changeons de sujet, » proposa Mary.

« Que diriez-vous des Miners ? Quelle bande de mauviettes qui ne peuvent ni tacler ni lancer une balle. »

Il y eu un concert de rires tout autour. En partie de soulagement, mais aussi à cause de la référence de Trunk à l'équipe qu'ils avaient juste battue.

Griff se lança dans une analyse de ce que les Miners faisaient mal. Chaque membre de l'équipe ajouta son point de vue, et la discussion entra dans les complexités du football. A l'étage, Sam lava son visage et sa bouche. Elle s'assit pendant un instant, jusqu'à ce que ses jambes aient cessé de flageoler. Il y eut un coup sur la porte, puis un visage familier s'incrusta dans la porte. C'était Stormy.

« Tu vas bien ? »

Sam hocha la tête. « Toute cette super nourriture que nous avons travaillé tellement dur à préparer. »

« Peut-être vous auriez dû faire un potage au poulet. »

Sam a grimacé. « Peut-être. »

« Tu vas bien maintenant ? Peux-tu revenir ? J'ai enlevé son couvert. »

« Ce qui je ferais sans toi ? » demanda Samantha.

« Je n'en ai aucune idée. » dit-t-elle en souriant à son ami.

Quand les femmes retournèrent dans la salle à manger, tous les invités se tenaient tranquille.

« Je vais bien, » dit Sam.

La conversation se relança. Il y avait des discussions sur quelle équipe serait plus difficile à battre dans les finales, les Bobcats de Columbus ou les Sidewinder de Saint Louis.

« Sigh-binders. » Chip imita les hommes, créant l'hilarité des invités.

Buddy resta silencieux. Son regard fixe darda la salle, jusqu'à ce que, au final, il éclata, « Quelles sont vos intentions envers ma mère ? » Il fit face à Hank.

Il y eut un grand silence.

« Buddy ! » s'exclama Verna avant de mettre sa main devant sa bouche.

« Passer du temps avec elle et faire son bonheur, si cela t'intéresse. Je sais que c'est ta maman et que tu t'inquiètes beaucoup pour elle. Mais c'est une adulte, Buddy. Elle peut me demander de partir n'importe quand. »

« Et tu le ferais ? »

Hank rit sous cape. « Probablement pas sans dispute. »

« Tu vois ? »

« Je veux dire, essayer de la convaincre que nous devrions rester l'un avec l'autre. Rien de plus. Tu pensais à quoi ? »

« Je ne sais pas. Ne sois pas dur avec elle. Ne la blesse pas. Et ne l'épouse pas. »

« Oh, ainsi tu veux que j'aie de bonnes intentions, mais pas de mariage ? »

« C'est ça. »

Hank éclata de rire. « T'es drôle, Buddy. Au cas où tu ne saurais pas, ta maman m'a déjà dit qu'elle ne veut pas se marier à nouveau, avec qui que ce soit. »

« Elle a dit cela ? » Buddy jeta un coup d'œil vers Verna.

« Ouais. Et je respecte cela. Pas sure je sois d'accord, mais je ne suis pas toujours en désaccord. »

Buddy s'énerva. « Ce qui veut dire ? »

« Ce qui veut dire que je ne suis pas sûr d'être fait pour le mariage. Je suis un peu un vieux célibataire maintenant. »

Il y eu des rires étouffés tout autour.

« Maintenant que tu as déballé ma vie personnelle sur la table, Elroy, c'est bon ? Tu as fini ? » sa mère demanda, fronçant les sourcils.

Buddy ravala. « Désolé, Maman. J'essaie juste de te protéger. »

« La fois prochaine, pourrais-tu le faire en privé ? » Verna plaça sa main sur son avant-bras.

« Je n'ai pas voulu te mettre dans l'embarras. Je devais clarifier quelques trucs avec Hank. »

« Et c'est clair maintenant ? »

« Je suppose. »

Hank se pencha au-dessus de l'assiette de Verna et présenta sa main à son fils. Buddy la regarda avec les yeux tristes et lui serra la main. Les hommes et les femmes applaudirent. Le petit Chip Montgomery battit des mains et cria, « baise là ! »

Le bruit s'arrêta immédiatement dans l'assemblée étonnée. Puis, tous éclatèrent de rire.

« Tu vois ? Je te l'avais dit, » grogna Lauren à son mari.

« Vaux mieux rire, Lauren. Vaux mieux, » répondit-il.

Chip avait aimé attirer l'attention et continua à répéter les mêmes sornettes, provoquant des éclats de rires supplémentaires.

« Je comprends que je devrais faire attention à ce que je dis à la maison, » dit Griff, secouant sa tête.

« Tu penses ? » convint Lauren.

LE DÎNER DURA JUSQU'À neuf heures. Chip s'endormit dans la chambre d'amis. Les hommes étaient collés devant *National Lampoon's Christmas Vacation,* tandis que les femmes nettoyaient. Après, les mecs les ont remplacées tandis que les dames s'en remettaient.

« Pourquoi tu ne resterais pas ce soir aussi ? » proposa Devon à sa sœur.

« Bonne idée. Je suis fatiguée. Et je dois encore fermer l'Abri. »

« Tu dois aller là-bas maintenant ? »

« Ouais. Il ferme à dix heures. » Elle jeta un coup d'œil à sa montre.

Les gens commencèrent à partir. Griff porta son fils endormi à la voiture et l'attacha dans le siège. Buddy, Emmy, Verna, et Hank partirent ensemble. Buddy et Hank parlèrent de football, alors que Emmy et Verna parlaient bébés.

Trunk et Mary restèrent un peu.

« Je suis vraiment désolé, Samantha. S'il te plait, crois-moi. Je ne voulais pas te faire de peine, » dit Trunk.

« Pas de problème, Trunk. Je comprends. » Elle lui permit de lui faire un câlin.

« Bull va me tuer s'il découvre. »

« Je ne lui dirai rien, » la rassura Sam.

Mary parla pour la première fois depuis des heures, les remerciant, et se dirigeant droit vers la porte.

« Elle n'a jamais semblé à l'aise ici. Trunk non plus, » dit Devon.

« Elle est soit étrange ou soit très timide, » ajouta Stormy, étouffant un bâillement.

« Allez-vous coucher. Je serai bientôt de retour. » Sam gesticula pour enfiler son manteau et prit ses clés.

« Ferme à clé quand tu rentres à la maison. Nous serons debout » dit son frère, s'installant sur le sofa avec Stormy.

« C'est ce qu'il pense, » ajouta Stormy, bâillant.

Sam tourna la soufflerie du chauffage dans sa voiture. Ses doigts étaient gelés, et elle regretta d'avoir laissé ses gants à l'intérieur. *Je me demande ce que Bull a fait aujourd'hui ? Était-il avec Tiffany ? Probablement.*

Même la lumière des réverbères brillait froidement, illuminant l'obscurité, mais ne fournissant aucune chaleur. Les petites rues étaient abandonnées. Elle imagina que les rues principales étaient pleines de véhicules rentrant à la maison après les courses le jour le plus chargé de l'année. *Thanksgiving un Black Friday. Je crois que j'ai épargné un paquet d'argent en restant maison aujourd'hui.*

Les lumières étaient allumées dans l'abri. Le couvre-feu était à dix heures. Le directeur encourageait les résidents à être rentrés avant. Samantha se gara et marcha vivement pour sortir du froid. Elle ne remarqua pas la voiture qui avait juste éteint ses phares de l'autre côté de la rue.

Elle passa par la porte de sécurité. Il y avait un panneau avec des crochets et des clés à l'entrée principale accrochant sur le dos. Les résidents étaient autorisés pour prendre la clé quand ils avaient prévu d'être après dix heures. Elle compta les clés et le nombre était bon.

« Salut là-dedans. »

Samantha se retourna. Tiffany se tenait devant elle en pyjamas.

« Salut. Comment ça va ? » demanda Sam.

« Bien. Et toi ? »

« Ok. » Elle se tourna pour s'en aller, mais la blonde attrapa son bras.

« Bull m'a parlé de ton grand dîner de Thanksgiving d'aujourd'hui. »

Sam inclina la tête, la douleur encore trop récente pour parler.

« Il avait dit qu'il ne venait pas. Il est venu ? »

Sam secoua sa tête.

« Il n'était pas avec moi aujourd'hui. »

« Oh ? » Sam fronça les sourcils.

« Non. J'ai passé la journée à lire. Je ne sais pas où il était. Mais ce n'était pas avec moi. »

« Merci. » La brune se prépara à partir, mais pour être de nouveau arrêtée.

« Il t'aime vraiment, sais-tu, » dit Tiffany.

« Vraiment ? »

« Ouais. Je peux le dire. Il ne parle pas de toi, mais je vois l'aspect de son visage quand ton nom est mentionné. Il est à toi. Ne le repousse pas, comme je l'ai fait. Tu le regretterais. C'est quelqu'un que tu dois garder. »

Cette fois, Samantha parvint à atteindre la porte. Elle hésita pendant un instant. « Merci. Merci pour ça. »

Tiffany hocha la tête.

Sam revint dans la salle d'attente et ferma à clef derrière elle. Elle mit la clé dans son sac, vérifia ses mails sur l'ordinateur, puis, n'en trouvant aucun, l'éteignit. Sortant son mobile, elle commença un texto pour Bull. *Peut-être ai-je tort à propos de lui.*

Avant qu'elle n'ait pu taper quoi que ce soit, la porte s'ouvrit violemment. Clyde Belden entra, s'arrêta devant son bureau, et brandit une batte de baseball.

« Ouvre cette porte, ou je t'éclate la tête. »

Chapitre Quatorze

SAMANTHA SURSAUTA, lâchant presque son téléphone. « Quoi ? » Elle posa son portable sur sa cuisse, hors de son champ de vision, écrit deux mots et appuya sur 'envoyer'.

« Pose ton téléphone ! Tout de suite ! » Clyde tenait la batte de baseball à quelques centimètres de sa tête.

Elle ne bougea pas.

« Donne-le-moi. » Il tendit sa main libre.

« Okay, okay. Du calme. » Elle lui tendit le téléphone.

Il l'arracha de sa main et le balança contre le mur. Il explosa. « Calme mon cul ! Je veux Tiffany. C'est ma femme. Ramène-la-moi. »

« Je te l'ai dit, je ne sais pas où elle est. »

« Arrête avec ces conneries. Je sais qu'elle est ici. »

« Certaines des femmes ici n'utilisent pas leurs vrais noms. »

« Arrête de m'entuber. Je l'ai vue. Rentrant du restaurant. »

« Tu l'as vue ? Alors pourquoi tu n'es pas allé la voir ? »

« Elle est entré et a disparue avant que je ne puisse la rattraper. »

Continue de parler. Les doigts de Samantha cherchaient le bouton de sécurité.

« Qu'est-ce que tu fais ? » Le regard de Clyde alternait entre son visage et le bureau.

« Rien. »

Il arracha la ligne du téléphone, décrochant le combiné du reste de l'appareil. Mas ça n'était pas assez. Il retira les câbles du mur, et balança le tout au travers de la fenêtre. Des morceaux de verre volèrent dans les airs. Quelques-uns se plantèrent dans le bras de Samantha.

« Voilà. C'est juste toi et moi, salope. Les deux mains sur le bureau. Allez. Que je puisse les voir. Tout de suite ! »

Pendant qu'il était occupé avec le téléphone, les doigts de Samantha avaient trouvé le bouton et elle avait appuyé dessus. Elle leva les mains. « Tu vois ? Je ne cache rien. »

« Menteuse. Tu caches quelque chose. » Il fronça les sourcils. « La clé. Où est la clé ? »

« Je ne sais pas. Je ne l'ai pas. Je le jure ! C'est un des résidents qui a fermé de l'intérieur. »

« Je vais juste frapper. »

« Ils n'ouvriront pas. On leur a dit de ne jamais ouvrir la porte. »

« Alors je vais la défoncer. » Il détruit le pot de fleurs de son bureau avec la batte. Il s'éclata dans un grand fracas et dans des milliers de petits éclats. Sam se boucha les oreilles et ferma les yeux. « Ta tête va finir comme ça si tu ne me donne pas la clé. »

« Je te l'ai dit. Je ne l'ai pas. »

« Arrête de mentir ! Je ne sais pas ce que tu trafiques, personne ne va venir t'aider. »

Allez Bull, décroche ton téléphone. Elle se demanda pourquoi elle n'avait toujours pas entendu de sirènes. Est-ce que le bouton fonctionnait, au moins ? Elle ne l'avait jamais utilisé auparavant, donc elle n'en était pas sûre. « Je sais que tu ne veux pas me faire de mal, Clyde. »

Il ricana. « Tu crois ? Repenses-y. Je m'en fous de toi. Je préfère la porte à toi. »

Samantha déglutit. Les battements de son cœur doublèrent. « Ce n'est pas en allant en prison que tu auras plus de temps pour voir Tiffany. »

« Personne ne saura que c'est moi qui t'ai tué. Et quand j'en aurai fini avec toi, on ne pourra pas te reconnaitre de toute façon. » Il tapota la batte dans la paume de sa main.

Des gouttes de sueur perlèrent sur son front. Ses mains devinrent moites et son corps commença à trembler. Elle prit l'agrafeuse pour l'utiliser comme une arme.

« Une agrafeuse ? » Il rit. « Ça ne va pas vraiment t'aider. »

Elle baissa les yeux. « Ah oui. Tu as raison. »

« Allez, donne-moi la clé, ou je vais défoncer la porte. » Il frappa un cadre sur le mur, qui explosa en tombant sur le sol.

Puis il s'avança. Elle se figea. Elle leva le regard vers lui.

« C'est rien ça. D'ici à ce qu'on ait terminé, tout sang sera répondu partout par terre. »

Aussi courageuse qu'elle soit, cette dernière menace la frigorifia. Elle commença à pleurer, prenant un mouchoir pour arrêter le sang qui coulait le long de son bras.

Brusquement, Clyde la poussa de chaise. Elle se cogna la tête et pleura plus fort encore. Il décrochait violement les tiroirs pour trouver la clé. Sam se frotta les cheveux et se mit à genoux.

« Où est cette putain de clé ? » cria-t-il.

« Je ne te le dirai pas. Jamais. Et si tu me tue, tu ne l'auras jamais. » Samantha reprit le contrôle. *C'est ma responsabilité de garder ces femmes en sécurité.*

Clyde écarquilla les yeux, en rougissant. La provocation de Samantha dépassait les bornes. Il la frappa violement, et sa tête de cogna contre le mur.

Elle s'évanouit.

BULL ÉTAIT ASSIS CONFORTABLEMENT devant la télévision, ses mains derrière la tête. Il regardait une comédie, mais il ne riait pas. Il avait passé une mauvaise journée. Il ne se sentait pas le bienvenu chez Devon, donc, malgré l'insistance de Samantha, il s'était décidé à ne pas y aller. Il gâcha sa journée, mangeant des cochonneries, regardant stupidement des programmes télés qu'il ne regardait même pas réellement. Il s'était posé la question de qui y serait, et de ce qu'ils y mangeraient. Ça ne lui prit pas beaucoup de temps de se rendre compte qu'il était celui qui perdait le plus de son absence.

Il jeta un coup d'œil à sa montre. *Dix heures. Le diner est terminé.* Il se sentit honteux alors qu'il jeta les cartons de pizzas, les sachets de cookies et les canettes de bières. Tout cela était mauvais pour sa ligne. Il s'était comporté comme un enfoiré, un enfant gâté. Alors qu'ils étaient tous réunis, s'amusant, il était seul, triste.

Il avait voulu la prévenir et puis avait pris peur. *J'étais pas si lâche avant. Couard. Le plus con sur toute la planète.*

Son téléphone sonna. *Trunk.*

« Hey, tête de bite, t'étais où ? »

« J'avais pas envie de venir. »

« T'as raté une super bouffe. Je peux à peine tenir debout. Et Samantha était assez énervée que tu ne sois pas là. Ils avaient gardé une place pour toi. C'est vraiment pas cool de ta part. T'es vraiment un abruti. »

« J'imagine, ouais. » Bull avait le cœur lourd.

Avant que Trunk ne puisse répondre, son téléphone sonna. Un texto de Samantha.

« Je dois y aller, un message de Sam. Je te rappelle, » dit-il, raccrochant.

Il lit son message et bondit. Il n'y avait que deux mots d'écrit. *A l'aide.*

Bull enfila son manteau en appelant Devon.

« Trou du cul, t'étais où ? »

« Oublie-ça. Où est Sam ? »

« Pourquoi tu veux savoir ? »

« Ne me casse pas les couilles. J'ai reçu un texto appelant à l'aide. Donc, où est-elle ? »

« À l'Abri. »

« Putain. Cet enfoiré de Clyde à dû revenir. Appelle la police. Retrouve-moi là-bas. » Il laissa tomber son téléphone dans sa poche, prit ses clé et sortit en courant de sa maison.

Il démarra en un quart de tour et fonça vers l'abris. Zigzagant entre les voitures, son rythme cardiaque s'accéléra, l'adrénaline prenant le dessus. *Ce con est fou. Qui sait ce qu'il peut faire.*

Bull ne fit pas attention à se garer correctement. Il jeta un coup d'œil au bâtiment et vit un trou dans la fenêtre. *Pas un bon signe.*

« Putain. » La porte d'entrée était fermée, mais ça ne l'arrêta pas. Il l'enfonça d'un coup d'épaule comme si c'était un défenseur adverse. Les joints ne tinrent pas. Il entra dans la pièce alors que la porte de referma derrière lui dans un grand claquement. Clyde, batte levée visant Sam, pivota.

« Baisse la batte, Clyde. » Bull gardait les yeux sur l'homme, mais scanna rapidement la pièce, cherchant Sam. Elle était contre le mur, bougeant à peine.

Belden agita la batte devant Bull. Le son des sirènes attira son attention, et donna à Bull l'opportunité dont il avait besoin. Le footballeur savait comment profiter de cette inattention. Il baissa la tête et chargea Clyde. Le bruit de son torse sous la violence du tacle indiqua à Bull qu'il avait fait mouche.

Sly lui fit percuter le mur, le faisant lâcher la batte. Bull la ramassa et la balança par la fenêtre. Puis il se tourna vers Clyde et lui mit une droite dans l'estomac et dans le visage. Il s'effondra.

« Ne bougez plus. Mains en l'air, » dit un policier, entrant, arme brandie et pointée face à Bull.

Devon était juste derrière lui. « Non, c'est Bullhorn Brodsky. Il joue pour les Kings. C'est l'autre gars que vous devez arrêter, » dit Devon.

L'officier baissa son arme, et se dirigea vers l'homme allongé et se massant la mâchoire. Bull s'approcha de Samantha. Il la porta, la posant contre sa poitrine.

« Sly ? »

« C'est moi, chérie. Tout va bien aller maintenant. La police est là. »

Son frère les rejoint. « Sam, tu es blessée ? »

« Ma tête me fait mal. Mon bras. »

« Concussion ? » Brodsky se tourna vers Devon.

« Sans doute. Peut-être qu'on devrait aller aux urgences ? »

« Non, non, » dit-elle.

« Si, si. Allons-y. Je vais conduire, retrouve-nous là-bas, » dit Bull à Devon.

Le cornerback acquiesça.

La police les arrêta. « Mademoiselle, nous devons vous parler. »

« Officier, pourrait-elle aller à l'hôpital avant ? Je vous promets que nous l'accompagnerons au poste dès qu'elle aura été examinée, » demanda Bull.

« Très bien, Monsieur Brodsky. Mais qui est cet homme ? »

« C'est Clyde Belden. Sa femme, Tiffany, est à l'intérieur. »

« Pourriez-vous ouvrir, mademoiselle ? J'aimerais parler à sa femme. »

Avant que Sam ne puisse prendre la clé de son sac à main, la porte s'ouvrit. Tiffany montra sa tête. Bull aida Sam à se relever. Elle tremblait mais tenait bon.

« Qu'est-ce qu'il s'est passé ? »

« Voilà sa femme, » dit Bull.

« Merci. Nous allons lui parler. Veillez bien nous ramener cette demoiselle quand elle sortira de l'hôpital. »

« Très bien. »

Devon les accompagna jusqu'à la voiture et ouvrit la porte pour sa sœur. Avant qu'elle ne rentre, Sam tomba dans les bras de Bull, sanglotant. Il la tint fermement et lui caressa les cheveux. Son frère se pencha, lui donna un câlin et un bisou sur le crâne.

« Tu es entre de bonnes mains, Sam. Je te retrouve à l'hôpital. » Devon s'éloigna avant d'appeler Stormy.

Bull posa son front contre celui de Samantha. « Tout va bien, chérie. »

« Merci. Merci. Tu m'as sauvé. »

« Je ne pense pas qu'il t'aurait tué, mais on ne sait jamais. »

« Je ne l'ai pas laissé rentrer. J'ai protégé Tiffany. »

« Tu as été si courageuse. Je suis tellement fier de toi. Allons-nous occuper de toi, okay ma belle ? »

Elle hocha la tête. Il l'aida à rentrer dans le véhicule et la conduisit jusqu'à l'hôpital. Parce qu'elle entra avec un joueur des Kings, le staff se dépêcha de s'occuper d'elle. Un docteur lui traita et banda ses coupures, et lui annonça une concussion. Il l'examina et recommanda qu'elle reste pour la nuit.

Devon prit ses clés et alla chercher des affaires chez elle. Bull lui prit une chambre individuelle. Ils ramenèrent un petit lit pour le joueur qui avait prévu de rester. Il rit en en voyant la taille.

« Je suis désolée, Monsieur Brodsky, c'est tout ce que nous avons. »

« Pas de problème, c'est pas grave. Je promets de ne pas l'abimer. »

L'infirmière aida Sam à se déshabiller et à se coucher. Bull était dehors, se frappant lui-même. Devon et Stormy arrivèrent avec un sac d'affaires pour la nuit.

« Je suis désolé. J'aurais dû être avec elle. C'est ma faute. Si je n'avais pas été si con, je serais allé au diner et à l'Abri. Je savais que ce salaud reviendrait. »

« Ce n'est pas ta faute, Bull, » dit Devon, tapotant l'épaule de son coéquipier.

Le grand gaillard fixa ses chaussures. « Je reste avec elle. »

« Bien. Merci. »

Devon et Stormy embrassèrent Samantha et partirent.

IL ÉTAIT PRESQUE MINUIT quand Sam s'allongea et éteint la lumière. Bull retira son pull et ses chaussures. Il s'allongea sur le petit lit qui craqua dangereusement.

« Je ne pense pas que tu tiennes dessus. On peut partager le mien, » dit-elle.

« Tu es le patient. Si je le casse, j'en payerai un autre. Je peux aussi dormir dans le fauteuil. »

« Si tu ne veux pas me rejoindre dans le lit, je te comprendrai. »

Il ricana. « Tu plaisantes ? J'aimerais passer le reste de ma vie dans un lit avec toi. »

Elle renâcla. « Je savais que tu dirais quelque chose comme ça. »

« Tu commences à parler comme une version plus âgée de toi-même. »

« Allez Bull. Tu sais que tu le veux. »

Il se releva gentiment et s'approcha de son lit. *Au moins c'est assez solide.* « Décale-toi un peu. Je vais me mettre derrière toi. » Elle fit ce qu'il suggéra. Il la prit dans ses bras, alors qu'elle posa sa tête sur sa poitrine. « Tu es en sécurité maintenant. Plus rien ne peut te faire de mal. »

Elle soupira d'aise.

Il embrassa son crâne et sa nuque. « Je t'aime Samantha. Je suis désolé de ne pas être venu aujourd'hui. J'ai été con. J'aurais pu empêcher ça si j'étais venu. C'est ma faute. »

« Non. Tout va bien, Sly. C'est terminé. Tu es là et je me sens mieux. » Elle se serra contre lui.

« Je serai toujours là pour toi. »

Les battements de son cœur ralentirent. Alors qu'il inhalait son parfum doux, il sourit. L'avoir dans ses bras lui confirmait qu'elle était la bonne. Le bonheur coulait dans ses veines pour la première fois depuis que Tiffany avait réapparu dans sa vie. Maintenant, il n'y avait plus qu'une seule option pour son ex fiancée. Mais il n'y penserait que le lendemain. Ce soir, il n'y avait que Sam.

Il s'endormi jusqu'à deux heures. Sam s'agitait. Elle cria et se réveilla, tremblante.

« Un cauchemar, ma belle ? »

« Où suis-je ? » Elle agrippa son bras.

« À l'hôpital. Tu es en sécurité, et ce connard en prison. » Il lui caressa les cheveux. « Rendors-toi, mon amour. Je suis là. Tout va bien. »

Elle se posa sa joue contre le coussin. « Sly ? Oh, dieu merci. Sly. Je suis si heureuse que tu sois là. Je t'aime tellement, » murmura-t-elle en se rendormant.

Bull se rendormit le sourire au visage.

Le lendemain matin, il se dirigea vers la cafétéria pour le petit-déjeuner pendant que Samantha se faisait examiner par des docteurs en vue de sa sortie. Ils la déclarèrent en bonne santé et capable de rentrer à la maison. Sly rangea ses quelques affaires.

Samantha appela la directrice pour lui expliquer ce qu'il s'était passé, mais la police l'avait déjà contactée. Elle s'occupait de réparer les dommages et quelqu'un remplacerait Sam.

Jo Sebastian l'appela pour lui dire de prendre quelques jours. Sam accepta.

« Je pense que tu devrais rester avec moi quelques jours. Jusqu'à ce que tu te sentes mieux, » lui dit Bull.

« Okay, merci. »

« Tu peux rester aussi longtemps que tu veux. »

Elle lui sourit.

« Tu te sens d'aller au commissariat ? Ils voulaient te parler hier soir mais on s'est arrangé pour que tu puisses te remettre d'abord. »

« D'accord. Autant le faire tant que je m'en souviens. »

Sly la déposa dans sa voiture et conduisit jusqu'au commissariat. Sam appela son frère. Elle réchauffa la voiture pour chasser un frisson qui lui restait bloqué dans le dos.

« Tu as froids, bébé ? »

« Frigorifiée. »

« On te coulera un bain chaud à la maison. »

Maison. Ce mot la fit sourire. « Okay. »

Elle raconta la scène complète aux détectives. Revivre la scène la fit trembler un peu mais Sly était là pour la réconforter, lui tenant la main. Clyde était en prison. Samantha ne voulait même pas savoir où.

« On peut y aller ? » Elle tira sur sa main.

« Bien sûr. » Sly ouvrit la porte. Elle releva le col de son manteau pour moins sentir la morsure du vent. Une fois arrivés, il monta son sac dans la chambre. « Descendons. »

Samantha n'avait jamais vu cet étage. Sly avait une petite gym dans son sous-sol. Il y avait une télévision. Il l'emmena dans une pièce carrelée. Il y avait une grosse porte en bois menant à un sauna et une immense baignoire carrée. Il alluma l'eau.

« La chaleur c'est bien, » dit-il ajustant la température. « Appuie dessus. Ce sont des jets pour des massages. »

« C'est assez grand pour deux. Tu me rejoins ? » L'idée d'être seule lui faisait peur.

Samantha avait commencé à se déshabiller quand son téléphone sonna. C'était Stormy. Sam s'arrêta pour l'écouter. « Stormy, c'est si gentil. » Elle regarda Sly en passant son T-shirt au-dessus de sa tête. « Sly ? »

« Quoi ? »

« On refait Thanksgiving ce soir. »

« Vraiment ? »

« Oui. Chez Devon. Ils nous ont invité à les rejoindre. Ce ne sont que des restes, mais parfois c'est meilleur le deuxième jour. »

Il la prit dans ses bras et l'embrassa passionnément. « Je t'aime. Tu me pardonnes de ne pas être venu ? »

« Oui, mon héros. »

« Le dernier est à l'eau est une poule mouillée, » dit-il, retirant son jean.

Chapitre Quinze

17 DÉCEMBRE, UNE SEMAINE avant Noël.

Bull et ses coéquipiers continuaient leur routine quotidienne. Même s'ils avaient assuré leur place en play-offs, il restait quelques matchs avant le début de la prochaine phase. Perdre n'était pas une option, ces matchs-là ne faisaient pas exception.

Samantha avait déménagé chez Bull pour ne plus le quitter. Chaque semaine depuis un mois elle ramenait une valise d'affaires et d'effets personnels. Il n'avait jamais eu de sapin de Noël, il avait toujours eu l'habitude d'une fête chaotique et précipitée. Cette année, lui et Samantha restaient à la maison et invitaient des amis. Elle avait prévu une sortie pour aller chercher leur propre sapin.

« Sly, tu n'as pas assez d'assiettes, de pièces de services ou d'outils. Comment allons-nous pouvoir organiser le repas de Noël ? »

« J'imagine qu'on va devoir aller en acheter. »

Il n'avait jamais aimé aller faire des emplettes. Elevé dans la pauvreté, Bull croyait en l'importance de ne pas trop dépenser. Il était généreux avec ses amis, mais pas pour lui-même. Pas d'encombrements ou de chose qu'il n'utiliserait pas. Il préférait voir la somme de son compte en banque grandir, lui assurant une sécurité qu'il n'avait pas connu jeune.

La mère de Bull s'occupait de sa fortune, ainsi que de celle de plusieurs de ses coéquipiers. Elle s'en occupait fort bien, et lui perdait ainsi peu à peu sa peur de tout perdre.

Bien qu'ils n'en aient jamais parlé, Samantha vivait bel et bien avec lui. Il lui avait donné une clé. Ils en étaient tous deux très heureux. Il adorait l'avoir à ses côtés, sans mentionner sa présence dans son lit tous les soirs. Ils dinaient, passaient une soirée tranquille et faisaient l'amour. Elle avait arrêté de travailler le soir à l'Abri.

Il ne s'était écoulé que trois semaines depuis l'accident. Clyde était toujours en prison, incapable de réunir les vingt-mille dollars nécessaires pour la caution. Bull alla à l'Abri pour parler à Tiffany.

« Allons déjeuner, » dit-il, lui prenant le bras.

Ils commandèrent et elle le fixa. « Qu'est-ce qu'il se passe, Bull ? »

« Il est temps que tu passes à autre chose. »

« Comment ça ? »

« J'ai appelé ta mère. »

« Quoi ? »

« Tu m'as bien entendu. Ta mère. Elle et ton père viennent te chercher. »

« Pourquoi tu as fait ça ? »

Il posa sa main sur la sienne. « Parce que tu as besoin d'aide. Tu as besoin d'un support, Tiff. Et je ne peux pas faire ça pour toi. »

Elle ferma les yeux et prit une profonde respiration.

« Ils viennent ce weekend. »

« Et après, je serais assez loin, non ? » Elle ouvrit les yeux. « Assez loin pour oublier. C'est ça ? »

Il secoua la tête. La serveuse leur apporta leur déjeuner. « Ce n'est pas ça. C'est pas une question de moi. J'ai tout ce qu'il me faut. C'est pour toi. C'est la dernière chose que je fais pour toi, Tiff. »

« Tu vas témoigner, pas vrai ? »

« Le procès est mercredi. J'y serai. Mais après, tu dois passer à autre chose. Reprendre ta vie en mains. Ta mère est inquiète et te veux à la maison. »

Elle soupira. « Je suppose que c'est là où je devrais aller. »

« Tu y seras en sécurité. »

Ils mangèrent en silence. Tiffany se mit à pleurer.

« Ne commence pas, » dit Bull, mangeant.

« Je ne peux même pas dire que tu vas me manquer ? »

« Oh. Si, si tu peux. On a eu une histoire. C'était rigolo. »

« Ouais, c'est vrai. »

Il changea le sujet de la discussion sur le football, et sur la quantité d'affaires qu'elle avait besoin de déplacer. Tiffany s'était fait quelques amies à l'Abri, et elle pensait qu'elles l'aideraient. Une fois finis, Bull paya et ils sortirent.

Ils se firent un câlin comme aurevoir et s'en allèrent chacun de leur côté. Bull se sentait libéré d'un énorme fardeau. Il avait fait tout ce qu'il pouvait pour elle, et elle disparaissait enfin de sa vie. *Je peux mener une vie normale avec Samantha.*

Il avait du mal à réaliser qu'il avait tout ce qu'il voulait. Pendant les premières années de sa vie de nouveau riche, il dépensait sans compter, des trucs chers et des voyages luxueux. Après un an ou deux, il s'était rendu compte que l'argent ne faisait pas le bonheur. Il avait des besoin simples, et aujourd'hui, ils étaient remplis.

La vie qu'il désirait était pavée sous ses pas, avec seulement de petits obstacles sur le parcours. Mais il était le meilleur joueur de ligne offensif de toute la NFL, et rien ne pouvait l'arrêter.

Il passa chez un bijoutier, Zucker, sur le chemin du retour.

LE TRAVAIL DE SAMANTHA était stimulant et intéressant, et lui faisait oublier la scène d'horreur qu'elle avait vécue à l'Abri. Elle était traumatisée par Clyde Belden. Elle sursautait au moindre bruit, dès qu'une porte s'ouvrait sans qu'elle s'y attende. Passer sas nuits avec Sly l'aidait. Dès qu'elle se réveillait d'un mauvais cauchemar, il était là pour la rassurer avant qu'elle ne se rendorme.

Jo, sa patronne, lui avait suggéré de rencontrer le docteur Wendy McMillan, la psychologue de l'équipe. Selon le docteur, elle aurait besoin d'un moment pour se remettre de ce trauma. Wendy l'encouragea à continuer de se soigner par la parole et de bons moments avec Bull et ses amis. Elle lui expliqua qu'elle devrait éviter de rester seule.

En vérité, Sam adorait la vie avec Sly. Il la traitait comme une reine. Elle avait gardé son appartement parce qu'ils n'étaient pas engagés pour la vie. Mais progressivement, elle prit de plus en plus de place chez lui. D'abord avec un tiroir de commode, puis un deuxième. Et enfin, une commode pour elle toute seule. Et la voilà qui pensait à modifier la cuisine.

L'idée d'aller acheter des ustensiles de cuisine et de la nourriture avec le portefeuille de Sly lui fit ébaucher un sourire. Elle n'avait pas besoin de faire attention, elle pouvait choisir un meilleur mixeur, un robot culinaire, et de belles assiettes. Elle voulait absolument créer un endroit chaleureux et accueillant chez Bull. Et il était d'accord.

En rangeant ses affaires à la fin de la journée, elle attira l'attention de Jo.

« Tu es de bonne humeur. »

« Sly m'emmène faire des courses. »

« Vêtements ? »

« Des trucs de cuisine ! J'ai très envie de porcelaines. Ça a toujours été trop cher pour moi mais Sly peut se le permettre. »

« Tu garnis sa cuisine ? »

« Ouais. Il n'a pas grand-chose. Des fourchettes et des cuillères. Un ouvre-boite. Un décapsuleur, évidemment, et c'est tout. »

« Excitant. »

« J'ai hâte. »

Sly et Sam allèrent diner à la Bête Sauvage, et puis il la conduisit dans un magasin qu'il la laissa dévaliser. La facture culminait à deux mille dollars. Sly s'en moquait. Sam se dit que ça n'était rien pour quelqu'un qui gagnait dix millions par an.

Une fois à la maison, il lança un feu dans la cheminée. Il posa une boite de chocolats et une bouteille de vin sur la table du salon. Samantha s'allongea dans le canapé et retira ses chaussures.

« Je suis fatiguée. C'était super. Maintenant, tu es prêt pour Noël. On pourrait aller chercher un sapin demain ? »

« Bien sûr ma chérie. Tout ce que tu veux. » Il commença à lui masser la voute du pied.

Elle ronronna et ferma les yeux.

« Tu ne vas pas t'endormir comme ça, j'espère. »

« Non, tout va bien. » Il but une gorgée de vin et avala un chocolat.

« Je pensais à quelque chose... »

« Ah ? Quoi ? »

« Ben... Avec tout ce qu'on a acheté... Genre, maintenant que la maison est totalement équipée... »

« Mmhmm, » fit-elle.

« Enfin, j'ai besoin de toi pour faire marcher tout ça. »

« Tu veux que je reste ? »

Des gouttes de sueur perlaient sur son front. « On peut dire ça. »

Elle s'assit. « Qu'est-ce que tu essayes de me dire Sly ? Crache le morceau. »

Il prit son mouchoir et s'essuya le visage avant de se mettre sur un genou.

« Tu es malade ? » Elle posa sa main sur son front.

« Pas malade, juste un peu nerveux. » Il mit sa main dans sa poche.

« Qu'est-ce qui ne va pas ? »

« Et bien. Je pensais. Enfin, on vient de récupérer tous ces trucs-là. Et je ne sais pas cuisiner. Peut-être qu'on pourrait s'en servir si, uh, on se mariait ? » Il la regarda, un air inquiet sur le visage.

La mâchoire de Sam se décrocha. Et elle rit. « Est-ce que tu me demande en mariage, Sylvester Brodsky ? »

Il ouvrit une petite boite et révéla un magnifique anneau orné d'un diamant rond de sept carats. La pierre reflétait la lumière des flammes, l'éblouissant l'espace d'une seconde. « Oui. C'est ça. Donc, veux-tu, Sam ? Je suis fou de toi. Je t'aime, ma chérie. Je veux rester avec toi pour le restant de mes jours. Qu'en pense tu ? »

Elle haleta, et les battements de son cœur s'affolèrent. Un doute la prit. « Et la cérémonie ? »

« On trouvera quelque chose. J'ai quelques idées. S'il te plait, ma belle. Veux-tu m'épouser ? »

« D'accord. Oui. Je le veux. » L'adrénaline lui monta à la tête. Toute notion de fatigue la quitta lorsqu'il lui mit l'anneau au doigt. *Madame Sly Brodsky. Pincez-moi, je rêve !*

Sly se releva d'un bond, l'attrapant au passage. Il la serra tellement qu'elle ne pouvait plus respirer. Il la relâcha rapidement, et s'excusa.

Elle prit une grande respiration, et ils s'embrassèrent. Un baiser comme aucun autre, le plus passionnel qu'on puisse imaginer. Elle fondit sur lui, l'amour lui rendait le cœur léger. Ses doigts dans son dos, son buste contre elle, tout participait à leur union fusionnelle. Quand ils rompirent le baiser, ils suaient tous les deux.

« Allez, allons fêter ça à l'étage. » Il la saisit et la porta, alors qu'elle riait, jusque dans la chambre.

SLY ÉTAIT IMPATIENT de se retrouver le lendemain dans le vestiaire. Bien que Samantha eut appelé Stormy et son frère, Sly avait décidé de l'annoncer lui-même à ses coéquipiers. Il entra dans le vestiaire avec un grand sourire.

« Quelqu'un passe un bonne journée, » observa Trunk Mahoney.

« Ouais. Demande-moi pourquoi. Vas-y, demande. »

Trunk leva ses mains. « Pas moi. Je veux pas de problèmes avec toi. »

« Ahh, allez. » Trunk secoua la tête, donc Bull se tourna vers Buddy. « Et toi, Carruthers ? »

« Quoi moi ? J'ai l'air suicidaire ? »

« Allez, allez ! Tu veux pas savoir pourquoi je souris ? »

« Non. Tu restes de ton côté et moi du mien. »

Bull entendit quelques ricanements derrière lui, mais ils disparurent quand il se retourna. « Hey, Griff. Allez mon pote. Demande-moi pourquoi je souris. »

« J'attends un bébé. Je ne veux pas de problèmes. J'ai des responsabilités. »

« Putain ! Aucun de vous ne va me demander ? »

Les hommes ne purent se contenir et explosèrent tous de rire. Trunk gloussait tellement fort qu'il péta, ce qui les fit tous rire encore plus.

Griff fut le premier à s'arrêter de rire pour lui dire quelque chose. « Devon nous a déjà prévenu. »

« Le bâtard ! Putain, je vais le tuer. »

« Il va devenir ton beau-frère, Bull, tu devrais éviter, » lui dit Trunk.

« Donc vous savez déjà tous ? Vous saviez que Samantha et moi sommes fiancés ? »

« Ouais. Et la plus grande surprise est qu'elle a dit oui en étant sobre, » plaisanta Buddy.

« T'es sûr qu'elle était réveillée ? Tu ne lui as pas mis la bague au doigt alors qu'elle dormait ? » demanda Trunk.

« Je vais vous tuer. »

« Pas avant le match de cette semaine. Félicitations, Bull, » dit le coach.

« Je ne vous avait pas vu, coach. Merci. » Bull se calma.

« C'est une jolie fille, et intelligente en plus. T'es un homme chanceux. » Le coach ouvrit une grande enveloppe. « J'ai le truc du Père Noël secret ici. Jo fait un formulaire d'inscription. J'espère que vous vous assurerez tous d'avoir du temps pour les enfants cette année. »

« Père Noël secret ? » demanda Lawson Breaker.

« Ouais. On chope le nom d'un gamin qui vit à l'Abri et on leur offre ce qu'il a demandé au Père Noël. Mais de façon anonyme. Monsieur Baker organise une fête de Noël pour les femmes et les enfants de l'Abri de la Nouvelle Vie. On assiste à la découverte des cadeaux et on mange plein de cochonneries, » expliqua le coach.

« C'est moi le Père Noël cette année, » dit Trunk, bombant le torse.

« Qui a dit ça ? Je l'ai dit l'an dernier, » répondit Bull.

« Vas te faire foutre, Brodsky. C'est moi cette année. »

« Le gagnant le fait. »

« Gagnant ? Bras de fer ? Ou alors je te tape juste ? »

« Allez, essaye. Je t'attends. » Bull leva ses poings devant son visage.

« Ne commencez pas, les gars. Allez. » Le coach se mit entre les deux hommes. « Puisque Bull vient de se fiancer, il est déjà assez heureux comme ça. Trunk, c'est toi le Père Noël. »

Trunk sourit et fit un doigt d'honneur à Bull.

« Tu penses que t'es fort, Mahoney ? Attends de mettre le costume. C'est bouillant à l'intérieur. Et c'est rembourré. Mais t'auras peut-être pas besoin du rembourrage, » dit Bull, avec un regard mesquin lancé à son ami.

« Viens dehors et redis-moi ça, trou du cul. »

« Les gars, les gars, gardez ça pour le terrain. On joue les Sidewinders pour le premier tour des play-offs. Gardez votre énergie pour eux. »

« Considérez qu'ils ont déjà perdu, coach. » Trunk se rassit devant son casier.

Les hommes passèrent d'abord à la salle de muscu et puis sur le terrain. Griff s'entrainait à passer le ballon à Buddy et Marquel Johnson. Le coach faisait jouer sa ligne offensive contre la défensive. Ils bataillaient pendant que le quarterback distribuait le ballon aux runningbacks, Harley Brennan et Danny Gusto. Ils s'arrêtèrent avant de se faire tacler mais terminaient tout de même face à face avec leurs coéquipiers.

Plus tard, Trunk passa son bras au-dessus de l'épaule de Bull. « Bull, je suis content pour toi. Vraiment. C'est une fille super. Et chanceuse de t'avoir. »

Bull haussa un sourcil. « Okay, qu'est-ce qu'il se passe ? »

« Rien. Vraiment. J'aurais bien aimé que ça soit moi. »

« T'es marié, mon pote. À une femme bien. »

« Mary ça va. T'es heureux et c'est tout ce qui compte. »

« Ouais. Merci, Trunk. Merci. »

Il était cinq heures et tout le monde rentrait chez soi. Bull était impatient de rentrer chez lui et de retrouver sa fiancée. *Merde, j'adore le son de ce mot.* Cette fois ce serait différent, elle était la bonne. Quand il ouvrit la porte, une odeur étrange mais agréable lui rentra par les narines.

Il entra dans la pièce et trouva Samantha, une bière à la main, portant des leggings et un T-shirt. *Pas de soutien-gorge.* Il regarda sa poitrine, observant ses seins bouger alors qu'elle riait.

« Jamais de soutif à la maison, » murmura-t-il, la prenant dans ses bras. *C'est ce que j'ai attendu pendant tellement de temps. La femme parfaite, l'instant parfait, et tout ça pour moi.*

Chapitre Seize

SAMANTHA PRIT QUELQUES jours de repos pour préparer Noël. Elle était enfin redescendue sur Terre après avoir assimilé la réalité de ses fiançailles avec Sly. Elle avait mis fin à son bail et avait emménagé chez lui. Ils s'étaient disputés à propos d'où mettre ses affaires. Sa grosse voix l'intimidait, mais ses larmes calmèrent le grand gaillard. Elle découvrit les joies du coït post-dispute, surtout dans le jacuzzi dans la salle de muscu.

Quand personne ne la regardait, elle admirait sa bague. C'était la plus belle chose qu'elle ait jamais vu. Elle avait caché quelques magazines de mariage dans ses tiroirs pour que Sly ne les voit pas. Ayant presque abandonné l'idée d'une grande cérémonie, elle rêvait toujours de fleurs, d'une robe blanche et d'une pièce montée de trois étages.

La neige s'était enfin arrêtée. Les routes étaient libérées, et elle pouvait emmener Sly chercher un sapin.

Elle avait choisi un restaurant particulier pour le déjeuner, elle l'avait trouvé dans un journal. C'était l'Auberge de Raymond Stokes, où la famille Stokes avait vécu depuis plus de deux cents ans. Aujourd'hui, cela appartenait à un couple de retraités. Devon et Stormy avaient réussi à s'incruster au déjeuner.

Bull sortit de la cuisine, se séchant les mains avec une serviette. « J'ai fait la vaisselle de ce matin. C'est quoi la surprise ? Une nouvelle position ? De la lingerie sexy ? »

Elle rit. « Tu as quelque chose en tête je vois. Tu ne devineras jamais. Habille-toi chaudement. On passe prendre Devon et Stormy dans quinze minutes. »

« Merde. On doit vraiment partager tes vacances avec eux ? »

« Ils ont demandé jusqu'à ce que j'accepte. Allez, mon grand. Allons-y. » Elle attrapa la serviette de sa main et la fit claquer sur son postérieur.

« Ne commence pas, ma belle. On m'appelait le roi des fessées. »

Elle gloussa et monta à l'étage alors qu'il la suivait. Il la prit au piège dans la chambre. Elle riait, tentant de s'échapper. Avec un bras, il attrapa sa taille, la rapprocha et la poussa sur le lit. Il se pencha et l'embrassa fougueusement.

Les bras de Samantha entourèrent ses épaules. Elle était tout à fait heureuse. « Je t'aime, grand béta, » dit-elle quand il la laissa respirer.

« Tu es la meilleure, bébé. »

Elle abaissa ses mains sur ses côtes, lui faisant des chatouilles. Sly gesticula, rit, et tenta de s'échapper. Elle le poursuivit jusqu'à ce qu'il soit allongé sur le sol, s'agitant et mort de rire. « Pas de bêtises avant la surprise. Maintenant, habille-toi. »

Il avait le souffle coupé. « Merde, tu m'as eu. Ne dis pas ça à Horse Jackson, okay ? »

Ils arrivèrent cinq minutes en retard chez Devon et Stormy, qui patientaient dehors. Une fois à l'intérieur, Devon prit la parole. « Ne me dites pas pourquoi vous êtes en retard, je ne veux pas savoir. »

« Il n'y a rien à dire. On faisait juste la vaisselle et d'autres trucs, » répondit Samantha.

« Ouais. D'autres trucs. C'est ça. »

« Ne sois pas vulgaire, Devon ! C'est ta sœur. » Stormy frappa gentiment son épaule.

« Gauche ou droite ? » demanda Sly.

Samantha avait une carte avec les directions. Elle les guida à travers la ville enneigée. Stormy lui tendit un CD de musiques de Noël. Les chorales élevèrent leurs voix pendant qu'ils circulaient dans les routes de campagnes du Connecticut. La voix de Bull résonnait clairement et fortement. Samantha s'enfonça dans son siège, regardant le paysage. Des maisons typiques d'un style Nouvelle-Angleterre, Cape Cod, Salt box, ou encore Victorien. Des clochers d'églises perçaient l'horizon et les masses de villages plats. La neige recouvrait les forêts et les pelouses s'en étaient aussi emmitouflées.

« On dirait une carte de Noël, » dit Sly.

« N'est-ce pas magnifique ? » soupira Stormy.

Samantha se demanda comment étaient les gens qui vivaient dans ces grandes maisons beige, rouge sombre ou jaune pâle. Les bâtisses Victorienne étaient connectées par des allées semi-circulaires. *Sont-ils riches ? Quels sont leurs métiers ? Ont-ils des enfants ?* Son esprit vagabondait parmi ces questions. Elle repéra une maison, grande, majestueuse, et s'imagina la partager avec Sly. Elle se fit l'image d'un mariage style romantique du XIXème siècle, habillée d'une robe blanche style Premier Empire.

« On tourne où, déjà ? » Sly interrompit ses rêveries.

Elle les répéta. Pourquoi rêver d'une telle cérémonie si elle n'y avait pas droit ?

« C'est là, » dit Devon. « Les sapins de Murphy. Tu vois le panneau ? »

Bull tourna. La propriété était peuplée de conifères de toutes tailles. Les hommes devraient couper celui sur lequel il jetterait leur dévolu.

« Facile, » dit Bull. Les deux couples se séparèrent à la recherche de l'arbre parfait. Samantha et Sly s'accordèrent sur la hauteur, mais il les préférait touffus et elle avec des branches bien disparates.

« C'est plus facile à décorer, » remarqua-t-elle.

Il s'y résolu et prit la hache. Une demi-heure après leur arrivée, les deux arbres étaient attachés sur le toit du véhicule de Sly.

« Il y a intérêt à ce qu'ils ne laissent pas de sève sur la voiture. Et pas d'éraflures non plus. »

« Où est passé l'esprit de Noël ? Tu es un pionnier. Tu l'as coupé toi-même, et tu t'en plains ? Allez Sly, allons-y. Réjouis-toi. Tu es mon Paul Bunyon, » dit Samantha l'entourant de ses bras et lui faisant un câlin.

« J'ai faim. Où mangeons-nous ? » Il embrassa le dessus de son crâne.

« C'est la suite. Allons-voir. Sors d'ici et tourne à gauche. »

« Très bien, c'est toi le chef. »

Devon et Stormy s'entrelacèrent à l'arrière.

« Hey ! Pas de cochonneries dans la voiture, » les prévint Bull.

« Garde tes yeux sur la route, Bull, » répondit Devon.

Stormy rit. « Il est juste jaloux. »

Ils traversèrent trois villages avant que Samantha n'aperçoive le panneau. « Là. Arrête-toi. Arrête-toi. »

Garant la voiture, une odeur agréable de feu de cheminée mélangée à celle du pain qui cuit atteignit leurs narines. Samantha en salivait. La petite porte donnait à un très beau salon. Les quatre adultes se débarrassèrent de leurs chaussures et les laissèrent à l'entrée. Deux sofas se faisaient face près du feu. Les murs étaient couleur crème, et le moulage avait été restauré à l'original, en bois poli.

Les rebords de la cheminée étaient en marbre. Une guirlande de pin pendait à côté, ajoutant une odeur de forêt. Il y avait également un sapin avec quelques ornements.

Des boules de différentes couleurs rendait l'ambiance festive. Au-dessus de la cheminée trônait un portrait à l'huile. Sam déduit qu'il datait de l'époque de la fondation. Elle ramassa une brochure posée sur le dessus du rebord de la cheminée.

Sam lisait à haute voix quand une femme entra dans la pièce. « Bienvenue. Vous devez être Samantha ? » demanda-t-elle à la jolie brune.

« C'est moi. » Sam fit les présentations. La dame, Carolyn Danfield, raconta en quelques mots l'histoire de la maison avant de les amener dans la salle à manger.

« Nous vous attendions. Je vous en prie, prenez place. »

Un homme plus âgé entra, portant un panier. Il remarqua Bull et Devon et posa le panier sur la table. « Je crois qu'il va falloir plus de pain, » plaisanta-t-il.

Les hommes tirèrent les chaises pour leurs conjointes respectives. Ils s'assirent tous et firent passer le pain. Il y avait un menu spécial. « Je suis Bill Danfield. Je suis le boulanger de la famille. Carolyn s'occupe de l'auberge. Regardez le menu, les prix sont fixes aujourd'hui. Prenez votre temps. Je vais aller chercher plus de pain. » Il disparut dans la cuisine.

Samantha regarda autour d'elle. Les murs étaient décorés d'un joli papier peint décoré avec des motifs orientaux de plusieurs formes et de plusieurs nuances de bleus mélangées à un or métallique. La partie inférieure était peinte d'un bleu sombre.

La table avait été faite avec un pin assez clair, et les chaises en cerisier. Le sol, légèrement inégal, était un vieux parquet authentique et fait à la main. Des appliques portaient des bulbes sur les murs, et sur la table étaient posées quelques bougies.

La pièce était festive, Noël se faisant sentir dans l'atmosphère. Les verres d'eau étaient remplis. Les assiettes était d'un autre âge, avec un motif rose. Rien n'avait été laissé au hasard dans la décoration, et le lieu entier donnait une impression de machine à voyager dans le temps.

« C'est comme un retour dans le passé, » dit Sly, jouant avec un couteau à beurre en porcelaine.

« Cet endroit est très beau, » ajouta Stormy, observant la pièce sous tous les angles.

« C'est encore plus beau que sur internet, » acquiesça Sam.

Devon hocha la tête, engloutissant un morceau de pain.

L'Auberge était enchanteresse. Bill arriva avec une deuxième cargaison de pain, et ils choisirent leur repas. Le menu était limité, mais était tout de même assez varié pour faire plaisir à tous et toutes.

« J'adore cet endroit. Doit-on vraiment rentrer à la maison ? » demanda Stormy.

« C'était le pain que j'ai mangé de ma vie, » déclara Devon.

Leurs assiettes furent joliment déposées devant eux. Sly avait commandé un pain de viande, et Devon des tagliatelles au poulet avec une sauce Alfredo.

« Tout va bien, Sly. Tu ne manges pas ça tous les jours, pas vrai ? » lui demanda Stormy.

« Ouais, » répondit le grand bonhomme, avalant une fourchette de purée de pomme de terre.

Stormy et Samantha avaient commandé des coquilles Saint Jacques gratinées. Avant ça, elles avaient eu droit à une chaudrée de palourdes, la recette du chef, parfaite pour une journée si froide.

Ils terminèrent le repas avec un chocolat chaud à la noisette et des petits éclairs au chocolat.

« Je n'avais jamais vu rien de tel. Ça me donne envie d'aller chercher un fusil et d'aller chasser le diner, » dit Sly.

« Tu aimes ici ? » l'interrogea Sam.

« J'adore. C'est le plus bel endroit où j'ai pu déjeuner. Ou diner aussi, d'ailleurs. Et toi ? »

« Je pense que c'est romantique. J'adore l'idée que tu ailles chasser le diner, » murmura-t-elle.

« Triste qu'on ne soit pas seuls. On pourrait se prendre une chambre. Je me demande à quoi elles ressemblent. » Il lança un regard hostile à Devon, qui le remarqua.

« Qu'est-ce que j'ai fait ? »

« Vous voudriez faire le tour de l'établissement ? Peut-être voudriez-vous revenir passer la nuit ? » demanda Carolyn.

« Nous adorerions, » lui répondit Stormy.

Les quatre compères la suivirent à l'étage. Bull devait un peu se courber pour ne pas se cogner. Chaque nouvelle pièce paraissait plus féérique encore que la précédente. Mais le coup de cœur de Samantha fut le grenier.

« Cette pièce est sur deux étages. Soit un salon, soit un bureau, » dit Carolyn, ouvrant une porte sur une pièce aux airs confortables avec un sofa, un bureau et une cheminée. « La chambre est en haut. »

Ils la suivirent dans des escaliers s'ouvrant sur un lit king-size. Deux verrières laissaient transparaitre l'image de la Lune. Par une fenêtre on pouvait apercevoir la forêt et ses pénombres. Il y avait aussi une cheminée là.

« Merci du fond du cœur, » s'exprima Samantha alors qu'ils partaient.

« Je suis ravie que vous ayez apprécié votre repas. Nous espérons vous revoir bientôt, » répondit Carolyn.

« Pour la route, » ajouta Bill en tendant un pain à Sly.

« Merci. C'est génial. » Il le donna à Devon. « Gardes-en un peu pour moi, tu veux ? » Il ouvrit la porte et laissa passer les autres. Avant de partir, il glissa la carte de l'Auberge dans sa poche.

LES DEUX COUPLES RENTRÈRENT chez eux pour y déposer leurs sapins. Samantha lança une playlist de chansons de Noël sur son ordinateur portable.

« Hey, bébé. Éteint-moi ça, » dit Sly en descendant jusqu'au sous-sol. Quelques secondes plus tard, un son profond et glorieux entoura Sam. C'était Bing Crosby qui chantait 'White Christmas'.

« J'ai fait installer un système sonore complet l'an dernier. »

« Oh mon dieu, Sly. C'est génial. Wow. J'ai l'impression qu'il est ici, dans ton salon. »

« Notre salon, ma chérie. Notre salon. » Bull retira le support de l'arbre et le mit à sa place. Samantha était debout à lui donner des instructions pendant qu'il le déplaçait. Puis elle déballa les décorations qu'ils avaient acheté.

Pendant qu'elle travaillait, Sly invita quelques-uns de ses amis. Il commanda une douzaine de pizzas. « C'est l'heure de la fête, poupée, » lui dit-il en l'embrassant.

C'était *vraiment* une fête, avec de la bière, de la musique et de la nourriture. Trunk Mahoney vint seul, Lawson Breaker ramena sa petite-amie, Devon vint avec Stormy, Marquel Johnson et sa femme Sherelle, Harley Brennan seul et le couple Carruthers.

Bull se tenait au milieu du couloir, regardant ses amis manger, boire, rire et se moquer les uns des autres, pendant que Samantha, Stormy et Emmy décoraient le sapin. Il était si heureux. Il rêvait depuis longtemps de vivre une telle scène. Avoir des amis, une famille, ou du moins, une femme, et un beau chez-soi. Il avait tout ça, aujourd'hui. Et il était heureux.

« Je ne t'ai jamais vu sourire autant, mon pote, » lui dit Trunk en ouvrant une autre bière.

« J'avais pas autant de raisons de sourire. »

« C'est juste une femme. »

« C'est toute ma vie. »

« Et le football ? »

« Ça aussi. Mais quand je serais trop vieux, ou trop abimé, j'aurai toujours Sam. »

« Pas faux. »

Bull fixa son ami et ressenti une touche de tristesse dans sa voix, mélangée à de la jalousie. « Ton jour viendra, » répondit-il, levant la bouteille à ses lèvres.

« Nan. Il est déjà venu, et il est reparti. »

Bull tapa dans le dos de son ami. « N'abandonne pas. T'es un mec en or. Tu trouveras ta voie, je te le jure. »

« Au moins j'ai le football. »

« Putain de merde, ouais. » Ils trinquèrent.

« Et de toute façon, le costume de Père Noël me va beaucoup mieux qu'à toi. »

Bull recracha de la bière en riant.

Le gamin et sa copine, Angela, restèrent plus longtemps pour aider à nettoyer. Quand tout fut rangé, Sam et Sly tombèrent dans leur lit, trop fatigués pour quelque ébat. Elle se serra contre lui et ils s'endormirent.

Le lendemain matin, Samantha se réveilla avant lui. Quand lui s'éveilla, elle le fixait intensément. Il rougit. « Mon nez est à l'envers ? »

Elle pouffa. « Je te regarde juste. »

Il se déplaça parmi les draps pour l'étreindre. « Moi aussi, ma belle. » Il commença à jouer avec ses cheveux. Elle releva son genou et caressa l'arrière de son mollet avec ses doigts de pied.

« Quelqu'un a froid ce matin, » murmura-t-il.

« Ouais ? Toi aussi. » Elle referma ses doigts sur sa vigueur matinale.

« Dès que je suis près de toi. »

Il roula jusqu'à être au-dessus d'elle et lui fit l'amour. Un coup d'œil à l'horloge interrompit leur étreinte après l'acte.

« Ah merde, il est déjà neuf heures. »

« Et donc ? »

« La fête est à midi. Il y a plein de choses à faire. Allez, on doit se lever. »

Ils se levèrent rapidement et s'habillèrent aussi prestement. Ils ne s'arrêtèrent pas jusqu'à s'effondrer, à onze heures, dans la salle de conférence du stade. Le bus devait passer les prendre pour les amener à l'Abri.

Samantha s'enfonça dans son fauteuil et parcouru sa liste. Bull jeta un œil à la nourriture posée sur la table. Du jambon, du rôti de bœuf, des sandwichs au thon, au poulet, et aux crudités. Avec des carottes et des céleris en bâtonnets, ou bien même des simples chips. Il y avait aussi des brownies, et un gâteau en pate feuilleté. Des cadeaux enveloppés, certains carrés, certains rectangulaires, avaient été mis dans un grand sac en toile, posé dans un coin, attendant le Père Noël et les enfants.

« Mmmmh, le Père Noël. Où est Trunk ? » Sam se tourna vers Bull, inquiète.

« Dernière fois que je l'ai vu, il se tentait d'enfiler son costume dans les vestiaires. »

« Tu voudrais bien vérifier s'il te plait ? »

« Bien sûr. » Bull prit quelques chips au passage. Il pouvait entendre les gros mots au passage, et il en rit. Bull se pencha par la porte et rit de son ami. Trunk tentait tant bien que mal de fixer les bretelles sans lâcher le costume rembourré. « Père Noël, j'ai l'impression que vous avez besoin d'un lutin. »

Trunk leva les yeux. « Putain de costume de merde. Qui a fait ça ? Un sadique ? Le Père Noël a besoin de toute une putain de légion de lutins. Ramène-toi et viens m'aider. »

Bull avala les dernières chips. En se rapprochant, il vit la sueur dans le cou et les aisselles de Trunk. « Wow. Le Père Noël a besoin d'une douche. »

« Je sais. Je ne sue pas autant pendant un putain de vrai match ! »

« Tiens bon. » Bull essaya de dénouer un peu les bretelles.

« Je te l'ai dit, c'est de la merde ce truc. »

« Tout doux. Ne bouge pas. Trunk, arrête de gesticuler. »

Le grand défenseur s'arrêta.

« C'est mieux. »

Trunk secoua la tête. « Ces gamins méritent mieux que moi. »

« Voilà. C'est bon. Ils ont beaucoup de chance de t'avoir. Allez, enfile ce manteau. » Sly secoua le vêtement et retroussa les manches pour aider son ami à l'enfiler.

« Ouvre la fenêtre s'il te plait. Je ne sais pas pourquoi j'ai cru que je pouvais faire ça. »

Bull l'aida à s'habiller et ouvrit la fenêtre. Il faisait froid dehors. « Tout va bien se passer. Les gosses ne sauront jamais que c'est toi. »

« Mais si. »

« Franchement, Trunk ! T'as pas peur de Horse Jackson mais t'as peur d'une bande de gamins ? Fais pas ta chochotte. »

« Y a des gens qui ont peur des serpents, d'autres des araignées. Moi c'est les enfants. »

« Alors pourquoi tu t'es battu pour le faire ? »

Trunk opina. « Je les aime bien. Mais c'est tout ce que je peux faire pour eux. »

« Nan. Un jour t'auras les tiens. Une demi-douzaine je dirais. Ils te sauteront tous dessus jusqu'à ce que tu n'en puisses plus. »

« Ferme ta gueule. » Les yeux de Trunk s'humidifièrent.

« Eh, si c'est pas Mary ce sera une autre. T'as le temps, mon pote. »

« Ferme ta gueule ! »

« Okay, okay. Où est ta stupide barbe ? »

« Sur le sol. J'ai essayé. Vraiment. J'ai essayé. » Trunk secoua la tête.

« C'est pas ton jour mec. Tu peux pas parler pendant que je te mets ça, » dit Bull en ramassant la barbe blanche.

« Attends, utilises ça, ou ça collera pas. » Trunk lui tendit un tube.

Bull appliqua la colle et appuya la barbe dessus. « Ça aurait été plus facile si tu t'étais rasé, connard. »

« Tu crois ? J'ai oublié. »

Bull rit. Trunk l'imita.

« Voilà. Parfait. » Bull se recula.

Trunk se mit face au miroir. « Merde ! T'as oublié les sourcils ! Le Père Noël peut pas avoir une barbe blanche et des sourcils noirs. Les enfants sont pas débiles. »

« Désolé, désolé. Ils sont où putain ? »

Trunk explosa de rire. « T'étais assis dessus. Ils sont collés à ton cul. »

Ils redoublèrent de rire.

Samantha toqua à la porte, et passa sa tête par l'ouverture. « Prêt, Père Noël ? »

Bull répondit, « Presque, chérie. Je dois juste mettre les sourcils... » Avant qu'il ne puisse finir, Trunk et lui se remirent à rire aux éclats pendant que Trunk retira les sourcils du jean de Bull.

« Okay, okay. Je suis contente que vous vous amusiez. Vous avez quinze minutes. » Samantha ferma la porte.

« Ne bouge plus, » annonça Bull, essayant de ne plus rire. Après plusieurs respirations, il put coller les faux sourcils. « Et voilà. Parfait. »

Trunk mit le chapeau et le descendit sur son crane pour masquer ses cheveux noirs. Il se remit face au miroir et sourit. « Ho, ho, ho, » fit-il. « Viens-ici ma petite. Viens t'assoir sur la jambe du Père Noël et dis-lui ce que tu veux pour Noël. » Il leva ses sourcils.

Bull s'assit, mains sur les côtes.

« Allez, trouduc. Allons-y. » Trunk arrêta Bull avec le bras. « Merci pour l'aide. »

« Oh, Père Noël, vilain garnement ! » était tout ce que Bull puit dire. Il riait toujours trop pour pouvoir parler normalement, alors que les deux amis entrèrent dans la salle de conférence.

Chapitre Dix-Sept

QUAND BULL ET LE 'PÈRE Noël' arrivèrent, la salle était déjà remplie de joueurs.

« C'est génial de voir qu'ils sont tous venus pour ça, » dit Bull.

« Ouais, tant de monde pour voir le Père Noël se ridiculiser. »

« Tais-toi, Trunk. Et fais gaffe aux gros mots. »

« Ouais, ouais. Je sais. » Il se faufila entre les joueurs pour aller chercher le sac de cadeaux.

« Écoutez, tout le monde ! » s'écria Jo Sebastian, celle qui avait organisé l'évènement. « Merci à tous d'être venus. Les enfants et leurs mamans sont en chemin. Ils seront en file indienne. S'il vous plait, soyez joueurs, présentez-vous. Les enfants auront sans doute plein de questions. »

« Il y a des jolies mamans ? » demanda Robbie Anthony.

« On ne drague pas les mamans, » répondit Jo.

Bull se recula alors qu'un bus s'ouvrit et déversa une douzaine d'enfants accompagnés par leurs mamans. Il y avait aussi quelques femmes seule, dont Tiffany Belden. Bull s'attrista en la voyant. Elle ne l'embêta pas, prit un sandwich et s'assit, seule. Samantha rejoint Bull. « Super évènement, Sam. »

« T'as fait du bon travail avec Trunk. Il est parfait. »

« Il sue vraiment beaucoup. »

Les joueurs déjeunèrent avec les enfants. Tous les joueurs furent harcelés de questions, même Bull, mais Griff, le quarterback, était le plus demandé.

Après le dessert, les hommes s'écartèrent pour laisser place à la surprise.

« Ho, ho, ho. Joyeux Noël ! Joyeux Noël, les enfants ! » Trunk entra dans la pièce, sac de cadeaux sur les épaules. Les enfants explosèrent de joie. Les joueurs se mirent à rire.

« Santa, que tu as de grands pieds, » dit Devon.

« C'est pour mieux te botter le cul, » répondit Trunk. « Oops, je veux dire, c'est pour mieux marcher, jeune chenapan. »

« Père Noël, Père Noël, » se plaint un enfant, tirant sur le bas du manteau. « Vous jouez au football américain, vous aussi ? »

« Mer- uh, mercredi. Oui ! C'est quoi ton nom ? »

« Moi c'est Bobby ! C'est quoi votre poste ? »

« Je suis un defensive joueur de ligne. Un linebacker. »

« Qu'est-ce que vous faites ? »

« Quand je n'offre pas de cadeaux aux enfants ? J'offre des patates aux adversaires. »

« Des pommes de terre ? »

« Nan, Bobby. Plus des coups d'épaules. »

Les hommes rirent et tapèrent dans le dos du Père Noël.

« Il fait très naturel, » chuchota Sam à Sly.

« Il est hystérique. »

Des jouets furent offerts, et les emballages s'envolèrent dans la cohue. Stormy et Sam les ramassèrent, pourchassant les enfants qui déballaient leurs cadeaux. Une fois que la pièce fut nettoyée et les brownies finit, les enfants s'assirent pour jouer. Lyle Barker entra dans la pièce.

« Attention s'il vous plait. Voilà Lyle Barker, le propriétaire des Kings. C'est l'homme responsable de cette fête. Pourrait-on l'applaudir ? » annonça Jo.

Les enfants crièrent « Merci ! » et les adultes applaudirent.

Lyle leva les mains. « Merci à vous, les amis. C'est un réel plaisir de vous avoir comme invités ici. J'espère que vous vous amusez bien. »

Une nouvelle fois, on applaudit.

« D'ailleurs, nous avons un invité spécial de plus... »

« Plus spécial que le Père Noël ? » demanda Bobby.

Lyle sourit malgré lui. « Peut-être pas plus que le Père Noël, mais spécial tout de même. C'est Harvey Miller, le maire de Monroe. Harvey, rentrez donc. »

Lyle s'écarta pour le laisser passer. Harvey portait un sac, et était suivit par un photographe. « J'ai une mission spéciale aujourd'hui. Un peu comme le Père Noël. Quelque chose s'est passé, quelque chose de grave, et nous est venu un héros. Il y a un mois, quelqu'un a tenté de rentrer dans l'Abri. Mais Mademoiselle Samantha Drake l'en a empêché. Son refus de lui donner la clé et son appel à l'aide ont permis de garder tout le monde en sécurité. Mademoiselle Drake a été blessée dans l'attaque, mais heureusement, rien de sérieux. Elle est ici aujourd'hui, elle a organisé cet évènement. Nous sommes très fiers d'elle, et surtout reconnaissants. Le conseil de la ville et moi-même avons décidé de lui remettre la clé de Monroe. Mademoiselle Drake ? Levez-vous s'il vous plait. »

Les applaudissements furent unanimes. Samantha, prise de court, rougit, et se mit à pleurer.

« Vas-y, ma chérie. Tu le mérites, » lui susurra-Bull, la poussant délicatement vers l'avant.

Le photographe commença à prendre des clichés.

Tiffany fut la première à se lever et à applaudir. Tout le monde la suivit. Sam alla à la rencontre du maire, reçu la clé, lui serra la main, et inclina la tête devant l'audience.

« C'est l'heure de ranger et de dire aurevoir, » dit Jo.

Les mamans rappelèrent leurs enfants, remercièrent Jo, Lyle et Samantha, et montèrent dans le bus.

Robbie Anthony hocha la tête. « Y'en a des bonnes. »

« Garde-la dans ton slip, » lui répondit Harley Brennan.

« T'as pas remarqué ? »

« Bien sûr que si. Je suis juste assez intelligent pour savoir quand fermer ma gueule. »

Robbie lui tapa amicalement dans le dos.

Devon attrapa sa sœur par le bras. « Je suis fier de toi, Sam. »

« Merci. J'aimerais bien arrêter de faire des cauchemars à propos de ce monstre. »

Tiffany s'approcha. « Je voulais te remercier de nouveau. Clyde est toujours en prison. Je retourne dans l'Ohio cette après-midi. Ma maman m'a invité. Bull a raison, c'est sans doute l'endroit le plus sûr. » Elle se tourna vers Bull. « Merci pour ton témoignage. Ils ont accepté la légitime défense. Donc je suis libre. »

« C'est super. Bonne chance, Tiffany. »

« Vous aussi. Ne le quittez pas, Mademoiselle Drake. »

« Oh, je ne compte pas. »

Ils se serrèrent la main, et Tiffany monta dans le bus. Tous les hommes, sauf Bull et Devon, aidèrent à nettoyer. Trunk retira son chapeau.

« Tu étais super, Trunk. Très naturel en Père Noël, » dit Jo en terminant de ramasser les derniers débris.

« Merci. C'est sympa. Les enfants sont super. »

« Je suis certaine qu'ils ont passé un bon moment. »

« Merci de m'avoir fait confiance, madame le coach. »

Jo sourit. « Je t'en prie. Ce sera ton boulot tous les ans, si tu veux. »

« Allez Trunk, je vais t'aider à sortir de ce truc, » proposa Bull.

RÉVEILLON DE NOËL.

Samantha mourrait d'excitation. Bien qu'elle n'eût pas beaucoup d'argent à dépenser en cadeaux, ils étaient très certainement réfléchis. Il y en avait pour Bull, son frère et Stormy. Elle avait hâte que Sly découvre l'écharpe et cachemire qu'elle lui avait tricoté pendant ses nuits à l'Abri.

Le fil avait été très cher, la plus grande partie des revenus de son deuxième emploi. Mais elle le tiendrait au chaud pendant l'hiver rigoureux du Connecticut. Il ne portait pas de pardessus, donc elle choisit un beige qui irait avec tous ses costumes. Offrir un cadeau à Sly était quasiment impossible, il pouvait tout s'offrir. Elle avait donc décidé de lui faire cadeau de ce qui était précieux : son temps.

Elle avait choisi pour Devon le dernier CD de son groupe de musique country préféré. Et pour Stormy, une collection de DVDs de films romantiques.

Ce soir, ils dinaient chez Sam. Demain, ils déjeuneraient chez Devon. En emballant les cadeaux, Sam fit jouer ses chorales préférées et observa les clignotements des décorations de l'arbre. Bull faisait de la musculation au stade, l'entrainement avait été annulé.

Elle enroba un jambon de sirop d'érable et l'enfourna. Des patates découpées en lamelles cuisaient dans une crème. *C'est l'heure de faire la salade.*

Elle était remplie de joie. Noël était comme le commencement de sa nouvelle vie. Presque mariée, elle s'occupait déjà beaucoup de la maison. Ses rêves d'un beau mari aimant étaient presque achevés. Les enfants arriveraient lorsqu'ils seraient prêts. Elle soupira et unit sa voix à celle de Frank Sinatra interprétant '*Mistetoe and Holly*'.

Bull avait accroché sa clé de la ville au sommet du sapin. Le docteur McMillan, psychologue de l'équipe, lui avait expliqué que ses cauchemars sur Clyde Belden s'arrêteraient bientôt. Un mois après, elle ne s'était réveillée en sursauts, apeurée, qu'une fois ou deux.

Bull était toujours là pour la réconforter. Ses grands bras la rassuraient et lui apportaient la paix. Ils devaient toujours s'arranger sur certains points, et Sly devait adapter sa routine matinale en incluant la présence féminine. Plus de caleçons et de cannettes de bière qui trainent. Agatha ne venait qu'une fois par semaine, mais Samantha ne tolèrerait pas le bordel pour le reste de la semaine.

Bull avait promis de changer. Elle avait dû lui rappeler que le mariage était à propos de changement et qu'il aurait besoin de faire des compromis. Ils avaient eu des petites disputes, mais quand elle menaça de bruler ses sous-vêtements, il s'exécuta.

Il rentra, essuya ses chaussures sur le paillasson. Il s'effondra sur une chaise, tête en arrière, et ferma les yeux.

« Sly ! Tu es rentré ! » Samantha s'agita vers lui, pleine d'énergie.

Il ferma les yeux. « Je suis fatigué juste à te voir. »

« C'est le réveillon ; »

« Il faut vraiment que l'on ait de la compagnie ? Devon est sans doute aussi fatigué que moi. »

« Ils ne viendront pas avant une heure. Tiens, mets tes pieds làdessus. » Elle lui retira ses chaussures. « Vas t'allonger dans le sofa. Je te réveillerai quand ils viendront. »

Comme un enfant, il s'exécuta. Une fois allongé, elle le couvrit avec un édredon, et alluma un feu dans la cheminée. De la fumée envahit la pièce.

Sly se leva. « Non, non. Tu dois d'abord réchauffer la cheminée. » Il éteint le feu et ouvrit le conduit. Puis il prit du papier journal, lui mit feu, et alluma le bois avec. « Tu vois. Pas de fumée dans la maison. »

« Désolée. Je ne savais pas. Je vais ouvrir une fenêtre. »

« Tant de choses à apprendre, vivre avec une femme. » Il soupira et retourna s'allonger.

La sonnette retentit à cinq heures. Samantha embrassa Sly pour le réveiller.

Il posa sa main sur sa hanche et la tira vers lui. « Viens ici, toi, » murmura-t-il en l'embrassant dans le cou.

« Dev et Stormy sont là. »

« Merde. Vraiment ? »

« Allez. On peut faire ça plus tard. Lève-toi. » *Il est toujours aussi grognon pendant les fêtes ?*

Il s'assit pendant qu'elle alla ouvrir la porte. Son frère appuya sur la sonnette une fois de plus.

« J'arrive, j'arrive. »

« Remets ton froc, Brodsky. Et ouvre la porte, » cria Devon.

Samantha l'ouvrit en grand et jeta un regard noir à son frère. « Souviens-toi juste que je suis la deuxième partie de l'équation. »

« Désolé, sœurette. Je plaisante juste avec mon futur beau-frère. »

« On ne faisait... pas ça. Il faisait une sieste... seul, » expliqua-t-elle.

Devon entra dans la pièce en riant. « Une sieste ? »

« Merci de leur avoir dit, Sam. J'ai poussé fort à la salle. »

« Rien que je ne peux pas supporter, » se moqua Devon.

« Et si je te balance par la fenêtre, tu pourras le supporter ? » demanda Bull en montrant du doigt la grande fenêtre du salon.

Devon recula. « Où veux-tu que je mette ça, Sam ? »

Elle lui dit de mettre les cadeaux sous le sapin.

L'odeur du jambon pénétra dans la pièce, attirant l'attention des deux hommes.

« Et ben, j'ai faim, » dit Bull.

Ils mangèrent rapidement, les deux hommes avalant des quantités extraordinaires de nourriture. Stormy avait ramené des cookies faits-maison. Ils les posèrent dans une assiette, préparèrent du lait de poule et s'installèrent dans le salon.

« C'est l'heure des cadeaux ! » Le cœur de Samantha s'accéléra, se remémorant des souvenirs d'enfant excitée. Noël était sa fête préférée.

« Les dames d'abord, » dit Devon, choisissant une petite boite argentée. Il la tendit à sa fiancée. « Joyeux Noël, bébé, » dit-il en l'embrassant sur la bouche. Elle ouvrit la boite et découvrit un bracelet de diamants et de saphirs. La mâchoire de Stormy se décrocha. Devon le referma sur son poignet. « Tu le mérite, » ajouta-t-il

« C'est inattendu. C'est beaucoup trop, Dev. Vraiment ? Oh mon dieu. »

Bull ouvrit son cadeau et découvrit l'écharpe. « C'est beau. Quand l'as-tu faite ? »

« Quand j'étais à l'Abri, la nuit. Ça te gardera le cou au chaud. »

Il se la passa autour du cou. « C'est de la laine ? »

« Du cachemire. »

« C'est très doux. Et chaud. Merci, ma chérie. » Il se pencha pour l'embrasser.

Ils avaient ouvert tous les cadeaux, mais Sly n'avait rien donné à Sam. Elle fut prise de court par l'émotion.

« Oh, attendez. Hmmm. J'ai oublié. Le mien est à l'étage. » Il se dépêcha d'y monter. « Je ne voulais pas laisser ça près du sapin. Je me suis dit qu'une fille intelligente comme toi découvrirait tout de suite ce qu'il y a à l'intérieur. »

La boite était énorme, mais Samantha n'avait aucune idée de ce qu'elle contenait.

« Je crois qu'on était sur la même longueur d'onde. Je voulais aussi te garder au chaud. Joyeux Noël, Samantha. » Il lui tendit le cadeau.

Elle retira le dessus pour découvrir un magnifique manteau de vison.

« Des visons d'élevage. Pas piégés dans la nature. »

Avec l'aide de Bull, en enfila le manteau. Avec la fourrure elle se sentait star de cinéma. « Mon dieu, Bull. Tu n'aurais pas dû. »

« Vous êtes trop généreux messieurs, » dit Stormy secoua la tête.

« Merci tellement, Sly. Je l'adore. » Sam l'embrassa.

« Et tu n'auras pas froid de l'hiver. »

Devon et Stormy partirent tôt, laissant les deux tourtereaux seuls. Il alla dans la cuisine pour nettoyer. Quand il revint, une musique romantique jouaient en fond sonore. Sam descendit les escaliers, lentement. Elle portait son nouveau manteau, des escarpins et rien d'autre.

Bull siffla. « Putain de merde, Sam. Tu es canon. »

Elle s'arrêta et laissa apparaitre une jambe nue. La chaleur de son regard remonta tout le long de son corps en commençant par sa cheville. « Je me demandais si je pouvais te remercier pour un tel cadeau, » dit-elle d'une voix suave.

Bull déglutit. « Oh, bébé. »

« Tu aimes l'idée. »

« Chérie, qu'est-ce qu'on attend ? »

LE PREMIER MATCH DES play-offs était prévu pour le surlendemain du Nouvel An. Bull et Sam avaient fêté la nouvelle année calmement, avec de l'entrainement, de la bonne nourriture et surtout beaucoup d'amour. Il ne pouvait pas arrêter de sourire. Il était chauffé et prêt à jouer. Le premier match était contre les Columbus Bobcats.

Lawson Breaker, le 'gamin', était nerveux à l'idée de rejouer contre Horse Jackson. Il n'avait pas oublié leur précédente rencontre. « Il a fait arrêter les carrières de plusieurs quarterbacks, non ? Il a pas blessé Darvin Sweetwater des Gamblers ? »

« C'est pas si mal. Il veut juste t'intimider. N'y fais pas attention. Je serai là. Le coach veut que l'on fasse équipe pour s'occuper de lui.

Donne une chance à Griff. Je sais pas ce qu'il est arrivé à Sweetwater, mais je pense pas que c'était Jackson. »

« Si c'est ce que veut le coach, okay. » Mais le jeune homme n'avait pas l'air confiant. Bull lui tapa dans le dos.

L'équipe se réunit avant le match.

« Columbus sont motivés. On a toujours pas perdu. Eux, une fois. Contre nous. Donc ils veulent leur revanche. Mais on va s'occuper d'eux, » dit le coach.

« Et Jackson ? » demanda le gamin.

« Ce trou du cul ne va pas nous arrêter. Toi et Bull faites équipe contre lui. Vous le sortez du jeu, vous l'humiliez, faites-le sortir de son match. Qu'il fasse des fautes et prenne des pénalités. Une faute de sa part bien placée peut être le tournant du match. Je ne vais pas vous mentir, ça va pas être facile. Mais on peut les battre. On l'a déjà fait, et on le referra. »

« On va aussi s'occuper de Murphy, pas vrai Tuffer ? » demanda Trunk.

Tuffer Demson, defensive linebacker, acquiesça.

« Leur receveur est leur meilleur joueur. On doit l'arrêter. » Le coach regarda les joueurs et ses fiches. « Il s'appelle Tom Gallagher. Drake, il est à toi. Tu le couvre. Il faut qu'on gagne. On mérite de jouer le Super Bowl et de gagner, pas comme l'an dernier. Alors allez-y et montrez qui vous êtes. Soyez intelligent. Pas de fautes. Et putain de merde, rien d'illégal, Breaker. Vous m'entendez ? Vous pouvez le faire. Je crois en vous. Maintenant allez-y et croyez en vous. »

Les hommes mirent leurs mains au centre du cercle, firent leur plus puissant cri de ralliement et sortirent sur le terrain.

« Arrêtes de regarder Jackson. Tu lui donnes un avantage. Ne lui montre pas à quel point tu as peur. Je suis là. J'en ai rien à foutre de lui. On va s'en occuper, tu vas voir, » dit Bull à Lawson.

Griff gagna le toss, ce qui était bon signe. Les Kings choisirent de donner le ballon aux Bobcats. Bull fit un pouce vers le haut au gamin. Sly vit Jackson observer le terrain et l'ignora. Plutôt, il rechercha Samantha dans le box présidentiel. Elle le vit et lui fit signe. Angela, la copine de Breaker, était à côté d'elle.

« Hey, gamin. Regarde, c'est Angela. »

Le jeune joueur leva les yeux, sourit, et lui fit signe.

« Allez, mon gars. Rends-la fière. »

Le ballon fut mis en jeu et les deux joueurs de ligne offensifs, attendant sur la ligne de touche, tournèrent leurs attentions sur le match. Trunk était plus féroce que jamais. Il chargeait comme une horde de taureaux, levant ses bras et visant le quarterback adverse. Bull vit les attaquant tenter de changer de stratégie alors que Trunk se rapprochait de Sean Murphy.

Déviant son regard, Bull pointa du doigt à Breaker pour lui montrer Drake, excellent, au marquage sur Gallagher. Bull sourit.

Avant que Murphy ne puisse passer le ballon, Trunk le plaqua. Sack. Perte de neuf yards. La foule rugit.

« C'est mon gars sûr, » dut Bull, mettant un coup de coude dans les côtes de Breaker.

Il ne fallut pas longtemps pour que les Bobcats perdent le contrôle de la balle. Bull mit son casque et courut sur le terrain aux côtés du gamin.

« Brodsky, tu reviens te faire torturer ? » ricana Horse Jackson.

« J'en ai eu assez avec ta mère hier soir. Elle est vicieuse, » répondit Bull.

La colère apparut dans les yeux de Jackson. Breaker regarda Bull.

« Et c'est qui cette petite merde ? »

« Le prochain qui baise ta mère. »

Cela suffit. Jackson perdit son calme. Le sifflet retentit. « Horsjeu, pénalité de cinq yars. Première tentative, » annonça l'arbitre.

Bull fit un clin d'œil à Breaker, qui ne put presque pas s'empêcher de rire.

Ils se remirent en position, et le ballon fut joué. Jackson chargea Lawson et puis se dirigea vers Bull, qui revenait protéger Griff. Buddy, Marquel et Harley s'élancèrent. Bull fonça vers Horse et le plaqua à l'épaule. Le gamin se tourna et vit un autre joueur courir vers Griff. Le joueur de ligne baissa la tête et le chargea, lui rentrant dedans. Montgomery fit sa passe à Marquel qui la récupéra et avança de dix yards.

« Première tentative, » cria l'arbitre.

Jackson se frotta l'épaule et bougea son bras.

« Tu vieillis, Jackson ? Déjà en maison de retraite ? » demanda Bull.

« Très drôle, tête de gland. Hilarant. On verra qui rira quand on s'envolera pour le Super Bowl en Arizona. »

« Dans tes rêves, pauvre con, » lança Breaker, apercevant un sourire sur les lèvres de Bull.

L'équipe continua d'avancer : dix yards, huit yards, jusqu'à arriver à la zone rouge. Breaker et Sly réussirent à empêcher Jackson de s'en prendre à Griff, même s'il y arriva presque plusieurs fois.

« Vous pensez que vous allez marquer ? » se moqua Horse.

« Ouais. Comme avec ta femme hier soir. Elle est bien foutue, » répondit Bull.

Encore une fois, le regard de Jackson était noir de colère. Le gamin et Bull s'occupaient bien de lui, mais les receveurs étaient souvent bien couverts. La ligne d'attaque réussi à créer une brèche et puisque personne n'était là, Griff fit lui-même la course et en profita pour inscrire un touchdown.

Horse fit un doigt d'honneur à Bull avant de sortir du terrain. Bull et Breaker retirèrent leurs casques et burent de l'eau en regardant Robbie Anthony botter pour un point bonus.

« Jackson est énervé. On devrait s'arrêter, » dit Bull.

« Le coach à dit qu'on devait le faire. »

« Je sais, gamin. Mais ne dépasse pas la ligne. Il est méchant et dangereux. »

Le tir d'Anthony fut bon. Les Bobcats demandèrent un temps mort, et la défense prit le relai. Trunk leva son pouce pour Trunk alors qu'il se mettait en position. Sean Murphy parvint à réaliser quelques passes, et le score monta.

À la mi-temps, le score était nul, dix partout.

« Il faut qu'on gagne, » dit Breaker à Bull. »

« On va le faire. » Bull le rejoignit sur le terrain. Les Bobcats allaient rendre le ballon aux Kings pour commencer la deuxième mi-temps.

Breaker fit face à Jackson. « Grosse tapette, » cracha le jeune joueur à son adversaire.

« Personne m'insulte comme ça. »

Le ballon fut joué et Jackson chargea Lawson. Le gamin réalisa son erreur et courut, mais Horse était plus rapide. Il lui rentra dedans suffisamment fort pour l'envoyer dans les vapes. Bull fut témoin de la scène avec horreur. Il pouvait entendre l'air quitter les poumons de Breaker.

« Pourquoi, espèce de fils de pute, » grommela Bull en chargeant Jackson.

Les autres joueurs de lignes offensives virent l'action et vinrent y participer. Pendant ce temps, les entraineurs coururent sur le terrain pour porter assistance à Breaker. Le terrain était devenu un bordel considérable, les coups de sifflets continuaient mais n'arrêtaient pas les joueurs qui continuaient de se frapper et de se tacler.

Même le coach Bass fut emporté par la mêlée en tentant de tirer ses joueurs loin des Bobcats. Les deux coachs et trois arbitres parvinrent finalement à séparer les équipes. Le coach Bass appela ses hommes sur la ligne de touche. Les arbitres mirent une pause au match. Jackson se frottait la mâchoire, et Bull l'estomac.

Breaker fut applaudit par les fans. Les arbitres annoncèrent des pénalités et exclurent Horse et Brodsky du match. Bull rejoignit Samantha dans le box pour suivre le reste du match.

Bien que Sam et Angela ne demandèrent pas ce qu'il s'était passé, Bull leur raconta, gardant un œil sur Lyle Barker qui n'était visiblement pas content.

« Il y aura aussi un amende de ma part, Brodsky. Espèce de con. Comment va-t-on gagner maintenant ? »

« Je suis désolé, Monsieur Barker. C'est juste que quand il s'en est prit au gamin, j'ai dû réagir. »

« Ce n'est pas grave de défendre vos coéquipiers, mais vous devez être capable de vous arrêter. »

« Oui. Je vous demande pardon. Ça n'arrivera plus. »

« Breaker en vaut la peine, » grommela Lyle. « Il fait son meilleur match. »

Les deux équipes se firent face à nouveau, remontant le ballon, sans pourvoir bien plus aggraver le score. Après quelques bottés à trois points, le score était figé à treize partout. Bull était rivé sur l'action alors que l'horloge tournait.

Les Kings avaient la balle, et il ne restait qu'une minute à jouer. Griff demanda aux joueurs de se réunir.

« Je parie qu'il va faire un reverse, » chuchota Bull à Sam.

« Reverse ? Qu'est-ce que c'est ? »

« On a l'impression qu'un mec a la balle, mais en fait non. C'est un autre. »

Le ballon fut mis en jeu, Buddy Carruthers courut vers le quarterback d'un côté et Harley Brennan d'un autre. Griff glissa le ballon à Buddy. Les coureurs échangèrent de ligne. Ça donnait l'impression que Buddy avait le ballon, alors qu'il l'avait passé à Harley, qui partait dans l'autre sens. Protégé par deux joueurs de ligne, il put décoller.

« Regarde Brennan. Il a le ballon, et il va courir comme jamais. » Bull était impressionné par la vitesse de Harley. *Putain, ce con peut courir vite.*

Les Bobcats comprirent, mais il était trop tard. L'avance d'Harley était trop conséquente. Les joueurs de ligne se chargèrent d'arrêter quiconque s'approchait trop de lui, lui permettant d'inscrire un touchdown.

Les supporteurs explosèrent de joie. Ça chantait, ça hurlait, ça bouillait de bonheur. Le cri de délivrance fit presque mal aux oreilles de Bull. Samantha lui fit un câlin.

« C'est ça, les gars. » se murmura-t-il à lui-même. La fierté le fit presque pleurer.

Ils avaient le temps pour marquer un point bonus. Les Bobcats demandèrent un dernier temps mort. Mais avec quelques petites vingt secondes, leurs options étaient minces. Robbie Anthony leur rendit le ballon. Trunk était là, pourchassant le receveur et le plaquant, s'assurant de ne pas commettre de faute. Sean Murphy tenta une très longue passe vers Gallagher mais Devon Drake parvint à l'effleurer du bout des doigts ce qui suffit à la dévier et empêcha le receveur de la récupérer.

Sans temps morts, le chrono se termina avant que les Bobcats ne puissent marquer. Les joueurs et les fans devinrent fous. Bull, Lyle, les épouses et les petites-amies commencèrent à danser et célébrer. Ils avaient encore des matchs à gagner avant le Super Bowl mais celui-là, peut-être le plus difficile, entrait maintenant dans l'Histoire, et ils étaient vainqueurs.

Bull rejoignit ses coéquipiers dans les vestiaires. Breaker se faisait féliciter par tout le monde. Il se tenait droit avec une serviette autour de la taille, des bleus répartis sur tout le corps. « Dis-moi, gamin, qu'est-ce que tu lui as dit, à Horse Jackson ? »

Breaker haussa les épaules. « Que c'était une tapette. »

Le vestiaire se tût instantanément. Tous les yeux se tournèrent vers Lawson.

« Tu quoi ? »

« Tu l'as insulté de tapette ? »

Griff secoua la tête. « Bull ne t'a pas prévenu ? »

Bull rougit. « J'ai oublié. »

« Me prévenir de quoi ? »

« La seule chose à ne jamais dire à Horse Jackson. Ne l'insulte jamais d'être une tapette. Il devient fou, complètement fou. C'est une mise à mort. »

« Merci de m'avoir prévenu, Bull. Je suis presque mort. »

Bull rit et tapa dans le dos du gamin. « Maintenant, tu sais. »

Ses coéquipiers rirent en cœur et l'applaudirent avant de prendre leurs douches, de se rhabiller et de retourner à leurs vies. Avec le match le plus compliqué gagné, les hommes avaient de quoi célébrer pendant toute la semaine jusqu'au weekend prochain.

Chapitre Dix-Huit

APRÈS LE DINER À LA Bête Sauvage avec les autres joueurs et leurs campagnes, Bull et Samantha se dirigèrent vers leur maison. C'était dimanche soir. Il jouait le jeudi suivant, mais avait ensuite une semaine de repos de plus.

Bull entra, nu, dans les draps. Elle le rejoint, se collant à lui pour se réchauffer.

« On peut parler ? » demanda Sam.

« Uh, oui. »

« On est ensemble depuis plusieurs mois. Fiancés depuis au moins un mois. Tu ne te sens toujours pas prêt pour avoir un vrai mariage ? »

« Il faut vraiment qu'on parle de ça maintenant ? »

« Sinon, quand ? »

« Pourquoi tu ne peux pas juste ne pas y penser ? »

« Parce que j'ai toujours voulu une vraie cérémonie. »

« C'est assez vrai si le maire dit qu'on est ensemble. »

« Ensemble. C'est tout ce que le mariage représente pour toi ? »

« C'est une façon de parler. Ne sois pas vexée. Allez, Sam, c'est l'heure des câlins. »

Et se retourna, lui tournant le dos.

« Dix jours. Je vais avoir dix jours entre les matchs. On devrait aller quelque part, » dit-il, tenant de changer de sujet sans qu'elle s'en rende compte.

« Tu ne veux vraiment pas parler de cérémonie, pas vrai ? »

« Quand je suis au lit avec toi, non. »

« Okay, je comprends. » Elle soupira. « Où peut-on aller avec si peu de temps ? » Elle se releva légèrement pour que leurs regards se croisent.

« Tu pourrais prendre deux jours pour toi ? Je vais prendre une réservation à cette auberge. Tu sais, celle où on est allé quand on est allé chercher le sapin ? »

« Je me souviens. C'était beau. »

« Bien. On va y aller. On mérite quelques vacances. Le coach veut qu'on se repose. Qu'est-ce que t'en dis ? »

« Je dis oui. »

« Laisse-moi faire, » dit-il. « Maintenant viens ici, j'ai besoin que tu me réchauffes. »

Elle rit. « Tu as toujours chaud. »

« Seulement quand tu es près de moi. »

Samantha éteint la lumière et se réfugia dans ses bras.

« Bonne nuit, mon amour, » chuchota-t-il. « Je t'aime. »

« Je t'aime aussi, Sly. »

Le match du jeudi fut une promenade de santé. Les Kings, portés par leur victoire chez les Bobcats, écrasèrent l'équipe d'Oregon, gagnant sur un score de vingt-huit à sept. La fête d'après match fut plus longue que d'habitude puisqu'ils n'avaient pas de match pour une semaine et demie.

Le vendredi matin, Bull et Samantha se levèrent tranquillement et préparèrent leurs affaires. Bull appela le coach pour le prévenir d'où il allait, chargea les bagages dans la voiture et rejoignit sa fiancée. Il faisait froid, donc Samantha s'était emmitouflée dans son nouveau manteau, et s'était assise à l'avant.

« La voiture va se réchauffer dans une minute, » dit Sly bouclant sa ceinture.

« Je n'en ai pas besoin quand je porte ça. » Elle lui offrit un grand sourire.

Ils empruntèrent des petites routes de campagne, les paysages ressemblant à ceux de films Disney, couverts de blanc sous un soleil glacial. Kilomètre après kilomètre, tout semblait sauvage, sans aucune influence humaine.

Bull se dit que c'était sans doute la chose la plus romantique qu'il avait faite. Il se félicita en pensant à la surprise prévue pour son amoureuse. Il l'admira observer les paysages, un sourire parcourant son joli visage. Elle avait mis de la musique classique, ce qui le relaxait dans mes virages et dans les bosses de ces routes de campagne.

Il y avait une autre voiture garée dans le petit parking dans lequel ils arrivèrent, mais Sam ne la remarqua pas. Bull se dépêcha d'entrer.

Bill et Carolyn leur ouvrirent la porte. « Nous sommes si heureux de vous voir ici. Monsieur le Maire Hanover attend. Voulez-vous d'abord vous rafraichir, vous changer peut-être ? »

« Pardon ? » Samantha la regarda comme si elle avait dit une énormité, et puis son regard se tourna vers Bull.

« Je ne lui ai pas encore parlé, Madame Danfield. Pourriez-vous nous laisser pendant une demi-heure ? Je vais monter les bagages. »

« Vous avez le grenier, vous connaissez le chemin, Monsieur Brodsky. »

Il acquiesça.

« Tu as pris le grenier ? C'est ma chambre préférée, » dit Samantha se dirigeant vers les escaliers.

Une fois à l'intérieur, il posa les bagages sur le lit.

Sam monta jusqu'à la chambre et s'écrasa sur le lit. « Il fait froid en haut, il va falloir allumer un feu. »

« Il y en a déjà un, tu vois ? »

Elle s'assit. « Qu'est-ce qu'elle voulait dire ? »

Bull la rejoignit. « J'ai une surprise pour toi. »

Elle leva les sourcils.

« Pour le mariage. J'ai trouvé quelque chose qui nous permet tous les deux d'avoir ce que l'on veut. Je me suis dit que si un Maire nous mariait avant, je n'aurais pas de problèmes avec une vraie céré-monie. Parce que tu ne pourrais pas juste partir, comme on sera déjà mariés. Personne d'autre n'aura besoin de savoir. »

« Juste nous deux ? »

« Okay, okay. Stormy et Devon aussi. »

« Stormy et Dev ? »

« Ils sont là. En bas. Stormy a tout prévu. Dev est là pour t'ac-compagner. Dis-moi que tu veux bien. Dis-moi que tu veux bien m'épouser tout de suite. »

« Mais je n'ai pas de robe, d'anneaux, de- »

« On s'est chargé de tout. Ouvre la porte du placard. »

Samantha se leva et ouvrit l'armoire. Une belle robe blanche, courte, à sa taille, était suspendue là.

« Stormy l'a choisie. Elle m'a dit que tu l'avais trouvée dans un magazine. »

« Oh mon dieu ! Oui. C'est la robe de Sylvia Gold. De mon magazine. » Ses doigts parcoururent la fine soie.

« C'est ce qu'elle m'a dit. Et voilà les anneaux. On peut les rap-porter. Les changer, après la cérémonie, si tu ne les aime pas. » Il sor-tit une boite de sa poche de pantalon.

À l'intérieur, deux anneaux en or, simples. »

« Tu vas porter une alliance ? »

« Bien sûr. C'est un honneur de t'épouser, je veux que le monde entier le sache. »

« Je veux juste que les groupies soient au courant, » dit-elle, lev-ant un sourcil.

« Donc, tu veux ? »

Les yeux de Sam s'humidifièrent. « Oui, je veux bien. »

Bull rit. « Devon m'a apporté un costume. On peut se changer et se marier en bas. Tout est prêt. L'auberge est à nous pour deux jours. Carolyn et Bill ont accepté de cuisiner pour nous. »

« Tu as préparé tout ça ? »

« Oui. Avec l'aide de Stormy. Tu peux préparer ta grande cérémonie après le Super Bowl, si tu veux. »

Les larmes perlèrent aux coins de ses yeux. « Tu voulais une cérémonie depuis le début ? »

« Ma chérie. Je veux que tu aies tout ce que tu veux. Je ne pouvais juste pas le faire sans ça avant. Tu comprends ? »

Elle acquiesça. « Je pense. C'est tellement gentil. La plus gentille des choses. »

Il la prit dans ses bras et lui tendit un mouchoir. « Sèche tes larmes. Changeons-nous. On a un mariage à faire. »

Bull remonta la fermeture de la robe de Sam. Samantha remit en place sa cravate couleur or. Il portait un costume gris graphite et une chemise blanche. Une fois habillés, ils descendirent les escaliers, main dans la main.

« Tu n'es pas supposé me voir dans ma robe. Ça porte malheur. »

« Je ne le ferai pas. Le jour de notre mariage officiel. »

« Tu as pensé à tout, pas vrai ? »

« Au moindre détail, ma chérie. »

Il posa la paume de sa main sur la courbe de son dos et la guida dans le salon. Il y avait deux grands bouquets de fleurs de chaque côté de la cheminée. Le feu était intense, réchauffant la pièce. Devon et Stormy discutaient avec les Danfields. Ils se tournèrent vers le couple.

« Oh mon dieu. Vous êtes la plus belle mariée que cet endroit ait connue, » s'exclama Carolyn.

Stormy enlaça son amie.

Devon s'approcha. « Pourrais-je avoir quelques minutes seul avec ma sœur ? »

Bull le fusilla du regard, mais accepta. Dev et Sam se dirigèrent vers la salle à manger. De la sueur perla sur le front de Bull. *Il a intérêt à ne pas essayer de la convaincre de refuser.* Il était très nerveux. Être abandonné ici ne valait pas mieux qu'être abandonné devant cent personnes.

Il se rapprocha autant qu'il le puisse, jusqu'à ce qu'il puisse les entendre. Stormy était partie aux toilettes, donc Bull pouvait écouter sans se faire remarquer. Il se justifia en se disant à lui-même qu'il avait besoin de savoir, mais espérait que Samantha ne le découvrirait pas.

« Tu es sûre que tu le veux ? » Bull entendit Devon demander. « Il ne t'as pas forcé ? »

Sam rit. « Non, jamais. »

« Très bien alors. Il a l'air d'être un mec bien. En tout cas il est sérieux dans sa relation avec toi. »

« Tu m'étonnes. Il est merveilleux. »

« Tu es la meilleur, sœurette. Tu mérites le meilleur mari. »

« Merci. Je crois que je l'ai, » rassura Sam.

Bull tenta d'avoir l'air nonchalant quand Carolyn entra dans la salle à manger. « Êtes-vous prêts ? »

Lorsque Sam et Dev acquiescèrent, Bill Danfield se mit au piano et commença à jouer la '*Marche Nuptiale*' de Mendelssohn.

Bien qu'il ne soit jamais plus certain que quoi que ce soit d'autre dans sa vie, Sly Brodsky suait. Il sécha son front en se tournant vers sa fiancée arrivant au bras de son frère.

SAMANTHA AVAIT LE SOUFFLE coupé. L'émotion la paralysait presque. Le sourire de Devon lui réchauffait le cœur. Sly ne lui avait jamais paru plus beau que dans ce costume sur mesure, lui souriant. C'était son jour de rêve. Enfin, son faux jour de rêve.

Elle ne pouvait pas nier que l'auberge était l'endroit le plus romantique où elle pourrait se marier. Pendant une seconde, elle se demanda si elle pourrait trouver quoi que ce soit du même niveau. Dev l'embrassa sur la joue et la tourna vers Bull. Stormy, vêtue d'une robe rose, pleurait déjà légèrement à côté d'elle. Devon prit la place du témoin.

Avant que le Maire ne puisse commencer, on frappa à la porte. Carolyn alla ouvrir.

« Ne commencez pas sans moi ! cria Trunk Mahoney en se précipitant à l'intérieur.

« Et ben, c'est pas trop putain de tard. Ooops, excusez-moi, » dit Bull en rougissant.

Trunk retira son manteau et réajusta sa boutonnière. Il se plaça à côté de son meilleur ami. Devon se replaça près de Stormy.

« Peut-on commencer ? » Le Maire regarda chaque personne tour à tour.

« Tout le monde est là. »

Il sembla que la cérémonie ne dura qu'un très court instant. Le nez de Sam était assiégé par tant d'odeurs romantiques : l'aftershave de Sly, le feu, le bois, le repas en préparation.

Après tous les « je le veux », Samantha jeta un bouquet de roses à Stormy et sa jarretière à Dev. Puis, ils s'assirent pour diner.

Le repas aux trois services était élégant et satisfaisant. Des asperges pour commencer, suivies par une salade César. Un filet mignon, grillé, avec une sauce aux champignons, quelques frites et des choux de Bruxelles suivirent.

Une pièce montée de deux étages, joliment décorée, fut apportée. C'était presque trop beau pour être mangé. Il y avait de mignons petits ballons de football américain et des petites fleurs roses avec des feuilles vertes faites en pâte d'amande, ou en glaçage, Sam n'en était pas sûre.

Trunk se leva pour porter un toast. « J'ai bossé sur ce discours pendant une semaine. »

« Il à intérêt à être bon, Trunk. »

« Pour mon meilleur ami, Bull. Sly, en vérité. Puisses-tu vivre chaque moment de ta vie dans ce conte de fées avec ta magnifique épouse. Puissiez-vous vire longtemps, avoir de beaux enfants, des passions à n'en plus savoir quoi faire, et le football jusqu'à tes quarante ans. »

Il fut reçu avec des applaudissements. Bill jouait du piano, Carolyn déplaçait la table basse, et l'on dansa quelques valses.

À neuf heures, Bull emporta Samantha à l'étage, vers leur suite nuptiale. « Ça aurait été plus facile avant le diner, » plaisanta-t-il, prétendant d'avoir du mal. Il la déposa sur le lit.

« Très drôle, Sly. »

« Je pensais. » Il sourit.

Sam regarda son alliance. *Madame Sylvester Brodsky. Madame Bull Brodsky.* Un sourire extraordinaire s'afficha sur son visage alors que l'idée la fit frissonner d'excitation.

« Alors, Sam. Comment c'était ? »

« Un rêve devenu réalité. »

« Aw, tu dis ça pour me faire plaisir. Tu peux faire le vrai bien maintenant. »

« Je ne suis pas certaine d'en vouloir un autre. Celui-là est suffisant. Cette belle robe, nos amis proches. La nourriture, l'atmosphère. Je ne suis pas sûre qu'il y ait un endroit plus romantique pour se marier. »

« C'est drôle. C'est aussi ce que je me suis dit. C'est comme tu veux. Tu n'as pas besoin de choisir maintenant. Mais tu as besoin de retirer cette robe. »

Elle se leva et lui tourna le dos. « La fermeture, s'il te plait. »

Bull prit son temps. Il embrassa chaque recoin de son cou et de son dos alors qu'il les découvrait. Sam frissonnait au contact de ses lèvres.

« Je n'arrive pas à croire que nous soyons mariés, » murmura-t-elle, autant à elle-même qu'à son mari.

« Moi non plus. Un rêve devenu réalité. »

Elle se retourna, quitta sa robe et commença à dénouer sa cravate. Il la retira de son cou, et elle le mit à décrocher sa ceinture.

Le feu avait été allumé, et la pièce se réchauffait. Il prit sa main et l'emmena jusqu'au lit. « Ce soir je vais faire l'amour à ma femme pour la première fois. »

Une soudaine timidité lui donna la chair de poule à cette idée. De la passion et de l'amour se mélangeaient dans son regard. Elle était parcourue de désir.

Elle se rapprocha de lui, et leva la mâchoire. Il la rencontra, l'embrassant. Même si elle ressentait ce profond désir, elle ne voulait pas aller trop vite. Ils avaient toute la nuit. Mais elle le voulait, comme jamais auparavant elle n'avait voulu un homme.

Ses grandes mains se posèrent sur ses hanches, et la rapprochèrent. Il ouvrit facilement son soutien-gorge. Elle le retira, découvrant sa peau nue à son regard, dont l'intensité la réchauffait.

« Tu es incroyablement superbe, » murmura-t-il, avant de l'embrasser du cou jusqu'au ventre. Elle entremêla ses doigts dans ses cheveux avant de s'allonger. Il prit un sein en main. Il caressa gentiment son bourgeon, déclenchant une onde de bonheur à l'intérieur d'elle.

Elle leva sa tête jusqu'à la sienne pour l'embrasser. Elle se glissa sous lui, pendant que leurs langues dansaient. Il écarta ses cuisses, abaissant sa main jusqu'à sa culotte. Il la caressa au-dessus du linge. Elle gémit. *Encore.*

Elle retira sa culotte, Bull l'aidant, la lançant sur la chaise à côté de la cravate. Il retira son boxer, et elle referma sa main sur lui. Il était dur comme du métal. Le toucher l'excitait tellement.

Elle se baissa et le prit dans sa bouche.

« Oh mon dieu, bébé. » Il gémissant, ses doigts caressant la tête de son épouse.

Elle commença des va-et-vient, jusqu'à ce qu'il l'arrête, la repoussant légèrement. « Arrête. Tu dois arrêter, chérie. »

Elle s'assit. « Pourquoi ? »

« Parce que j'y suis presque. Allonge-toi, bébé. Laisse-moi t'emmener dans les étoiles. »

Il se plaça entre ses jambes. Quand sa langue toucha son corps, elle s'embrasa. Un désir insurmontable, à tel point qu'elle ne pouvait s'empêcher de haleter.

« Fais-le, Sly. Fais-le. Prends-moi ! »

Il rit. « Proche ? »

« Oh, dieu. Oui. Trop proche. »

« Tu me veux, chuchota-t-il dans son oreille, mordillant son lobe.

« Oui, oui. S'il te plait. »

« J'adore quand tu me supplies. » Il rentra un doigt en elle. Ses hanches se levèrent d'un coup.

Il s'allongea sur le lit, l'agrippant avec une poigne ferme. Il la souleva facilement et la déposa sur lui. Elle rétablit sa balance et posant ses mains sur son torse, et remonta ses genoux autour de lui.

Il se frotta à elle. « Oh, bébé. Chaude et toute mouillée. »

« Et je t'attends, impatiemment ! »

Il s'introduit en elle et l'attira vers lui. Elle respirait entre ses dents, fermant les yeux et la tête en arrière, en profitant de chaque instant. Il prit le contrôle, lui faisant se lever et s'abaisser selon ses désirs. Les sensations prirent le dessus sur les deux amants. Elle bougeait en tandem avec lui, pleins de passions et d'énergie. Il avait ses mains sur sa poitrine, pressant, caressant, titillant, causant plus de gémissements encore.

La passion, la chaleur et l'amour faisaient un bon cocktail. La tension dans son corps se raffermit jusqu'à ce qu'elle explose dans un orgasme intense. Son nom sortit de sa bouche alors qu'elle entra en pleine extase.

Il se colla contre elle, peau contre peau, et ses mains sur son derrière, alors qu'il la retourna. Se mettant à genoux, il ressortit d'elle pour mieux y retourner. Se supportant avec ses avant-bras, la pénétrant intensément, sauvagement, passionnément. Il augmenta la cadence en voyant le plaisir sur le visage de son amoureuse. Elle jouit une seconde fois.

Samantha passait le bout de ses doigts dans son dos, et releva ses jambes légèrement, pour qu'il la prenne pleinement. Elle ressentit sa libération alors qu'il murmura son nom, fit encore deux aller-retours, et s'arrêta.

Elle lui caressa le dos, alors qu'il jouait avec ses cheveux. Elle l'embrassa dans le cou.

« Je t'aime tellement, » lui dit-elle.

Il respirait trop fortement pour pouvoir répondre.

« M'aimeras-tu pour toujours ? » lui demanda-t-elle gentiment.

« Toujours, et bien plus encore, mon amour. Toujours, » répondit-il, inhalant finalement.

Epilogue

TROIS JOURS AVANT LE match des play-offs contre les Saint Louis Sidewinders

L'équipe s'échauffait dans la salle de musculation avant l'entrainement, lorsqu'ils entendirent un grand bruit. Des insultes, des cris, des claquements contre du métal. Du verre qui se brise. Tous s'arrêtèrent.

« Qui est dans les vestiaires ? » demanda Griff Montgomery.

« Trunk, » répondit Bill. « Merde. »

Griff et Bull se précipitèrent dans les vestiaires. Al 'Trunk' Mahoney mettait du grabuge dans les vestiaires. Il avait déjà défoncé son propre casier, et il s'en prenait maintenant à un vide. Il avait balancé une chaise par la fenêtre et avait cassé un miroir à la main, qui était en sang.

« Putain de merde, Trunk ! » s'exclama Griff.

« Qu'est-ce qu'il se passe ? » demanda Bull.

« C'est Mary ! » cria Trunk, serrant le poing, prêt à frapper de nouveau ;

Tuffer Demson, l'autre joueur de ligne défensif, entra dans la pièce. Lui et Bull tentèrent d'arrêter Trunk. Il se battit bien, mais les autres les rejoignirent et en vinrent à bout.

Ses yeux s'humidifièrent, et il sanglota. Ses coéquipiers le lâchèrent, et il tomba à genoux. Il ramassa son téléphone, en morceaux, retira la carte Sim et balança le reste à la poubelle.

« C'est Mary, » sangota-t-il. « Elle me quitte. Pars texto. »

Le silence se fit entendre dans le vestiaire. Les hommes s'échangeaient des regards, puis se tournèrent vers Trunk. Pete Sebastian entra à son tour. Il s'arrêta en voyant la scène. Le chaos lui fit retenir sa respiration.

« Je suis désolé, coach, » murmura Trunk.

« Allez, Trunk. Aidez-le à se relever. Ramenez-le dans mon bureau, » dit le coach.

Devon Drake et Bull aidèrent le blessé à se relever. Ils l'escortèrent jusqu'au bureau de l'entraineur et fermèrent la porte derrière eux en sortant.

Le coach était au téléphone avec la sécurité.

Trunk s'effondra sur une chaise comme un ballon qui se dégonfle. « Presque quatre ans de mariage. Envolés. » Il soupira, séchant ses larmes.

Le coach lui tendit un mouchoir. « Tu veux en parler ? »

Trunk secoua la tête.

« Je pense que tu devrais rencontrer le Docteur McMillan. » Le coach prit son téléphone et appela Jo. « Le docteur sera là dans une heure. Allons soigner ta main. » Le coach se leva.

Les deux hommes se rendirent dans la petite infirmerie du stade, à côté des vestiaires. Ils entendirent le bruit des membres du staff nettoyant les débris.

« Je suis désolé, coach. Je vais payer pour les dégâts, je le promets. »

« Ouais, ils le prélèveront de ton salaire. T'inquiètes pas, Trunk. Il faut qu'on te répare toi pour que tu puisses jouer. »

« Je vais jouer. J'ai jamais manqué un match. »

Le coach s'assit pendant qu'un docteur nettoyait les plaies du joueur, le recousant et le bandant.

« Si on met des coussinets et un gant il devrait pouvoir jouer, coach, » dit le docteur.

« Très bien. »

Jo passa sa tête par l'ouverture de la porte. « Le docteur McMillan est là. »

« Allez, Al. Allons à l'étage. »

Trunk mit sa main sur le bras du coach. « Mary est partie, coach. Qu'est-ce que je vais faire maintenant ? »

FIN

À propos de l'auteur

JEAN C. JOACHIM EST un auteur à succès de fiction romantique, avec des livres sur la liste Top 100 d'Amazon depuis 2012. Elle écrit principalement de la romance contemporaine, qui inclue la romance sportive et le suspense romantique.

The Renovated Heart a remporté le Meilleur Roman de l'Année de Love Romances Café. *Lovers & Liars* a été finaliste de RomCon en 2013. Et *The Marriage List* a été 3ème ex-aequo comme Meilleur Roman d'Amour Contemporain du Gulf Coast RWA. *To Love or Not to Love* a été 2ème ex-aequo dans le concours 2014 New England Chapter of Romance Writers of America Reader's Choice. Elle a été choisie Auteur de l'Année en 2012 par le New York City chapter of RWA.

Mariée et mère de deux fils, Jean vit à New York. Tôt le matin, vous la trouverez à son ordinateur, écrivant, avec une tasse de thé, son carlin, Homer, à ses côtés et un sachet secret de réglisse noire.

Jean a plus de 30 livres, des romans et des nouvelles publiés. Retrouvez-les ici : http://www.jeanjoachim-books.com.

Moonlight Books